작은 것이 아름답다

작은 것이 아름답다

시,
깊고 넓게
겹쳐 읽기

유종호

민음사

책머리에

시는 내 삶의 첫 열정이란 말을 더러 해왔다. 시를 되풀이 읽고 외우며 즐겼고 그것을 낙으로 알았다. 해방을 맞아 뒤늦게 우리말을 새로 발견하고 익히기 시작한 직후여서 시 읽기는 동시에 말 쓰임새 배우기의 즐거움이기도 하였다. 자기가 좋아하는 것을 권면하면서 호응과 동조를 기대하는 것이 사람의 마음이다. 중학 시절 그런 시도를 해보았으나 동조자를 찾지 못했다. 시 읽기는 낙이었으나 동시에 내게 고독의 의미를 가르쳐 주기도 하였다.

중앙선이 지나가는 강원도 한촌에서 미군 보급부대 노무자들과 함께 천막 생활을 한 적이 있다. 까마득한 1950년대의 일이다. 책도 라디오도 미래 전망도 없는 캄캄한 시간이요 갑갑한 공간이었다. 그때 문화에 대한 격한 갈증을 존재의 깊이에서 온몸으로 절감하였다. 뒷날 음악 없는 삶은 과오라는 니체의 말에 전신적으로 공감한 것은 그런 경험 때문이라고 생각한 적이 있다. 문학을 포함해서 예술 없는 삶은 오류라고 지금도 믿고 있다.

좋아하는 음악을 듣거나 영화를 보고 지음(知音)과 함께 공감을 나누는 것은 이 세상의 낙의 하나다. 술이 얼큰해서 남의 흉을 보는 것처럼 신나지는 않겠지만 분명 즐거운 일이다. 시 읽기의 즐거움을 공유하기 위해서 쓰인 이 책이 어느 정도의 공감을 일으킬지는 의문이다. 미처 착안하지 못한 국면을 밝혀주어 독자의 안목을 넓히는 데 도움이 된다면 다행으로 생각할 것이다.

가령 우리가 시를 읽고 문학 작품을 즐기는 것은 우리 자신을 위해서이지 작품의 제작자를 위해서가 아니다. 작자의 삶이 불결하다고 작품을 읽지 않는 것은 독자의 자유에 속하는 문제지만 손해나는 일이라 생각한다. 진흙 속에 뿌리박고 있다고 해서 우리는 연꽃을 외면하지 않는다. 우리는 거기서 세계의 비극적 모순을 보고 성찰의 길로 나가야 할 것이다.

1부는 관심이 많았던 시인의 텍스트 읽기. 2부는 기초적 원론 비슷한 글, 3부는 몇몇 시인론으로 구성되어 있다. 그러나 엄격한 구분이 있는 것은 아니다. 책 끝머리에 수록한 「가난문화의 시적 성찰」에서 문화는 전승된 믿음, 전통, 습속 등 외면적, 내면적 생활양식의 총체라는 의미로 쓰인 것이다. 근접 과

거의 기층민 생활에 대한 충실한 기술을 담고 있는 『질마재 신화』는 시와 리얼리즘을 생각하는 데 극히 중요한 작품이라고 생각한다.

공공연히 '문학의 죽음'이 거론되고 있는 어려운 시기에 출판을 맡아준 민음사, 책의 구성에서 장정에 이르기까지 시종 진력해 준 양희정 부장에게 심심한 사의를 표한다.

2019년 5월 15일

柳宗鎬

차례

1부

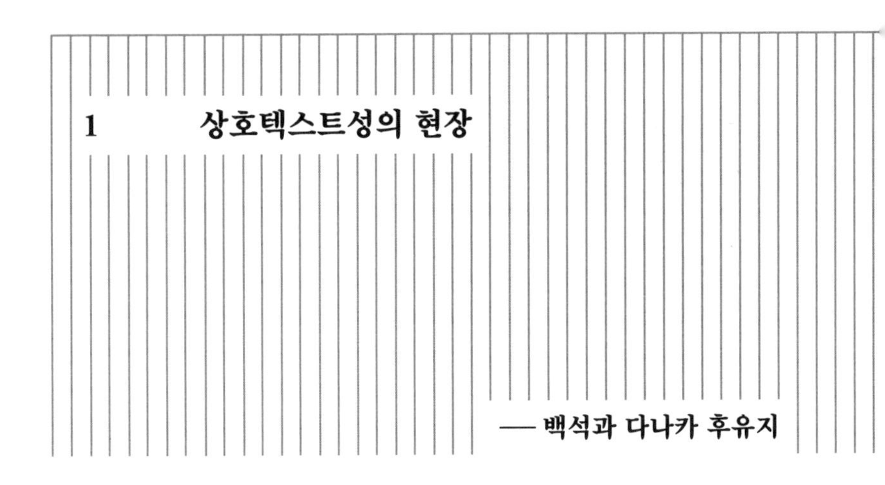

1 상호텍스트성의 현장

—백석과 다나카 후유지

20세기가 바뀔 무렵 단체 여행단에 끼어 일본 홋카이도(北海道)를 처음으로 가 보았다. 아직도 미개발 지역이 많은 홋카이도 하나만 가지고 보더라도 일본이 큰 나라라는 것을 실감했다. 여행 마지막 일정으로 사포로(札幌)의 맥주박물관을 들렀다. 맥주 공장의 시설과 생산 과정을 보여 주고 끝에 가서는 생맥주를 대접해 주는 곳이다. 일인들은 맥주를 '비루'라 하는데 네덜란드 말의 'bier'를 그대로 따 쓴 것이다. 2차 세계대전 중 물자 결핍을 겪었던 일본은 1942년부터 맥주도 배급제로 공급했는데, 이때 영어를 비롯한 유럽어 안 쓰기 운동의 일환으로 비루도 맥주로 쓰기로 했다 한다. '麥酒'로 쓰고 읽기는 '비루'라 하는 모양이다. 이것은 그때 그곳에서 얻은 정보다.

그곳 매점으로 들어서니 한 옆으로 문인이나 화가들의 그

다나카 후유지
(1894-1980)

림과 글씨가 벽에 전시되어 있었다. 그곳 예술인 방문객들의 솜씨를 받아 두었던 것이 아닌가 생각된다. "여기서는 시간도 장미"라는 작가 나카무라 신이치로(中村眞一郎)의 모더니스트 흐름의 글귀가 보였고, "무언가를 기두르고 기둘러 오십 년, 백발의 할아범 될 뿐이거늘"이라는 동화 작가 쓰보다 조지(坪田讓治)의 글귀가 보였다. 그 한 옆으로 이들보다 긴 「카와유(川湯)에서」라는 다나카 후유지(田中冬二)의 단시가 보였다.

에조이리철쭉 꽃이 피어 있었다.
역장은 오늘 내일 마슈호(麻周湖)와 아칸호(亞寒湖)도
날씨가 좋을 거라 말했다.

역장실을 장식하고 있는 박제의 새는

괭이갈매기였을까

유월 말 구시아바선(釧網線) 열차에는

스토브가 그대로였다.

— 다나카 후유지, 「카와유(川湯)에서」 전문

이 시 텍스트의 정확성에 관해서는 자신이 없다. 수첩에 급히 쓰느라 휘갈겨 써서 내가 보아도 분명치 않은 구석이 있기 때문이다. 괭이갈매기는 우는 소리가 고양이 소리와 흡사한 갈매기로 태평양 서북부에서만 볼 수 있는 갈매기다. 일본 동북부인 아오모리(青森)현의 가부시마(蕪島)가 이 괭이갈매기의 서식지로 유명하다. 다나카의 글을 보는 순간 어떤 기시감(既視感) 비슷한 것을 느꼈다. 많이 본 것 같은데 딱 꼬집어서 생각이 나지는 않았다.

한참 만에 엉뚱하게도 우리의 시인 백석이 떠올랐다. 서북이나 관북의 시골 정경을 다룬 짤막한 시편이 몇몇 떠오르며 어쩐지 비슷하다는 생각을 했다. 그때 생각난 백석 시편은 백석의 짤막한 서경(敍景) 시편인데 가령 다음과 같은 작품을 그 예로 들어도 좋을 것이다.

흙꽃 니는 이른 봄의 무연한 벌을

경편철도가 노새의 맘을 먹고 지나간다

멀리 바다가 뵈이는
가정거장(假停車場)도 없는 벌판에서
차는 머물고
젊은 새악시 둘이 나린다.

— 백석, 「광원(曠原)」 전문

물론 백석 시편 「광원(曠原)」과 앞서 인용한 「카와유(川湯)에서」 사이에 직접적인 연관성이나 세목상의 유사점이 있는 것은 아니다. 내 문화적 기억 사이의 분방한 자유 교신일 따름이다. 그러나 소재나 분위기에서 어떤 친연성이나 근친성이 있기 때문에 상기한 것일 터이다.

돌아와서 다나카의 시집을 꼼꼼히 읽어 보았다. 당시 가지고 있던 그의 시집으로는 일본 주오고론(中央公論)사의 문고판으로 나온 『일본(日本)의 시가(詩歌) 24』뿐이었다. 거기에는 다나카를 위시해서 모두 다섯 시인의 시편이 수록되어 있었다. 질박한 언어로 시골 정경을 다룬 시편이 많고 또 향토 음식의 소박한 미각에 대한 취향이 풍기는 시행들이 많았다. 그런가 하면 참신한 감각적 단시도 보여 주고 일본의 전통 시가인 하이쿠를 연상케 하는 대목도 있었다. 그러나 대체로 한가하고 편안한 시골 정경이 대종을 이루고 있었다.

마른가자미 굽는 냄새가 나는
고향의 호젓한 점심때다.

널기와 지붕에
돌을 얹어 놓은 집들
가녀리게 마른가자미 굽는 냄새가 나는
고향의 호젓한 점심때다.

휑하니 하얀 거리를
산 눈 팔이 행상이 혼자서 가고 있다.

— 다나카 후유지, 「고향에서」 전문

이 시에는 "소년 시절 고향 엣추(越中)에서"라는 꼬리표가 달려 있다. 엣추는 우리 동해 쪽 도야마(富山)현의 옛 이름이다. 이곳은 시인의 부친 고향으로 시인 자신은 요즘 원자력발전소 사고로 널리 알려진 후쿠시마(福島)에서 출생했다 한다. '산 눈 팔이'란 겨울에 산에 쌓인 눈을 비축해 두었다가 여름철에 팔러 다니는 행상인을 가리킨다고 한다. 별난 전근대적 임시직도 다 있다. 널기와, 즉 널빤지 지붕에 돌을 얹어 놓은 집들이 가난한 시골 마을의 정경을 떠오르게 한다.

점심 때가 되면 마른가자미 굽는 냄새가 나는데, 그것은 진동하는 강렬한 냄새가 아니어서 이 또한 마을의 가난을 떠올리게 한다. 행인도 드물고 해서 휑하니 하얀 거리를 산 눈 팔이 행상이 혼자서 걷고 있다. 눈도 팔릴 것 같지 않고 '휑하니 하얀' 거리가 한가하면서도 더없이 적막한 느낌을 준다.

진눈깨비 치는 소읍(小邑)
산속의 소읍
멧돼지가 거꾸로 매달려 있다.
멧돼지 수염이 얼어뿌렸다.
그 수염에 얼어붙은 소읍
고향의 산속 소읍이여
— 눈 속에 삼(麻)을 삶는다.

— 다나카 후유지, 「진눈개비 치는 소읍」 전문

산에서 잡은 멧돼지를 파는 시골 겨울 정경은 얼어붙은 멧돼지 수염 때문에 오싹하는 한기를 느끼게 한다. 삼의 껍질을 삶아서 베나 바를 만드는 산골 마을에 내리는 진눈깨비가 대수롭지 않은 겨울 정경을 완결시켜 준다. 이러한 시골 정경 시편을 접하면서 백석 시편을 떠올리는 것은 자연스러운 일이다. 둘 다 시골 변방의 가난한 정경이다.

거리에는 모밀내가 났다.
부처를 위하는 정갈한 노친네의 내음새 같은 메밀내가 났다.

어쩐지 향산(香山) 부처님이 가까웁다는 거린데

국숫집에서는 농짝 같은 도야지를 잡어 걸고 국수에 치는 도야지고기는 돗바늘 같은 털이 두문드문 백였다

나는 이 털도 안 뽑은 도야지 고기를 물구러미 바라보며

또 털도 안 뽑은 고기를 시꺼먼 맨모밀국수에 얹어서 한입에 꿀꺽 삼키는 사람들을 바라보며

나는 문득 가슴에 뜨끈한 것을 느끼며

소수림왕(小獸林王)을 생각한다 광개토대왕(廣開土大王)을 생각한다.

— 백석, 「북신(北新)」 전문

처마 끝에 명태(明太)를 말린다

명태는 꽁꽁 얼었다

명태는 길다랗고 파리한 물고긴데

꼬리에 길다란 고드름이 달렸다

해는 저물고 날은 다 가고 별은 서러웁게 차갑다

나도 길다랗고 파리한 명태다

문턱에 꽁꽁 얼어서

가슴에 커다란 고드름이 달렸다.

— 백석, 「멧새소리」 전문

토방에 승냥이 같은 강아지가 앉은 집
부엌으론 무럭무럭 하이얀 김이 난다
자정도 훨씬 지났는데
닭을 잡고 모밀국수를 누른다고 한다
어늬 산 옆에선 여우가 운다.

— 백석, 「야반(夜半)」 전문

구체적인 세목이나 제재에 유사성이 있는 것은 아니다. 그러나 먹을거리 냄새가 나고 명태나 메밀국수나 돼지와 같은 먹을거리가 등장하는 시골 정취가 어떤 친연성을 갖고 있는 것으로 생각된다. 백석의 작품에선 꽁꽁 언 명태에서 자화상을 보는 심정이 전경화되어 있는 반면 「진눈개비 치는 소읍」에서 얼어붙은 멧돼지 수염은 추운 산골 겨울을 전경화하는 소도구가 되어 있다. 그럼에도 대범하게 말해서 분위기나 정취 상의 가족 유사성이 보인다. 시골 정경이란 공통성 때문에 여우는 다나카의 작품에도 누차 등장한다.

꽃집 유리문 안은
국화 향내로 가득하다.

북해(北海)의 농무(濃霧) 같은 차가움이다.

거리는 여우나 족제비가 거니는 때가 된다.

— 다나카 후유지, 「초겨울」 전문

향토색 짙은 지방 정경이나 먹을거리의 빈번한 시적 처리라는 점에서 두 시인의 근친성은 현저하다. 백석 시에 먹을거리가 많이 나온다는 것은 널리 알려진 사실이지만 다나카의 시에서도 사정은 같다. 메밀국수, 두부, 팥떡, 무채, 된장국, 고추냉이 간장, 박하사탕, 고등어, 농어, 붕어, 가자미를 위시한 수많은 생선이 등장한다. 이렇게 먹을거리가 자주 시적 처리의 대상이 되는 것은 가난문화에서 식사나 간식은 단조로운 일상 속의 사건이자 잔치이며 특권적 순간을 마련해 주기 때문이라 생각된다.

또 시인들의 경우 간소한 식사나 차 마시기를 의식화(儀式化)해서 가난을 순치하고 초월하는 방편으로 삼으려는 심층적 충동이 있기 때문이라 생각된다. 자연을 문화로 승화시키려는 욕구의 표현이다.

그 밖에도 예스러운 것, 혹은 옛것에 대한 선호가 공통된다. 우리 쪽에서나 일본 쪽에서나 시골은 근대의 변혁적 영향이나 충격이 더디고 취약한 지리적 잉여 공간이다. 따라서 풍물에서나 관습에서나 옛것이 많이 남아 있고 그것은 지방의 특성이 되어 있다. 근대화가 주는 편의 추구나 도회에 대한 동경이 대세가 되어 있는 시기에, 두 시인은 적어도 초기 시편에서는 고향 잔류자의 시골살이 경험을 정감 있게 보여 준다. 백석의 초기 시에 보이는 상고(尙古) 지향은 쾌락원칙이 지배하던 유아기에 대한 회고적 동경과 연관되어 있다고 생각되는데 '옛적본', '옛말', '옛투' 등의 어사가 많이 보인다.

> 녯말아 사는 컴컴한 고방의 쌀독 뒤에서 나는 저녀 끼때에 부르는 소리를 듣고도 못 들은 척하였다.
>
> — 백석, 「고방」에서

> 돌능와집에 소달구지에 싸리신에 옛말이 사는 장거리
>
> —백석, 「월림장」에서

> 녯날엔 통제사가 있었다는 낡은 항구의 처녀들에겐 녯날이 가지 않은 천희(千姬)라는 이름이 많다.
>
> — 백석, 「통영」에서

다나카의 시에도 '옛날'이 많이 나온다. 또 '고풍(古風)'이란 말도 많이 나온다. 「옛날의 내음」, 「옛사람」이란 표제의 시편도 있다. 그리고 '옛날'이 백석 시에서와 같이 쓰이고 있는 것도 주목할 만하다. 백석이 다나카의 어법을 그대로 따 쓴 경우도 있다.

흙 곳간 속은 옛날 냄새로 가뜩 차 있다.

— 백석, 「진눈깨비벗나무 인동꽃」에서

오랫동안 치워 두었던 옷가지에서

먼 옛날 같은 냄새를 느낀다.

— 백석, 「가을밤」에서

어두컴컴한 흙 곳간 속 된장통, 옛날이 있다.

— 백석, 「고원(故園)의 명아주」에서

다나카가 시종일관 예스러운 고향 잔류자로 남아 있는 것은 아니다. 그는 고향 풍물의 서경을 통해서 심정을 내비치는 아담한 서정시를 보여 주는 한편으로 모더니즘의 절제 있는 수용을 보여 주기도 했다. 그것은 시세계의 단조함을 극복하고 새로운 풍치를 더해 주었다. 선명한 시각적 이미지로 만만치 않게 참신한 눈요기를 제공하기도 하고 또 전통시가 하이쿠와의 우회적 상봉을 보여 주기도 했다. 가령 중기 시편에 속하긴 하지만 초기의 이미지즘 흐름의 단시보다 한결 신선한 다음과 같은 시편에서도 그 사정을 엿볼 수 있다.

밤바다에서 건져 올린 흑돔*

그 눈에 초승달이 언제까지나 남아 있다.

— 다나카 후유지, 「초승달」 전문

백석 초기 시에서 우리는 비슷한 단시를 보게 된다. 백석은 얼마 되지 않는 산문의 하나에서 양력보다 음력을 좋아한다는 말을 하고 있다. 시집 『사슴』을 통해 그는 음력의 시인이란 정체성을 분명히 보여 주었다.** 그러나 보고 싶은 것만 보는 인간 성향은 태양과 양력의 시인인 김기림으로 하여금 백석에게서도 모더니즘을 찾아내게 한다. 그러한 계기의 하나가 몇 편 안 되는 이미지즘 흐름의 초기 시편일 것이다.

아카시아들이 언제 흰 둘레방석을 깔었나

어데서 물쿤 개비린내가 온다.

— 백석, 「비」 전문

이러한 여러 친연성이나 상황 증거로 보아 청년기의 백석이 다나카 후유지를 좋아하고 그의 시에서 발상을 얻은 경우도

---

* 흑돔은 흑(黑)도미.

** 백석이 모더니즘과 거리가 먼 "음력의 시인"이며 초기 시편에 다나카의 영향이 보인다는 것은 계간 《세계의 문학》 131호(2009년 봄호)에서 말한 바 있다. 이 글에 나오는 다나카 후유지(田中冬二)의 시편 번역은 모두 필자의 것이다.

있다는 것은 확언해도 좋을 것이다. 그것은 흔히 말하는 모작과는 거리가 먼 것이다. 예술에서 무로부터의 창조란 있을 수 없다. 누구나 선행 작품이란 밑그림에 자기 경험을 덧붙이고 조립해서 작품을 마련해 낸다. 기존 관습에 개성을 접목함으로써 작품이 이루어진다. 그 과정의 다양성은 선호하는 기존 관습과 개성의 강렬성이 개개 예술가마다 다르기 때문이다.

청년기의 백석이 한 시인을 좋아하고 설혹 영향받은 면이 있다고 해서 그것이 흠이 되는 것은 아니다. 그것은 누구나 치르게 되는 시인의 통과의례일 따름이다. 대범한 근친성이 발견된다 하더라도 우리가 한편으로 간과하지 말아야 할 것은 양자 사이의 현격한 상위점이다. 시인 다나카는 시골 정경의 서경을 통한 단아한 서정시 쓰기로 평생을 일관했다. 1980년 여든다섯 살로 세상을 뜬 다나카는 스무 권의 시집을 냈지만 시세계에 큰 변화가 없었다. 후기에는 한결같은 필치의 시가 좀 느슨해지는 감이 있고 또 하이쿠를 많이 시도하였다. 이에 반해 백석은 많은 변모와 뚜렷한 성장의 궤적을 보여 주어 대조적이다.

1935년에 나온 『사슴』은 버림받는 고향을 복원하려는 강렬한 주제 의식이 마련한 유니크한 시집이고 「고야(古夜)」, 「주막」, 「여우난 골족」 등의 수작과 몇 편의 빛나는 단시를 수록하고 있다. 그러나 원광석(原鑛石)같이 생소한 서북방언의 고집스러운 나열은 독자를 짜증나게 하고 되풀이 읽다 보면 최초의 충격이 가셔서 밋밋해지고 만다. 미숙하고 되다 만 작품도 허다하다. 『사슴』 이후 백석은 시적 개성을 과시하려는 청년기 특유의 엑시비셔니즘을 덜어 내고 소재의 다변화를 꾀하면서 성숙해 간다.

백석을 20세기 한국시의 정상부로 끌어올린 것은 대체로 후기 시편이라 생각한다. 「남신의주 유동 박시봉방」, 「흰 바람벽이 있어」, 「북방에서」, 「조당에서」 등은 한국이 최싱시편의 하나를 이루고 있다는 것이 나의 판단이다. 이러한 변모와 성장의 궤적을 염두에 둘 때, 청년 백석이 다나카의 영향을 얼마쯤 받았다는 것은 통과의례상의 한 삽화에 지나지 않는다. 그런 의미에서 『사슴』은 후기 백석의 시적 성취에 이르는 견습 과정이라 보아도 크게 잘못은 아닐 것이다. 다나카 시편의 참조는 이러한 생각을 굳혀 준다. 백석의 초기 시에 대한 과도한 평가가 후기 시의 상대적 평가절하로 이어지는 혐의가 있기 때문에 밝혀 두어야 할 국면이라 생각한다.

세 권으로 된 『다나카 전집(田中冬二全集)』을 구해서 읽어 보는 계기가 되었던 「카와유(川湯)에서」란 단시는 세 개의 버전이 있다는 것을 밝혀 둔다. 이 글 첫머리에 인용한 맥주 박물관 전시 시편은 전집에는 나와 있지 않다. 아래 인용한 첫 번째 것은 1961년 말에 나온 시집 『늦은 봄날』에 수록되어 있다. 뒤엣것은 전집 2권의 「시편습유(詩篇拾遺)」에 수록된 것인데 1970년 어느 잡지에 실린 것으로 나와 있다.

화산 아토사누부리 기슭의 마을에선

딸기 꽃이 한창이다

그런데

역장은 아직도 겨울복장

아바시리선의 열차도 스토브를 피우고 있다.

— 다나카 후유지, 「아바시리선(網走線) 카와유역(川湯驛)에서」 전문

구시아바선(釧網線)의 열차는 유월도 가까운데

스토브가 아직 그대로였다

카와유역(川湯驛)에서 맞바로 올려다보는 아토사누부리는

맑은 날에 연기를 똑바로 올리고 있다

자작나무 새순이 싱싱했다

보리이삭이 겨우 나오고 있었다 에조이 철쭉이 피어 있었다

역장은 오늘 내일은 마슈호(麻周湖)도 아칸호(亞寒湖)도 날씨가 좋으리라고 했다

역장실에 장식했던 박제의 새는 괭이갈매기였을까

— 다나카 후유지, 「카와유(川湯)에서」 전문

이렇게 한 제목의 시편이 여러 개 있는 것은 그때그때의 계제에 써 주거나 발표한 것이기 때문이라 생각되는데, 시집에 수록된 시편이 결정판이라고 보아야 할 것이다. 어찌 되었건 이 시편을 시인 백석이 볼 기회가 없었다는 것만은 분명하다.

2 운명이란 이름의 자작극

— 백석의 '아모르 파티'

지난 9월 인사동 소재 화랑에서 백석 탄생 100주년 기념 문학 그림전이 열렸다. 열 명의 화가가 백석 시와 관련된 그림을 보이고 있는 이 행사 개막식에 참석하고 감회가 깊었다. 조촐한 자리이긴 하나 살아생전 불우했던 시인이 이승을 뜨고서야 진가를 인정받고 호강을 한다는 느낌도 들었다. 곽효환 엮음의 운치 있는 백석 시 그림집도 그런 느낌을 더해 주었다. 애호가들이 협동하여 번역 포함 대대적인 전집을 간행한다는 소식도 전해진 참이었다. 김현성 가수의 자작곡 노래로 시작된 행사에서 신창재 대산문화재단 이사장, 안도현 시인, 황주리 화백이 낭송하는 백석 시편을 들으니 이들 시편이 시인의 천명을 예고해 주고 있다는 생각이 불현듯 들었다. 친숙한 시편의 대목들이 새롭게 다가와 새삼스런 생각을 촉발한 것이다.

작가 김동리, 평론가 김동석보다 1년 위이고 북의 김일성과 동갑인 백석이 생전의 유일 시집 『사슴』을 간행한 것은 1936년 1월의 일이다. 100부 인쇄라는데 기증본을 참작하면 시판된 것은 몇 십 부에 불과할 것이다. 그러기에 『사진판 윤동주 자필 시고 전집』에는 1937년 8월 5일 날짜가 적힌 필사본 표지와 함께 몇몇 작품의 필사가 수록되어 있다. 정치학자이자 평론가였던 양호민(梁好民)도 필사본을 만들어 돌려 읽었다는 학생 시절 경험을 1960년대 초에 《동아일보》 칼럼에 적은 일이 있다.

해방 전후의 백석 수용

『사슴』에 대한 비평적 반응은 반드시 호의적인 것은 아니다. 당시 비평가로서 비중이 큰 쪽이었던 임화는 필자가 기억하는 한 백석을 언급한 바 없다. "시대정신과의 교섭"이란 교조적 단일 척도로 시인 작가를 재단했던 그로서는 당연한 일이었을 것이다. 1937년에 발표한 「언어의 마술성」이란 정돈되지 않은 글에 적어 놓은 대목은 그가 백석을 어떻게 보았는가 하는 점을 추정 가능하게 한다.

> 예하면 소설이나 희곡 가운데서 방언을 무질서하게 쓴다든가, 그리 필요도 하지 않은데 쌍욕을 난용(亂用)한다든가는 미감(美

感)상으로만 아니라 교육적 의미에 있어서도 옳지 않은 것이다. 우리는 약간의 작품 가운데서 방언이나 좋지 못한 말을 조장하는 것과 같은 감을 금치 못하게 하는 분이 있음을 본다. 과거의 문학뿐만 아니라 신인 가운데서도 — 예하면 한태천(韓泰泉) 씨의 「토성당」 등의 희곡, 김유정 씨의 소설 — 이러한 난용주의는 노골화되어 있음을 볼 수 있다.

당대의 작가 중에서 여전히 읽을 만한 김유정의 입담과 문체를 “방언이나 좋지 않은 말의 난용주의” 사례로 거론하고 있는 점에 임화 비평의 치명적인 취약점이 드러난다. 그는 무던한 시인들을 토벌하고 생경한 전언이 전경화된 미성숙 시편을 후원하는 데서 당파적 일관성을 보여 준다. 임화가 상찬했고 또 읽을 만한 시편을 보여 준 오장환이 1937년에 발표한 짤막한 「백석론」도 매우 비판적인 것이다. 『사슴』이 “주위의 습관과 분위기를 알지 못하고 그저 모방과 유행에서 허덕거리는 이곳의 뼈 없는 문청들에게 경종”이 되어 주었다고 전제하고 나서 오장환은 말한다.

그는 아무리 선의로 해석하려고 해도 앞에 지은 그의 작품만으로는 스타일만을 찾는 모더니스트라고밖에 볼 수가 없다 …… 미숙한 나의 형용으로 말한다면 백석 씨의 회상시는 갖은 사투리와 옛이야기, 연중행사의 묵은 기억 등을 그것도 질서도 없이 그저 곳간에 볏섬 쌓듯이 구겨 놓은 데에 지나지 않는 것이다…… 씨가 좀 더 인간에의 명석한 이해를 가지고 앞으로 좋은 작품을 써 주지 않는 이상, 나는 끝까지 그를 시인이라고 불러주고 싶지 않다.

시골 풍물과 유년기 회상을 진한 서도 방언으로 적은 백석을 모더니스트라고 정의하는 것은 낯설게 들린다. 그가 말하려는 것도 임화 흐름의 "시대정신과의 교섭"이 없으니 내용도 없고 스타일만 있다는 뜻일 터이다. 또 시에서 음률을 중시한 오장환으로서는 운율을 버리고 산문으로 귀화한 듯한 그의 방법, 나열주의에서 나온 가독성으로부터의 일탈을 염두에 두고 비하의 함의를 곁들여 모더니스트란 말을 쓴 것이리라. 시인이라 부를 수 없다는 것은 혹평이다. 긍정적인 평가는 뜻밖에도 계몽적 모더니스트 김기림에게서 나온다. 『사슴』이 유니크한 시집임을 강조하고 그 "치열한 비타협성"을 지적하면서 이렇게 적는다.

『사슴』의 세계는 그 시인의 기억 속에 쭈그리고 있는 동화와 전설의 나라다. 그리고 그 속에서 실로 속임 없는 향토의 얼굴이 표정한다. 그렇건마는 우리는 거기서 아무러한 회상적인 감상주의에도 불어오는 복고주의에도 만나지 않아서 이 위에 없이 유쾌하다…… 그 점에 『사슴』은 그 외관의 철저한 향토 취미에도 불구하고 주착없는 일련의 향토주의와는 명료하게 구별되는 모더니티를 품고 있는 것이다.

모더니즘을 근대성의 의식적 지각과 그 표현이라고 할 때 모더니티를 품고 있는 백석은 모더니스트로 규정된 셈이다. 오장환이 모더니스트라고 한 것도 김기림의 선행 비평을 참조하면서 멋쟁이 모던 보이 백석의 생활 행태와 연관시킨 것일 터이다. 초기시편을 포함해서 백석을 모더니스트로 규정하는 것에는 동의하기 어렵지만 방법상의 비타협성을 새로운 것으로 보는 것은 일리가 있다. 정지용이나 이상 같은 선후배 시인에게 천재라는 호칭을 아끼지 않는 것은 김기림의 비평선(批評善)인데 백석 평에도 그런 일면이 드러난다. 음력 시인에게 건넨 양력 시인의 비평으로서는 호쾌한 관대함이 보인다. 한편 신석정은 "눈 속에 『사슴』을 보내 주신 백석님께 드리는 수선화 한 폭"이란 부제를 곁들여 발표한 12행 시편 「수선화」를 통해 시집에 대한 경의를 표하고 있다. 신석정이 후배에게 독립된 헌시를 선사한 것은 백석과 서정주뿐이다. 적어도 해방 전에는 그러하다.

해방 후 간행되었으나 해방 이전의 평가 참조가 주조를 이루고 있는 백철의 『조선신문학사조사』에서 백석은 "지방적이고 민속적인 것에 집착하여 특수한 경지를 개척하여 성공한 시인"으로 평가받고 있다. 시와 시인에 관한 한 해방 전의 임화 비평에 무겁게 의존하고 있는 이 책에서 드물게 백철은 임화의 주박(呪縛)에서 벗어나 있다. 그러나 다음과 같은 사족을 첨가함으로써 끈끈한 인연을 보이고 있다. 백석 시편을 사람 됨과 연결시켜 생각하는 경향도 여전하다.

> 다만 백석과 같이 일대의 모던보이가 그리고 현대 외국문학에도 능통한 이 시인이 유독 택했다는 게 이 향토요 민속이었다면 그 책임도 결국은 이 시대의 현실이 져야 할 것이딘가?

고향 상실 시대의 고향 탐구와 복원 노력을 현실로부터의 도피라고 재단하는 표피적 판단 기준이 돋보인다. 시의 중층적 성격을 도외시하고 심층보다 표층에 주목하는 단일 척도의 또 하나의 사례다. 어쨌건 향토적이고 민속적인 것에 집착한 유니크한 시인이란 게 백석이 얻은 최고의 찬사였다. 그는 김광균 같은 모더니스트나 시단의 삼재라 불렸다는 이용악, 오장환, 서정주에 비할 만한 비평적 각광을 받은 바가 없다. 또 적지 않은 시적 변모를 보여 주었지만 시집으로 엮어 낸 바 없고 만주 이주란 사정도 곁들여 비평적 시선을 모으지 못했다. 해방 후 고향인 북에 잔류함으로써 그의 소식은 묘연해졌다. 해방 전에 친구 허준(許俊)에게 맡겨 두었다는 몇몇 시편이 발표되어 아는 이들에게 그의 부재를 일깨워 주었다. 북의 문학을 다룬 기사는 그가 소련 시인의 작품 번역에 손대고 있다는 정도를 전해 주었을 뿐이다. 6·25가 터지면서 약 30년 동안 그의 이름은 금기가 되어 거론되는 일이 없었다. 문학사에서도 문학 동료들의 관심에서도 사라진 것이다.

삼수갑산의 갈매나무

어려서 집안끼리 친히 지내는 한 젊은 여성을 알고 있었다. 스물다섯쯤 되는 이 여성은 미모의 매력적인 화가이기도 했다. 약혼 후 파혼했다는 얘기가 있었던 그녀는 늘 홀아비인 아버지와 함께 있었다. 그녀의 아버지는 외모나 인품이나 전혀 매력 없는 노인이었다. 어느 날 충격적인 소식을 들었다. 아버지가 죽자 이내 미모의 여성은 자살했고 아버지와 함께 묻어 달라는 유서를 남겼다. 젊은 여성에게 끌렸던 소년은 '이럴 수가 있는가?' 하는 생각에 시달렸다. 열네 살 때 1차 세계대전이 일어났다. 라틴어 교사는 전쟁 전의 2년간 수업 시간에 좋아하는 금언이라며 "평화를 원한다면 전쟁을 준비하라."는 뜻의 라틴어 문장을 들려주곤 했다. 그런데 전쟁이 일어나자 그는 희열을 감추지 못했다. 언제나 평화 유지에 관심과 열의를 보인 교사가 어떻게 저리 기뻐할 수 있는가? 소년은 다시 한번 '이럴 수가 있는가?' 하는 생각에서 헤어나지 못했다. 뒷날 프로이트를 읽으면서 어릴 적 의문이 모두 풀렸다고 한다. 마르크스와 프로이트와의 만남을 적은 『환상의 사슬을 넘어』에서 에리히 프롬이 토로하고 있는 자전적 삽화다.

프롬의 경우처럼 극적이지는 않겠지만 비슷한 경험을 한 프로이트 독자들이 많을 것이다. 일상의 크고 작은 의문에 대해 프로이트 경유의 사후 인지 경험을 가지고 있을 터이다. 과학 혹은 심리학으로서의 위태로운 지위에도 불구하고 정신분석의 견고한 저력과 매력은 깨어 있는 의식을 압도하는 무의식에 대한 통찰에서 나온다. 내심 노벨의학상을 탐냈던 프로이트가 번지가 다른 괴테문학상을 받았다는 것은 매우 상징적이다. 시대정신과 결혼한 자는 곧 홀아비가 된다는 경구가 있기는 하나 프로이트 사상이란 한때의 시대정신과 결혼한 자가 완전 홀아비가 되어 버린 경우는 드문 것 같다. 무의식의 의식화가 치료법이라는 프로이트의 명제는 여전히 유효할 것이기 때문이다.

압도적인 영향력 때문에 프로이트 사상의 매개자나 해석자도 그만큼 많다. 문학 쪽에서는 "내가 정신분석으로 갔다기보다 정신분석이 내게로 왔다."고 말하는 토마스 만을 탁월한 해석자로 꼽을 수 있다. 프로이트의 여든 살 생일에 행한 기념강연 「프로이트와 미래」에서 그는 흥미 있게도 프로이트와 결별한 카를 융을 인용함으로써 프로이트의 통찰을 집약적으로 제시한다. "주어진 조건의 부여자는 우리 내부에 존재하고 있는데 모든 크고 작은 증거에도 불구하고 이 사실은 의식되는 법이 없다. 꼭 의식하는 것이 필요하고 또 불가결한데도 말이다." 요컨대 우리에게 일어나는 일이 사실은 우리가 저지르는 일이라는 것이다. 우리들이 흔히 쓰는 "말대로 된다."는 속담도 사실은 같은 뜻일 것이다.

> 산골로 가는 것은 세상한테 지는 것이 아니다
> 세상 같은 건 더러워 버리는 것이다
>
> —「나와 나타샤와 흰 당나귀」에서

한산습득(寒山拾得)을 위시해서 우리는 수많은 동양의 은둔자를 알고 있다. 도교 흐름의 은둔자를 비롯해서 심심산천 승려들의 별난 얘기는 다채롭고 풍성하다. 시정의 속물과 잡배와 귀하신 몸은 이들을 세상한테 진 패배자라고 속으로 업신여긴다. 그러나 위의 대목은 이들이 더러워서 세상을 버린 사람이라고 당당하게 말한다. 또 더러운 세상을 버리련다는 의지나 동경의 기미마저 엿보인다. 엄밀하게 말하여 위의 대목은 모든 서정시편이 그렇듯이 어느 특정 시간의 소회를 적은 것이고 도피를 통한 사랑의 완성을 꿈꾸는 일시적인 감정이다. 누구나 그렇듯이 시인의 소회도 때와 곳에 따라 다르고 변화하게 마련이다. 그래서 시편 사이의 모순이나 불일치는 낯설지 않다. 그렇지만 백석의 명편 사이에는 일관된 지향이나 성향이 보인다.

> 나는 이 세상에서 가난하고 외롭고 높고 쓸쓸하니 살어가도록 태어났다
> 그리고 이 세상을 살어가는데

내 가슴은 너무도 많이 뜨거운 것으로 호젓한 것으로 사랑으로 슬픔으로 가득 찬다.

—「흰 바람벽이 있어」에서

시인은 가난하고 외롭고 쓸쓸하니 살게 마련이라면서 시인이란 자의식이 전경화되어 있다. 세속 도시의 씩씩한 주민들은 이런 사람들을 청승 떠는 궁상맞은 화상으로 치부하고 무자각의 나태한 교만과 자기만족에 빠질 것이다. 그러나 시인은 가난과 고독에 도리어 긍지를 갖는다. "하늘이 이 세상을 내일 적에 그가 가장 귀해하고 사랑하는 것들은 모두/ 가난하고 외롭고 쓸쓸하니 그리고 언제나 넘치는 사랑과 슬픔 속에 살도록 만드신 것"이기 때문이다. 자연 속의 초생달과 바구지꽃이 그러하고 머리 검은 짐승 중 프랑시스 잼과 도연명과 릴케가 그러하다는 것이다. 이러한 시인이 종당에 가족도 집도 없이 거리에서 헤매다 남의 집 허름한 방에 기숙하게 되는 것은 필연적 귀결인지도 모른다.

이때 나는 내 뜻이며 힘으로, 나를 이끌어 가는 것이 힘든 일인 것을 생각하고,

이것들보다 더 크고, 높은 것이 있어서, 나를 마음대로 굴려 가는 것을 생각하는 것인데,

이렇게 하여 여러 날이 지나는 동안에,

내 어지러운 마음에는 슬픔이며, 한탄이며, 가라앉을 것은 차츰 앙금이 되어 가라앉고,

외로운 생각만이 드는 때쯤 해서는,

더러 나줏손에 쌀랑쌀랑 싸락눈이 와서 문창을 치기도 하는 때도 있는데,

나는 이런 저녁에는 화로를 더욱 다가 끼며, 무릎을 꿇어보며,

어니 먼 산 뒷옆에 바우섶에 따로 외로이 서서,

어두워 오는데 하이야니 눈을 맞을, 그 마른 잎새에는,

쌀랑쌀랑 소리도 나며 눈을 맞을,

그 드물다는 굳고 정한 갈매나무라는 나무를 생각하는 것이었다.

—「남신의주 유동 박시봉방」에서

이성과 이해를 넘어서서 개인의 삶을 번롱하는 막강한 힘을 사람들은 운명이라 불러왔다. "내 뜻이나 힘보다 더 크고 높은 것이 나를 마음대로 굴려 가는 것을 생각한다."는 것은 운명을 생각한다는 것이다. 운명을 생각하며 슬픔과 한탄을 가라앉힌 다음 시의 화자는 외따로 서서 눈을 맞는 굳고 정한 갈매나무를 생각한다. 혼자서 정하고 굳세게 살아가겠다는 의지가 보인다. 그것은 운명의 수락이요 니체가 누누이 말하는 '아모르 파티(amor fati)', 즉 운명을 사랑하겠다는 것이다. 화자는 슬픔과 절망 속에서 자기 뜻과 힘을 넘어서는 운명을 생각한다. 그

러나 우리에게 일어나는 일이 사실은 우리가 저지르는 일이라는 명제를 수용할 때 운명은 무의식 차원의 의지와 간구의 결과다. 더러운 세상 같은 것은 버리고 외롭고 높게 살련다는 간구와 의지의 실현이 운명으로 체감된 것이다.

백석 애호가 송준 씨의 비상한 노력으로 대충 알려진 바로는 해방 이후 한때 체제에 순응하는 시작을 보여 준 백석은 러시아 문학 번역과 아동문학 분야에서 활동하다가 하방(下放)되어 삼수에서 농장원으로 일했다 한다. 만년의 30여 년을 삼수에서 지낸 것이다. 삼수는 김소월이 "님 계신 곳 내 고향을 내 못 가네"라 노래한 그 삼수갑산, "삼수갑산엘 가는 한이 있더라도 이 짓은 못 하겠다."는 속담 속에 나오는 삼수(三水)요, 한반도에서 가장 궁벽한 오지의 하나인 그 삼수다. "세상 같은 것은 더러워 버리는 것"이라며 출출이 우는 깊은 산골로 가자."던 그의 시행대로 그는 산골 오지로 갔다. 운명을 수락하고 굳고 정한 갈매나무처럼 살고자 했던 그는 오지에서 여든셋의 수를 누렸다. 그의 명편에 나오는 대목들을 그는 삶에서 실현한 것이다. 그러고 보면 백석의 명편들은 운명이란 이름의 자작극(自作劇)에 부친 자기암시의 대사다. 말대로 된 것이 만년 30여 년의 삶이다. 성격이 운명이란 생각을 최초로 발설한 이는 헤라클레이토스라고 알려져 있다. 프로이트 이전에 벌써 이 말은 운명이 외부의 강제 아닌 내부의 자작극임을 내비친다.

작품에는 작가의 삶이 투영되어 있고 작품의 원인이 된 작가에 대한 지식은 유용하다. 필자는 그러나 작가보다 작품을 믿으라는 말을 중시한다. 삶과 작품 사이를 왕래하는 추정과 증거 불충분한 억측의 미니 서사를 비평으로 높이 사지도 않는다. 동호 집단 사이의 교환 의식(儀式)의 성격이 짙고 고도의 암시성과 인유가 특색인 하이쿠란 전통 시가, 개인사의 노출이 특기인 사소설의 전통 때문에 일본 쪽에서는 작품의 발생학, 전기적 삽화와 작품을 관련짓는 중간비평이 성행했다. 우리 사이에서도 그 영향이 보이는데 그보다는 엄밀하고 실증적인 전기가 유용하고 값있는 것이라 생각한다. 본격적인 결정판 백석 평전을 기대하는 소이다.

끝으로 사실상 백석의 백조 노래인 「남신의주 유동 박시봉방」의 제작시점에 관해 첨언한다. 해방 전의 소작이라는 생각이 아직도 널리 퍼져 있기 때문이다. 반세기전인 1961년 5·16 직후 「한국의 페시미즘」이란 치졸한 졸문에서 작자는 밝히지 않고 전문을 인용하고 나서 "이 페시미즘의 절창이 한국 최상의 시의 하나"라고 적었다. 아무런 비평적 매개도 없을 때고 오직 작품의 매혹에 기대어 토로한 말이다. 당시 1948년 9월에 나온 을유문화사 발행 《학풍》 창간호에 난 텍스트를 옮겼는데 편집후기에는 "소설은 상섭(想涉)이 썼고 시는 신석초(申石艸)와 백석의 해방 후 신작을 얻었다."고 적혀 있다. 이런 서지적 사항과 구두점을 찍지 않은 해방 이전의 소작과 달리 구두점을 꼬박꼬박 찍고 있다는 점을 들어 해방 후의 소작이라고 졸저

『다시 읽는 한국시인』에서 밝혔다. 대개의 연보도 만주 안동에서 세관업무에 종사하다 해방 후 귀국, 한때 신의주에서 살다 정주로 돌아갔다고 적고 있다. 그런데도 해방 전 소작이라는 낭설이 끊이지 않고 있는 데는 이유가 있다.

해방 전에 맡아 둔 몇몇 시편을 해방 후 허준이 몇몇 잡지에 발표했다. 「적막강산」, 「마음은 맨천 구신이 돼서」, 「칠월 백중」 등이 그것이다. 작품 성질상 이들은 만주 시편보다는 초중기 시편에 가깝다. 이에 비해 「남신의주 유동 박시봉방」은 「북방에서」, 「누보나 이백같이」, 「흰 바람벽이 있어」 등 만주시편처럼 호흡이 길고 유장한 장거리 시행으로 되어 있다. 당대 수일의 출판사인 을유문화사의 조풍연 주간이 무어가 아쉬워 해방후 신작을 얻었다고 없는 소리를 했을 것인가? 허준의 대리인 역할의 연장선상에서 추정하여 해방 전 소작이라 하는 것은 억측이다. 또 삼팔선으로 분단됐다 하더라도 당시 남북 간의 왕래는 아주 흔했다. 6·25 전 한동안 정식 우편 왕래도 있었다. 해방 후의 신작을 입수할 길은 열려 있었다. 해방 직후의 감격시대에 이런 슬픔의 시가 가능하냐는 회의론도 있다. 그러나 그런 감격시대엔 사사로운 불행감도 소멸되는 것일까? 풍년거지가 더 서럽고 명절 때의 고독이 더 참담하다고 하지 않는가? 공적인 감격은 한 달이면 끝난다. 언제 적 소작이냐 하는 것은 그리 중요하지 않다. 그러나 오자를 고쳐야 하듯이 이왕이면 정확을 기하는 것이 좋겠다는 심정에서 적어 둔다.

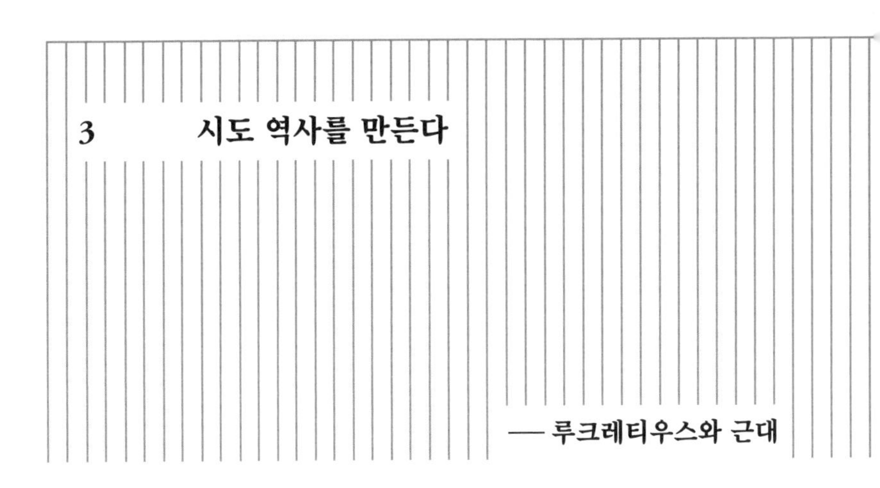

3 시도 역사를 만든다

— 루크레티우스와 근대

시인 W·H·오든은 삼십 대 초에 두 편의 꽤 긴 추도시를 썼다. 하나는 예이츠의 죽음, 또 하나는 프로이트의 죽음을 애도하는 것이다. 예이츠는 1939년 1월 프랑스에서, 프로이트는 9월 영국에서 세상을 떴다. 1939년은 히틀러가 2차 세계대전을 일으킨 해요, 오든이 모국인 영국을 떠나 미국으로 이주해 간 해이기도 하다. 프로이트 추모 시에 적고 있는 다음 대목은 아마도 장황한 어느 고담준론 못지않게 정곡을 찌른 프로이트 이해라 할 수 있다. 그때까지의 인간 개념에 커다란 수정을 가한 지적 거인의 기여가 그의 사람됨과 함께 간결하게 축약돼 있다. 경험과 기억에 충실하고 매사에 정직해야 한다는 함의가 읽힌다. 쉬 기억되는 두 줄에서 우리는 강력한 시의 마력을 새삼 실감하게 된다.

노인처럼 기억하고 어린이처럼 정직한 것
그것이 그가 한 일 전부였다.

미국 이주 후에 쓰인 것으로 보이는 「예이츠를 추모하며」에서 우리는 당시 오든이 가지고 있던 문학관을 엿보게 된다. 화자의 목소리가 단일한 것이 아님을 유념하면서 우리는 다음과 같은 대목에 의당 주목하게 된다.

미친 애란(愛蘭)이 상처 입혀 당신을 시로 몰아갔으나
애란의 광기와 험악한 날씨는 여전하나니.
시는 역사를 만들지 못하기 때문; 시는 살아남는다
행정가들이 전혀 참견하고 싶어 하지 않는
시의 말 골짜기에서; 시는 외딴 목장과
분주한 비탄, 우리가 믿고 그 속에서 죽는 쌀쌀한 고장에서
남쪽으로 흐른다; 시는 살아남는다
하나의 발생 방식, 하나의 입으로서.

아일랜드의 정치적 상황에 상처받은 예이츠가 시를 쓰게 되었으나 그로 인해 변한 것은 없다면서 "시는 역사를 만들지 못하기 때문"이라 말한다. 또 시가 사회 현실과 역사의 변두리에서 근근이 삶을 부지해 간다고 말한다. 원시에 나오는 "Poetry makes nothing happen"은 직역하면 "시가 어떤 일도

일어나게 할 수 없다."는 뜻이다. 1950년대의 교실에서 오래전 에 고인이 된 송욱 교수가 "시는 역사를 만들 수 없다."고 번역한 게 인상적이어서 60년 전의 대담하고 명쾌한 솜씨를 기록해 둠으로써 추모를 꾀하였다. 이 경구적인 대목이 오든의 단일하고 일관된 시관(詩觀)이라 할 수는 없다. 바로 이 추모시편의 끝자락에는 위의 대목과는 상충되는 시인의 바람이 보이기도 한다. "마음의 사막 속에 치유의 약수가 솟아나게 하라/ 시대의 감옥 속에서 찬미하는 법을 자유인에게 가르치라."고 시인에게 호소하고 있으니 말이다. 그러나 그것은 어디까지나 희망 사항일 뿐이다. 하나의 "입"으로 살아남는다는 것은 무엇인가? 우리는 "입"이 흔히 말하는 "목소리"를 대체하고 있다는 것을 상기해 보는 것으로 만족해야 할 것이다. 시는 항상 낯선 새로움을 추구하게 마련이고 "입"은 분명히 "목소리"보다 생소하고도 당돌한 이미지다.

"시가 역사를 만들 수 없다."는 대목은 보다 젊은 날 사회개혁과 현실 참여를 지향했던 시인의 것이어서 얼마간 놀랍게 들린다. 누구나 실감하듯 역사와 현실에서는 다수가 중요하다. 다수에게 호소하지 않고서는 역사를 만들 수도 역사 만들기를 지향할 수도 없다. 그러나 "행복한 소수"의 반(反)개념으로서의 막강한 다수는 대체로 시와 문학에 냉담하다. 이 막강한 다수에게 호소하는 것은 팝 예술이고 팝 문학이다. 지향과 취향에서 상향 평준화가 이루어진 문화적 낙원이 아니고서는 어쩔 수

루크레티우스

없을 것이다.

그러면 역사를 만들기 위해서 문학은 모름지기 팝 문학으로 변신해야 할 것인가? 사회 현실과 역사는 그만큼 중요하고 문학은 체모 없이 거기 종속해야 하는가? 이러한 의문과 갈등에 대한 해답은 추상론으로가 아니라 구체적 문학실천, 즉 글쓰기를 통해서 추구하는 수밖에 없다.

『사물의 본성』

역사를 뒤돌아볼 때 시 또는 문학이 역사를 만든 사례가 없는 것은 아니다. 2011년에 나와 많은 독자를 얻은 스티븐 그린블랫의 『진로 전환: 세계는 어떻게 근대가 되었는가(The Swerve: How the World Became Modern)』는 오래 묻혀 있던 시가 세상을 바꾸어 놓았음을 지적하면서 그 과정을 세세히 보여 주고 있다. 이 책을 따르면 포조 브라치올리니란 이탈리아의 인문학자가 1417년에 독일의 수도원 도서관에서 루크레티우스의 『사물의 본성(The Nature of Things)』을 발견한 것이 르네상스의 기원이며 역사 진행에서 진로 전환의 계기가 돼 근대 세계가 성립되었다는 것이다.

그러면 이렇게 역사와 세계를 변화시켰다는 마법 같은 책은 어떠한 시편인가? 『사물의 본성』은 각운을 밟지 않은 6보격 시행이 7400행에 이르는 라틴어 장시(長詩)로 읽기 쉬운 작품은 아니다. 어사가 어렵고 구문도 복잡하다고 저자는 말한다. 몇 해 걸려서 번역했다는 2007년도에 나온 펭귄문고 영역본은 번역인 만큼 잘 읽히는 편이지만 다루는 소재에 따라서는 꽤 까다롭다. 그린블랫의 책 8장은 루크레티우스 시편의 개요와 특징을 요약한 것이 그 내용이다. 종교, 쾌락, 죽음에 관한 철학적 명상, 그리고 자연계, 인간 사회의 진화, 성(性)의 위험과 환희, 질병의 성질 등의 이론이 강렬한 서정적 아름다움의 순간과 함께 어우러져 전개된다는 것이다. 이 8장의 표제인 「사물이 있는 방식(The Way Things Are)」은 1969년에 나온 영역본의 제목을 따서 쓴 것인데 루크레티우스 시편의 도전적인 요소를 저자는 다음과 같이 요약해서 기술하고 있다.

1 만물은 보이지 않는 입자로 되어 있다.
2 물질의 기본적인 요소인 "사물의 씨앗"은 영원하다.
3 기본적인 입자들은 수에서 무한하나 모양과 크기에서는 한성되어 있다.
4 모든 입자들은 무한 공간에서 움직이고 있다.
5 우주에는 창조자나 설계자가 없다.
6 만물은 전환의 결과로 존재하게 된다.
7 전환은 자유의지의 원천이다.
8 자연은 끊임없이 실험한다.
9 우주는 인간을 위해서나 인간 때문에 창조된 것이 아니다.
10 인간은 유니크한 존재가 아니다.
11 인간 사회는 고요와 풍요의 황금시대가 아니라 생존을 위한 원시적 투쟁에서 시작되었다.
12 영혼은 죽는다.
13 내세는 없다.
14 죽음은 우리에게 아무것도 아니다.
15 모든 종교는 미신적인 망상이다.

16 종교는 항시 잔혹하다.

17 천사도 악마도 유령도 없다.

18 인간 생활의 최고 목표는 쾌락의 고양이고 고통의 감소다.

19 쾌락의 최대 장애물은 고통이 아니라 망상이다.

20 사물 본성의 이해는 깊은 경이감을 자아낸다.

위에 적은 스무 개의 명제는 저자가 큰 활자로 적은 것을 그대로 옮긴 것이다. 우리는 그러한 추상적 명제를 통해서도 루크레티우스의 자연관이나 종교관이 어떤 것인가를 대충 짐작할 수 있다. 그러나 옛 시인이 쓴 어사를 현대어로 번역해 보는 시도는 필요하다. 그래서 저자는 루크레티우스가 말하는 입자, 즉 "사물의 씨앗"이 우리가 알고 있는 원자(原子)에 해당하는 것임을 지적하고 있는데 실제로 펭귄판 영역본에서는 원자로 번역하고 있다. 루크레티우스는 그리스 철학에서 쓰는 원자란 말을 피해서 평범한 라틴어를 여러 가지로 쓰고 있다는 것이다. 만물은 이러한 씨앗으로 형성되어 있는데 분해했다가 종당에는 다시 씨앗으로 돌아간다. 수적으로 무한하고 불변이며 눈에 보이지 않는 씨앗들은 항시 움직이고 있으며 서로 충돌하고 서로 결합하여 새 형상을 만들고 다시 분리했다가 다시 결합하며 영속한다. 파괴될 수 없는 물질로 형성된 형상들이 끊임없이 변화한다는 생각은 인류에게 떠오른 가장 위대한 생각이라는 스페인 태생 미국 철학자 조지 산타야나의 논평도 소개하고 있다.

만물은 원자의 진로전환의 결과로 존재하게 된다는 명제에서의 "진로전환"이란 말도 해명이 필요한 어사다. 그린블랫 저서의 표제가 되어 있는 "진로전환"은 swerve란 영어를 번역해 본 말이다. 원시에서 라틴어의 여러 어사가 다양하게 쓰이고 있다는데 그린블랫은 일단 단일한 어사로 통일해서 쓰고 있다. swerve란 "갑자기 빗나가다, 탈선하다", "갑자기 진로를 전환하다."의 뜻을 가진 동사이자 명사다. 루크레티우스가 생각한 원자의 좌충우돌 변화무쌍한 운동을 나타내는 말이겠다. 원자들은 서로 바짝 붙어서 미리 정해진 한 방향으로 움직이는 게 아니다. 갑작스러운 진로 바꾸기는 극히 작은 동작이지만 끊임없는 연쇄 충돌을 불러일으킨다. 무한한 시공간에서 일어나는 충돌의 결과로 끝없는 결합과 재결합이 이루어져 자연현상이 생겨나고 변화가 생겨난다는 것이다. 강물이 바다로 흐르고 대지가 그 수확물을 낳는 것도 그 일환이다.

위에 열거한 스무 개의 명제는 철학적 명상을 포함한 루크레티우스의 세계 이해가 현대인의 세계 이해와 근접해 있다는 생각을 갖게 한다. 인간 사회가 생존을 위한 원시적 투쟁에서 시작되었다는 명제는 우리의 보편적인 역사 이해와 궤를 같이한다. 아득한 옛날 요순시대가 제일 좋았다는 동양적 타락사관에 동조하는 젊은 동양인들은 아시아 어느 곳에서도 찾아보기 힘들 것이다. 태곳적 황금시대의 신화가 사실은 막연한 유아기

동경의 역사로의 전이라는 해석에 우리는 쉽게 공감한다. 원시인들이 불도 농업도 없이 먹기 위해서, 또 잡혀 먹히지 않기 위해서 몸부림쳤다는 처연한 리얼리스트의 상상력 또한 우리에게 전율적인 공감을 일으킨다. 사망률도 극히 높았으나 전쟁과 난파선과 과식으로 뛰어오른 오늘날만큼 높지 않았다는 대목에선 당대 비판자로서의 시인의 면모가 역력하다. 우리가 팍스로마나를 떠올리고 연회장을 빠져나와 음식을 토해 내고 다시 미식을 즐겼다는 로마 귀족의 작태를 떠올리게 되는 것은 당연하다. 종교는 희망과 사랑을 약속하나 그 밑에 깔려 있은 것은 잔혹성의 구조라는 명제도 원리주의가 세계 도처에서 낭자한 유혈 사태를 빚고 있는 오늘 각별한 호소력을 갖는다. 딸을 제물로 바친 아가멤논을 염두에 두고 부모의 자식 희생에서 종교의 본질적 표상을 보는 것도 근대인의 공명을 얻기에 충분하다.

루크레티우스가 다시 읽히기 시작하면서 그에게 향해진 비난은 그가 무신론자라는 것이었다. 그러나 그린블랫은 그가 무신론자가 아니었으며 신의 존재를 믿었다고 말한다. 다만 그의 신은 신이기 때문에 인간이나 인간사에 대해서 무심하다는 것이다. 더구나 인간의 기도나 제물 제공에 의해서 영향을 받는 신이 아니라는 것이다. 신들이 인간의 운명이나 제의적(祭儀的) 실천에 관심을 갖는다고 상상하는 것은 특히 야비한 모욕이라고 그는 말한다. 심각한 쟁점은 거짓 믿음과 의식이 인간 해악으로 이어진다는 것이라고도 말한다. 『사물의 본성』이 촉발한 무신론 의혹과 함께 인간 중심적이 아닌 근대적 자연 이해와 세계 이해가 극히 위험시된 것은 당연한 일이었을 것이다.

1417년 전후

시인 오비디우스나 철인 정치가 키케로가 『사물의 본성』을 높이 평가했다는 기록이 있지만 막상 루크레티우스에 관해선 알려진 바가 별로 없다. 기원 4~5세기에 살았던 성(聖) 히에로니무스가 연대기에 적어 놓은 짤막한 대목은 "시인 루크레티우스는 기원전 94년 출생으로 미약(媚藥) 때문에 정신이상이 된 후 광기 사이사이에 몇 권의 책을 썼고 그것은 키케로가 수정했는데 마흔네 살 된 해에 자살했다."로 되어 있다. 현대의 고전학자들은 이 기록을 그대로 받아들이기 어렵다고 주장한다. 루크레티우스 사후(死後) 몇 백 년 후에 기독교도 논쟁가가 이교도 철학자에 대해서 한 말에 대한 회의인 셈이다. 그 후 1600년 동안 루크레티우스의 삶에 대한 새 정보가 나온 게 없다는 것은 수수께끼라고 그린블랫은 말하고 있다. 그는 18세기에 폼페이 유적지에서 발견되었으나 최근의 고고학적 기술로 복원된 루크레티우스 작품의 단편들을 전거(典據)로 해서 그의 생존 당시 로마의 엘리트 사이에서 『사물의 본성』이 읽히고 열람되었음을 밝히고 있다. 그의 이른바 신역사주의(The New

Historicism) 방법의 작동 현장을 엿보게 하면서 흡사 추리소설처럼 읽히는데 따지고 보면 이 대목뿐 아니라 책 전체가 그렇다고 말할 수 있다.

인간 생활의 최고 목표는 쾌락의 고양이요 고통의 감소라는 명제에서도 뚜렷하듯이 에피쿠로스는 루크레티우스의 철학적 스승이다. 『사물의 본성』을 원자론도 포함하여 에피쿠로스 사상의 시적 형상화라고 보는 통념은 정당한 것이다. 쾌락을 최고 목표로 삼는다면 신과 조상숭배는 어떻게 되는가? 가족과 국가에의 봉사는? 준법과 덕성의 추구는? 이교도나 유대교도 혹은 기독교도에게 에피쿠로스 사상은 용납될 수 없는 것이었다. 그의 적수들은 에피쿠로스를 희화화하는 많은 소문을 퍼트렸다. 과식으로 하루에 두 번이나 토했다든가 재산을 음식 잔치에 탕진했다든가 하는 얘기였다. 게다가 그는 플라톤이나 아리스토텔레스를 포함해 많은 그리스 철학자들처럼 명문가 출신이 아니었다. 이것도 그의 세평에 불리하게 작용했으나 에피쿠로스는 극히 검소한 삶을 산 철인이었다. 그린블랫은 추론이나 억측은 삼가고 있지만 루크레티우스의 삶이 알려지지 않고 명예롭지 않은 사단만 전하는 것도 에피쿠로스와 마찬가지로 잠재적 적수들의 음해 탓이 아닌가 하는 생각을 갖게 한다.

브라치올리니가 1417년에 발견한 필사본은 9세기에 아마도 어떤 수도승이 필사한 것이다. 그것이 연원이 되어 활판 인쇄술 발명 이후 『사물의 본성』은 유럽 각지에서 간행되어 널리 읽히게 된다. 경건한 기독교도를 자처한 르네상스기의 많은 문인이나 예술가의 작품 속에서 공명의 메아리가 일어나기 시작한다. 셰익스피어의 『로미오와 줄리엣』에도 원자가 언급돼 있다. 1580년에 프랑스에서 나온 몽테뉴의 『에세이』에는 루크레티우스로부터의 직접적인 인용이 거의 100번 나오고 그의 명제와 궤를 같이하는 에세이도 허다하다.

내세 아닌 현세에 대한 관심 집중, 종교적 광신에 대한 모멸, 원시적이라 생각했던 사회에 대한 매혹, 소박하고 자연스러운 것에 대한 경의, 잔혹성의 혐오, 동물로서의 인간에 대한 깊은 이해는 루크레티우스 경험과 거기 수반된 성찰의 산물이며, 특히 몽테뉴가 즐겨 다룬 성과 죽음에 관한 고찰에는 루크레티우스의 흔적이 역력하다고 그린블랫은 말한다. 1989년에 1563년에 나온 『사물의 본성』을 입수한 어느 대학 사서는 그것이 몽테뉴가 소장했던 것이란 학자들의 인증을 받았다. 몽테뉴는 특히 무로부터의 창조나 신의 섭리나 사후의 심판을 전복하는 것으로 생각되는 대목에 많은 표지를 해 놓았다. 단지 표지나 메모에 지나지 않지만 루크레티우스의 유물론으로부터 도출할 수 있는 극히 과격한 결론을 시사한다는 것이다. 이단 심문이 가장 혹독하였던 스페인에서도 루크레티우스는 읽혔다. 그의 원자론이나 유물론은 기독교의 제 교리에 대해 중대한 도전이었고 신학뿐 아니라 도덕, 윤리, 정치 분야에서도 전복적인 도전이었다. 그린블랫은 이 과정을 상세히 추적하면서 갈릴레이 재판에서도 지동설뿐 아니라 그의 원자론을 이단 심문관이 문제 삼고 있음을 최근에 발굴된 자료를 통해서 말하고 있다.

루크레티우스 시의 미적 감상을 위해선 라틴말에 능통해야 했고 따라서 시의 유통은 한정되어 있었으나 17세기가 되면 프랑스에서 산문 번역이 나왔고 지금 전해지는 것은 없으나 몰리에르는 운문 번역을 시도했다. 영국에서는 1687년에 2행 연구로 된 완역이 나와서 놀랄 만한 성취라는 찬사를 받았다. 그러나 그 이전에 청교도인 루시 허친슨의 운문 번역이 극히 한정된 독자들 사이에서 유통되었는데 이 최초의 영역본은 20세기가 되어서야 인쇄본으로 나오게 된다. 허친슨의 번역이 끝날 무렵 영국에선 시인 스펜서, 프랜시스 베이컨, 토머스 홉스 등이 루크레티우스의 흔적이 보이는 글을 보여 준다. 찰스 다윈이 『종의 기원』을 쓰고 또 아인슈타인이 현대의 원자론이 의존하고 있는 경험론적 증거를 위한 무대장치를 시도할 때 그들은 루크레티우스의 세계상에 의존하지 않았다. 그러나 그의 시를 읽지 않아도 되고 그 유실(遺失)과 발견의 드라마가 망각으로 사라지고 브라치올리니가 완전히 잊혔다는 사실 자체가 루크레티우스가 현대사상의 주류로 흡수된 징후에 지나지 않는다고 그린블랫은 말한다.

시와 책의 마력이 세계를 변화시켰다는 그린블랫 명제의 서사(敍事)는 토머스 제퍼슨과 미국의 독립선언서에 이르러 정점에 이르게 된다. 루크레티우스를 향도로 삼은 제퍼슨은 최소다섯 종의 라틴어판 『사물의 본성』과 영어, 프랑스어, 이탈리아어판을 소유하고 있었다. 그것은 그의 애독서의 하나였고, 세계는 자연일 뿐이며 자연은 물질만으로 구성되었다는 확신을 굳혀 주었다. 시가 권면하는 것과 달리 공적 생활의 격무 속으로 뛰어든 그는 미국 건국 당시 독립선언서 작성에 참여했다. 독립선언서에는 "생명과 자유와 행복의 추구"가 조물주가 부여한 양도할 수 없는 권리라고 적혀 있다. 행복추구권의 명기는 제퍼슨의 발상이었으며 우리는 거기서 루크레티우스의 명제를 확인하게 된다는 것이 그의 결론이다.

조지 슈타이너는 『사상시: 헬레니즘에서 첼란까지』에서 "루크레티우스의 시에선 다른 어디에서보다도 전근대의 사상이 근대의 사상에 바싹 근접해 있는 것으로 보인다."는 리오 스트라우스의 말을 동조적으로 인용하고 있다. 근대사상에 근접해 있는 전근대의 사상이 바로 근대사상의 기원이며 거기서 똑바로 근대사상이 이어져 왔다고 생각하는 것은 원자가 맹목적인 진로 전환으로 좌충우돌하면서 만물이 생성과 분해를 계속한다는 루크레티우스의 세계상에 걸맞지 않아 보인다.

원자와 무한 공간과 그리고 무(無)라는 것으로 축약되는 루크레티우스의 유물론은 근대성이란 역사 현상을 설명하는 열쇠 말로서는 너무나 단순하고 몰사회적, 몰역사적, 몰인간학적으로 들린다. 영혼은 불멸이 아니고 내세는 없으며 종교의 기초에는 잔혹성이 있고 종교가 해악으로 이어진다는 우상파괴적인 사고가 계몽적 근대성의 일부를 이루고 있다는 것은 부정할 수 없다. 행복추구권으로 단아하게 근대화된 쾌락 추구의 평가 절상도 근대의 승리의 하나일 것이다. 그러나 루크레티우스 발견은 근대화 과정에서 하나의 삽화적 현상일 뿐 변화의 빅뱅으로 간주하는 것은 자기 착상에 대한 그린블랫의 과대평가가 아닌가, 하는 의혹이 생기는 것도 사실이다.

그럼에도 불구하고 이 문학 위상의 끝없는 전락 시대에 하나의 시편이 역사를 변경시켰다는 명제는 그 자체로서 벌써 매혹이요 고무적이다. 시도 역사를 만들었다는 생각은 문학과 인문학 회의론자들에게 커다란 위안이 될 것이다. 시가 역사를 만들었다 해도 그 전개가 오랜 세월에 걸친 완만하고 우회적인 과정임을 유념하는 것은 필요하다. 문학은 즉시적 효과를 지향해서 성과를 올리려는 격문(檄文)일 수 없기 때문이다.

위에서 『사물의 본성』이 르네상스의 기원이며 시가 세계를 바꾸었다는 그린블랫의 명제를 추적해 보았다. 그러나 그 주제는 그의 책 『진로전환』의 극히 적은 부분에 지나지 않는다. 사본 필사자(筆寫者)의 생활, 책 수집, 파피루스나 양피지 같은 종이 제조, 수도원에서의 수도승 생활 등이 세세하고 정밀하게 기술되어 있다. 또 글씨솜씨가 뛰어나 필사자로 성공하여 교황 비서가 되고 열네 명의 사생아를 낳고 쉰여섯 살에 열여덟 살 신부와 결혼하여 다섯 남매를 두고 피렌체의 최고 명예직에 오른 인문학자 브라치올리니, 역대 교황 중 최고 흉물로서 교황 자리에서 쫓겨나 감옥 생활 끝에 다시 피렌체의 추기경이 되는 요한 23세, 이단으로 화형(火刑)되는 브루노 등 수다한 등장인물의 삶이 실감나게 그려져 있다. 읽어 볼 만한 사상사요 문화사이기도 하다. 가톨릭 교리를 포함해서 중세의 희화화란 격앙된 반응이 가톨릭 학자들 사이에서 나오는 것은 당연해 보인다.

4 오래된 놀라운 신세계

—『사물의 본성』을 읽고

지난번에 루크레티우스의 『사물의 본성』이 르네상스의 기원이며 시가 세계를 바꾸었다는 스티븐 그린블랫의 명제를 살펴보았다. 시가 역사를 만들었다는 『진로 전환: 세계는 어떻게 근대화되었는가』의 줏대 되는 명제를 추적해 본 것이다. 그 글이 나온 후 곧 그린블랫의 책은 『1417년, 근대의 탄생: 르네상스와 한 책 사냥꾼의 이야기』란 표제로 번역 상재되었다. 이어 루크레티우스의 시가 『사물의 본성에 관하여』란 표제로 오래전에 출간되었다는 사실도 알게 되었다. 2011년에 대우고전총서의 하나로 강대진 번역본이 나왔는데 필자가 구해 본 역본은 2013년에 나온 2쇄본이다. 이런 고전이 직접 라틴어에서 번역되고 또 2쇄까지 나왔다는 것은 우리 문화 역량의 신장을 말해 주는 것 같아 뿌듯한 느낌이었다.

그런 사정도 있고 해서 원본 번역의 표제가 『사물의 본성에 관하여』인데 어째 시종 『사물의 본성』이라고 적었느냐는 독자의 질문을 받았다. 정당한 의문이고 원제가 "De Rerum Natura"요, 영어 번역도 "On the Nature of Things"이니 『사물의 본성에 관하여』가 충실한 번역이다. 과거의 영역본도 그렇게 되어 있다. 그러나 마침 구해서 읽어 본 2007년 펭귄본이 전치사 없이 『사물의 본성』으로 되어 있고 일일이 "관하여"를 붙이는 게 번거로워 그렇게 따라 했다. 문장이나 작품이나 표제를 전치사로 시작하는 것은 초기 근대 영어에서는 낯익은 구문이다. 가령 프랜시스 베이컨의 에세이 제목은 "Of Truth, Of Love" 등 모두 전치사로 시작하고 있는데 이는 라틴어 어법을 따른 것이다. 베이컨의 선례인 몽테뉴의 경우도 마찬가지다. 『사물의 본성에 관하여』도 그런 사례인데 책 이름은 하나의 표지일 뿐이니 간편하게 줄인 것이다.

이런저런 세목들

유럽 전통에서 교훈시로 분류되는 이 장시를 읽는 것은 현대독자에게는 얼마쯤 버거운 일이다. 원시는 기막히게 아름답다는 것인데 번역으로 읽는 이는 그렇게 상상하고 자기암시를 가하면서 읽어 가는 수밖에 없다. 원자와 무한 공간과 그리고

무(無)라는 것으로 축약되는 루크레티우스의 유물론 자체는 지적으로 도전적인 명제가 아니다. 위상 격하를 포함해서 그 폐해를 지적하는 종교 비판도 기독교의 변신론(辯神論)을 접해 본 이에겐 명쾌하게 들릴 것이다. 그러나 작품 속에 전개되는 우주론과 자연론은 시 독자들이 흔히 기대하는 세계와는 생소한 것이어서 우선 위화감을 줄 수 있다. 그것은 최초의 국역임을 의식하고 원문 충실을 지향한 번역이 이행한 표피적 유려함의 자발적 거부와 어우러져 독파의 장애가 될 수도 있다. 루크레티우스가 한결 친숙한 이름이 되기를 바라는 마음에서 이 고전에 대한 소회를 적어 보려 한다. 지난번 글에 대한 보완이 되고 또 공들여 번역하고 상세한 주석을 달아 놓은 강대진 번역본에 대한 관심이 일기를 바라는 마음에서다. 성질상 자의적인 선택에 따른 변두리 세목 검토가 될 수밖에 없다.

여섯 권에 7400이 조금 넘는 시행으로 된 『사물의 본성』을 조지 산타야나는 단테의 『신곡』, 괴테의 『파우스트』와 같은 높이의 철학적 시로 고평하고 있다. 여러 가지 정황으로 보아 미완의 작품이라 간주되는 이 시에는 통상적인 의미에서의 등장인물도 또 서사도 없다. 우주, 자연, 인간, 종교에 관한 운문으로 된 논문이라는 뼈대를 가지고 있다. 호메로스나 괴테를 읽은 독자에게도 이 시는 놀라운 신세계로 비칠 것이다. 그 중요 논지에 관해선 그린블랫의 저서가 명쾌하게 설명하고 있으며 전개되는 많은 논의는 루크레티우스의 창의가 아니라 에피쿠로스 사상에 의존한 것이다. 루크레티우스는 첫머리에서 그것을 말하고 있는데, 다음 대목에서 "한 희랍인"이라 한 것은 바로 에피쿠로스다.

> 인간의 삶이 무거운 종교에 눌려
> 모두의 눈앞에서 땅에 비천하게 누워 있을 때,
> 그 종교는 하늘의 영역으로부터 머리를 보이며
> 소름 끼치는 모습으로 인간들의 위에 서 있었는데.
> 처음으로 한 희랍인이 필멸의 눈을
> 감히 맞서 들었고, 처음으로 감히 맞서 대항하였도다.
>
> — 1권 62-67

에피쿠로스는 3권에서는 아버지로, 5권에서는 신으로 칭송되고 있기도 하다. 작품에선 사람을 불행하게 하는 사례로 공포를 들고 있는데 하나는 사후의 징벌에 대한 공포이고 다른 하나는 죽음에 대한 공포다. 우리 모두가 알고 있듯이 지옥은 불교 문화권에서 낯익은 개념이다. 그러나 유럽에선 지옥이 기독교의 발명이라고 생각하는 경향이 있는데 이는 잘못이며 이 점에서 기독교가 한 일은 그 이전의 민간 속신을 체계화한 것에 지나지 않는다고 버트런드 러셀은 말하고 있다.

루크레티우스가 사례로 들고 있는 것은 그리스신화에 나오는 범칙자들의 징벌이다. 영혼 필멸을 주장하는 루크레티우

스는 당연히 사후의 징벌을 부정하면서 사람들의 헛걱정을 나무란다. 또 죽음은 조금도 두려워할 필요가 없는 것이니 우리를 구성하고 있는 원자의 재구성이 죽음이고 사자는 쾌감도 고통도 느끼지 못하기 때문이라 한다. 이 부분은 시편 전체 중에서 가장 강력한 시행을 이루고 있다는 것이 비평적 합의에 이른 통념인 것으로 보인다. 그러나 강력한 금지가 강력한 유혹이 되듯이 죽음 공포 불필요의 강력한 표현은 그만큼 공포의 압도적인 힘을 말해 주는 것이기도 하다. 장엄한 종교음악과 위압적인 고딕 교회건물이 종교의식을 고양해 주듯이 원시의 아름다운 박력이 죽음의 공포를 완화하는 효과를 자아낼 수 있을지도 모른다. 그러나 죽음 공포 불필요의 논리가 얼마나 정서적 호응을 얻을 수 있을지는 번역 독자에게는 의문이다. "죽음은 살 수 없다."는 논리는 죽음으로의 존재인 인간에게 하나의 논리로만 남아 있고 파토스의 울림으로 이어지지 못할 공산이 크다. 그러나 영혼 필멸을 말하면서 가령 전생의 기억 불능을 사례로 들고 있는 대목은 거역할 길 없는 설득력을 가지고 있다.

> 더욱이 만일 영혼의 본성이 불멸적인 것으로 되어
> 있다면, 그리고 태어나는 것들의 육체 속으로 들어가는 것이라면,
> 왜 우리는 이전에 살았던 생을 덧붙여 기억하지 못하며,
> 행해진 일들의 아무 흔적도 잡지 못하는가?
> 왜 이런 말을 하는가 하면, 만일 정신의 능력이 그토록 크게 변해서,
> 행해졌던 일들의 모든 기억이 무너질 정도라면,
> 내 생각에, 이것은 벌써 죽음으로부터 멀리 벗어나 있는 것이 아니기 때문이다.
>
> — 3권 670-676

우주론이나 루크레티우스 유물론의 핵심인 원자론은 근대 물리학의 공리를 당연한 것으로 받아들이듯 보통 독자에게는

논증의 영역 너머에 있다고 할 것이다. 근대적인 의미의 인문학적 상상력과 자연과학적 상상력으로 분화되기 이전의 역동적 상상력에 경탄하면서 망연자실하게 될 뿐이다. 일상적 경험이 대상이 되어 있는 천체나 대기 현상에 대한 논의도 전통적 문학 상상력에 익숙한 독자에게는 얼마쯤 무심하게 비칠 공산이 크다.

> 같은 식으로 번개도 생긴다. 구름들이 서로 충돌하여
> 많은 불의 씨앗들을 떨어 낼 때, 돌이 돌을, 혹은 쇠를
> 때릴 때와 마찬가지다. 그때에도 빛이 튀어 나가고,
> 불이 빛나는 불똥을 흩뿌리기 때문이다.
> 하지만 우리는 천둥을, 눈이 번개를 보는 것보다
> 나중에 귀로 받아들인다. 자극하는 것은 항상
> 눈보다는 귀에 늦게 당도하기 때문이다.
>
> — 6권, 160-166

벤저민 프랭클린의 빗속 연날리기 그림을 곁들여서 천둥 번개가 방전 현상임을 배운 독자들에게 천둥 번개에 대한 이러한 설명은 구구하게 들린다. 하지만 빛의 속도가 소리 속도보다 빠르다는 상식이 돼 버린 과학 공리에 의존하지 않고 세심한 관찰을 통해 번개 현상을 설명하는 과정과 방식은 재미있다. 세계의 경이를 처음으로 접하는 외경 섞인 신선한 호기심

과 관찰력의 작동 방식은 그 자체로서 매력이요 독자에게 경험과 지각의 갱신을 권면한다. 4권의 감각과 사고를 다룬 부분에는 일상 현상을 사례로 설명하고 있는데 그 후의 검증을 통해 사실이 아님이 드러나는 대목이 발견되는 경우도 있다. 이상(李箱)이 "거울속의 나는 왼손잡이요"라고 말한 현상은 이렇게 기술된다.

> 우리 지체의 오른쪽 부분인 것은
> 거울에서는 왼쪽에 보이게 된다.
> 거울의 평면에 상이 가서 부딪힐 때,
> 그대로 돌려세워지는 것이 아니라, 곧장 뒤로 되밀쳐지기 때문이다.
>
> — 4권, 292-295

> 또 황달에 걸린 사람이 보는 것은 무엇이든
> 노랗게 된다, 그들의 몸으로부터 노란색의
> 많은 씨앗들이 사물의 영상들을 향해 흘러가기 때문이다.
> 그리고 그들의 눈에 많은 것들이 섞이기 때문이다.
>
> — 4권, 332-335행

정말 그럴까? 황달에 관한 기술은 기상천외한 것으로 생각된다. 알렉산더 포프의 『인간론』에는 가령 "어두운 휘장 같은 두더지 눈과 스라소니의 눈빛 같은/ 한참 떨어진 두 극단 사이의 갖가지 시력"이란 대목이 보인다. 눈에서 빛을 발사해서 사물이 보인다는 옛 생각이 반영된 것인데 스라소니가 가장 강력한 빛을 발사한다고 생각했다. 어진 선비가 밤중 산길을 가는데 갑자기 앞이 환해져서 바라보니 이 또한 어질디어진 호랑이가 형형한 눈빛으로 길을 비춰 준 탓이라는 우리 얘기와 상통한다. 그런데 눈에서 많은 원자들이 사물의 영상들을 향해 흘러간다는 것은 그릇된 옛 생각이라 치더라도 "황달에 걸린 사람이 보는 것은 무엇이든 노랗게 된다."는 대목은 어떻게 설명해야 할 것인가? 고전고대의 석학 아리스토텔레스도 염소는 귀로 숨을 쉰다든가, 남자의 이가 서른두 개인 반면 여자의 것은 스물 몇 개라는 기상천외한 성차별적 관찰을 남겨 놓고 있다. 지어낸 얘기가 아니라 자그마치 버트런드 러셀의 『서양철학사』에 나오는 삽화다. 그런 단순 착오의 하나일까?

시인 유안진 교수에게 들은 바로는 안동 지방에서는 황달에 걸린 사람들이 붕어를 대야에 집어넣고 붕어를 골똘히 바라본다 한다. 며칠 그러다 보면 붕어가 노랗게 쇠해 가는데 그러면 병색이 든 붕어를 버리고 새 붕어로 바꾸어 놓고 다시 열심히 들여다본다. 붕어는 다시 노랗게 되는데 실제 목격하지 않았다면 믿지 못했을 것이라 한다. 전래 민간요법으로서 칡뿌리 생즙 마시기와 함께 오래 병행해서 실제로 고친 경우를 보았다 한다. 현대 의학이 승인하지 않는 황달의 마술에서 고대 로

마와 근대 안동의 기이한 상봉을 목도하는 것도 우리를 유쾌하게 한다. 믿거나 말거나 이렇듯 고전에는 우리의 의표를 찌르는 잔재미가 도처에 잠복해 있다. 우리들 노년층의 한 많은 어린 시절을 상기시키는 옛 놀이가 나오기도 한다.

> 아이들이 빙빙 돌다가 멈췄을 때, 그들에겐 방들이 맴돌고
> 기둥들이 돌아 달리는 듯 보이게 된다.
> 이제 온 집이 자신들 위로
> 무너지려 위협하고 있다고 믿지 않을 수 없을 만큼.
>
> — 4권 399-402

위 4행이 다루고 있는 것은 "고추 먹고 맴맴, 담배 먹고 맴맴"의 모티프다. 장남감도 없고 마땅한 놀이터도 없던 시절 꼬마들은 자꾸만 맴을 돌아 어지럼증을 유발하고 빙빙 돌아가는 공간의 신세계를 엿보는 자기기만적 현실 전복 놀이를 하곤 했다. 대개 실내에서 거행하는 기이한 놀이였으나 다친다며 부모들이 금하는 게 보통이었다. 모래밭에서 하는 경우도 있었다. 루크레티우스는 아이들이 맴맴 하고 돌다가 멈추었을 때 갖게 되는 방이 맴도는 것 같은 착각을 "정신의 잘못된 추론"의 한 사례로 기술하고 있다.

이상의 걸작 산문 「권태」에 보이는 한촌 어린이들의 행태를 기억하는 독자들이 많을 것이다. "일어서서 두 팔을 높이 하

늘을 향하여 쳐든다. 그리고 비명에 가까운 소리를 질러 본다. 그러더니 그냥 그 자리에서 겅중겅중 뛴다…… 나는 이 광경을 보고 그만 눈물이 났다. 여북하면 저렇게 놀까. 이들은 놀 줄조차 모른다." 이 장면을 읽으면서 왜 어린이들이 맴맴 하며 빵빵이를 치다가 쓰러지는 장면을 넣지 않았을까, 그렇게 했다면 눈물이 났다는 게 더 실감이 갈 텐데, 하고 애석해한 적이 있다. 2000여 년 전 루크레티우스 시대 로마의 코흘리개도 우리처럼 맴맴 놀이를 했다는 것을 상상하면 적잖이 위로가 되면서 유쾌해진다. 얘기가 좀 빗나가지만 이상이 알았으면 좀 더 많은 눈물을 흘렸을 꼬마들의 놀이가 또 있다. 한반도에 삼한사온 겨울이 오면 너나없이 대개 손이 얼어 터졌다. 튼 손등을 한참 비비다가 코에 갖다 대면 닭의똥 냄새가 났다. 하나가 하면 여럿이 따라 해서 제 손에서 나는 고약한 냄새를 맡으며 킬킬거렸다. 『나의 해방 전후』란 졸저에서 그 얘기를 적은 일이 있다. 이를 본 일본인 독자가 자기들도 그런 자가발전(自家發電) 악취 놀이를 했다며 아주 반가워했다. 고향을 물으니 일본 동북 지방 아키타(秋田)의 농촌 출신인데 나이는 한참 아래였다. 고추 먹고 맴맴이나 손등 비비기 사례에서 보듯 문학은 시공간을 상거한 사람들을 덧없이 잠시 맺어 주기도 한다.

심란한 역사

재미도 있으나 역사를 읽으면 심란해진다. 삶은 각박하고 제도는 흉악하고 고약한 자식들이 너무 많기 때문이다. 도덕 개념이 발생하기 이전 선악 너머에서 루크레티우스가 보여 주는 인간 역사도 숨 막히게 처참하다. 사람과 야수와의 싸움도 사람과 사람의 싸움 못지않게 치열하고 끔찍하다.

> 왜냐하면 그때는 더 자주 그들 중 어느 하나가 붙잡혀 찢겨서
> 야수들에게 살아 있는 먹이를 제공하곤 했기 때문이다. 이빨에 찢겨서.
> 그리고 임원(林苑)과 산들과 숲들을 비명으로 채우곤 했기 때문이다.
> 살아 있는 살이 산 무덤 안에 매장되는 것을 보면서.
>
> — 5권, 990-993

이러한 처지의 원시인들이 집과 가족과 불을 마련하고 혼인의 법이 알려지면서 인간 종족이 약해지기 시작했다는 역사 서술은 그 진부를 떠나서 매우 흥미 있는 역사적 상상력의 소산이다. 왕들이 생겨나고 부가 발견되는 과정도 구체적인 세목을 통해 제시되어 있어 일반적인 서술로 일관하는 통상적 역사와 다른 문학성을 실감하게 한다. 루크레티우스에게 있어 역사

적 상상력은 리얼리스트의 상상력이기도 하다.

날이 가면서, 재능이 뛰어나고 가슴에 활력 있는 자들이
이전의 음식과 생활을 새로운 것들과 불로서
바꿀 수 있음을 더욱더 보여 주기 시작했다.
왕들은 도시를 세우고 성채를 배치하기 시작하였다.
자신들을 위한 요새와 도피처로서.
그리고 가축들과 들판을 분할하고 배당했다.
각 사람의 용모와 힘과 재능에 따라서.
왜냐하면 용모는 가치가 있었고, 힘은 높은 명예를 누렸기 때문이다.
좀 더 뒤에 재산이 발명되고 금이 발견되었고,
이것은 힘과 미모에서 쉽사리 명예를 빼앗았다.
왜냐하면 대개는 힘센 자들도, 아름다운 용모로 태어난 자들도 무엇이든 더 부유한 자의 도당을 좇기 때문이다.

— 5권 1105-1116

"가슴에 활력 있는 자"들을 최신 영역본인 펭귄본에서는 "대담한 상상력을 가진 자"로 번역해 놓고 있다. 요즘 말로 하면 지력(知力)과 상상력이 뛰어난 자들 덕분에 새것이 도입되어 생활 향상이 이루어졌다는 뜻이겠다. 왕들이 자신들의 안전을 위해 성채와 도시를 건설하고 토지와 가축을 분배했는데 용모

와 힘과 재능에 따라서 그리했다고 한다. 영역에서 “용모와 힘과 재능”은 각각 beauty, strength, intellect로 되어 있다. 호메로스의 영웅 오디세우스의 강점은 힘이 세다는 것과 꾀가 많다는 것이다. 여기서 말하는 지력은 꾀가 많았다는 것으로 이해할 수 있는데 힘과 꾀가 영웅 됨의 필수 조건이었던 셈이다. 루크레티우스는 거기에 용모를 추가하고 있다.

통상적인 용법으로 보면 beauty는 여성을 가리키는 것이니 혹 미모의 여성을 말하는 것이 아닌가 생각할 수도 있다. 그러나 1115행의 번역에서는 남성임이 분명해지고 또 그 옛날 미녀에게 가축과 들판을 주었을 리 없다. 오디세우스가 미남인지 보통내기 사내인지는 알 길이 없다. 추물 아닌 것만은 분명한 것이 호메로스에서 반역이나 용렬함은 추남의 전담 사항이 되어 있으니 말이다. 결국 잘생긴 미남, 기운 센 장사, 꾀 많은 재사가 특혜를 받았다는 얘기가 된다. 이들이 먼 뒷날 영주가 되고 귀족이 되는 셈인데 세 가지를 갖춘 삼위일체의 괴물은 만고의 영웅이 되었으리라.

그러나 이 모든 것도 부를 능가하지는 못한다. 부가 발명되고 황금이 발견되고 나서는 누구나 “부유한 자의 도당”을 좇아가게 된다. 황금 숭상을 자본주의 고유의 악덕이요 폐해라고 생각하는 사람들이 많다. 그러나 자본주의 이전부터 부의 힘은 막강하였다. 돈이면 귀신도 부릴 수 있다는 것은 자본주의 이전부터 있었던 말이다. 『안티고네』에도 다음과 같은 대사가 보인다.

> 돈! 돈은 인류의 가장 큰 재앙이다. 도시를 파괴하고 사람들을 고향에서 추방하고
> 비행과 치욕으로 가는 길을 가리키며
> 선의의 인간조차도 유혹하고 속이는 것은 돈이다.

E·H·카는 『역사란 무엇인가』에서 루크레티우스를 인용하고 나서 역사 과정을 자연 과정같이 생각하는 순환적인 견해라고 지적하고 있다. 역사의 진보를 믿는 그는 유대교나 기독교가 갖고 있는 목적론적 역사관과 거리가 먼 고전고대 그리스나 로마에 역사의 개념이 결여되어 있음을 지적하면서 그 사례로 거론한 것이다.

> 또한 돌아보라, 영원한 시간 중, 우리가 태어나기 전에
> 흘러간 과거가 우리에게 얼마나 아무것도 아니었는지를.
> 그러므로 자연은 이것을 우리에게, 앞으로 올,
> 우리가 마침내 죽은 다음의 시간의 거울상으로 제시한다.
>
> — 3권, 971-975

기원전 4세기의 에피쿠로스는 그리스 도시국가의 붕괴를 목도한 시대의 절망에 대한 반응으로서 맹목적인 원자의 조합

이라는 우주관을 설파했다는 것이 정설이다. 루크레티우스가 살았던 기원전 1세기도 혁명이나 내란이 그치지 않았던 사회적 갈등의 시대였고 그가 에피쿠로스 철학에 끌린 것도 이와 무관하지 않다는 설명도 있다. 순환적 역사관은 몰락하는 계층과 사회의 이념적 표출이라고 흔히들 말한다. E·H·카는 소련과 동구권의 붕괴를 보지 못하고 세상을 떴다. 그가 살아 있었다면 그 사태를 두고 어떠한 반응을 보였을 것인가? 물론 "진보의 비연속성"이란 명제로 대응했을 것이나 그의 진정한 내심은 어떠했을까? 그의 책을 통해 알게 된 알렉산더 게르첸의 "나는 역사의 오페라 대사를 믿지 않는다."는 말에 끌리는 처지에서는 적잖이 궁금할 따름이다.

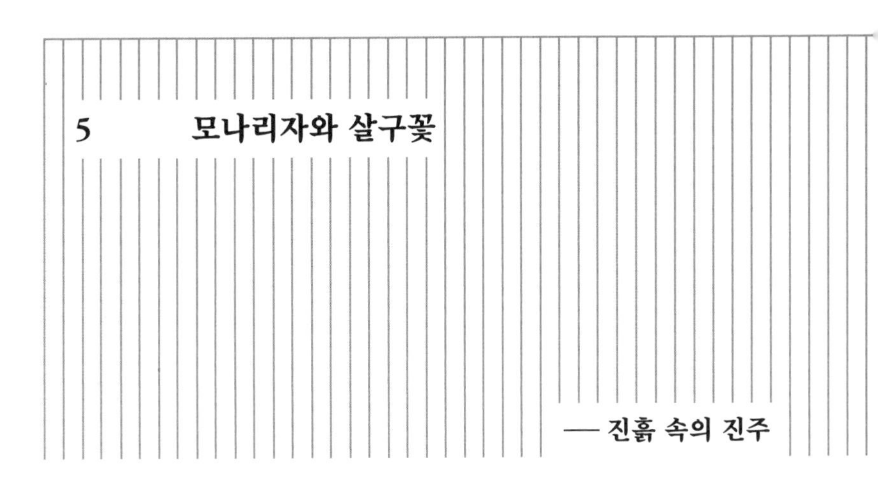

5 모나리자와 살구꽃

— 진흙 속의 진주

각종 문학 전집이 속속 간행되어 묻혀 있던 많은 시인 작가의 작품들이 접근 가능하게 되었다. 무지나 포화로 말미암은 수다한 문화유산의 애석한 인멸을 목도한 우리 처지에서는 반가운 일이다. 그러나 이러한 유사 고고학적 발굴의 실제를 접하고 공허한 소동이나 헛수고가 아닌가 하는 생각이 들 때가 아주 없는 것은 아니다. 작자 측에서 미련 없이 휴지통에 버린 작품 내지는 습작품을 찾아내어 정리 보관하는 것이 무슨 의미가 있을 것인가? 그런 의혹이 슬며시 생기는 것이다. 물론 작가 연구를 위해 필요한 조처라는 고정된 반론이 있을 것이다. 그러나 스스로 폐기한 잡동사니나 넝마를 모아 진열하는 것을 보고 지하의 당자들이 민망해하리라는 것은 충분히 상상이 된다. 발표하자마자 작품은 작자의 품을 벗어나 독립하는 것이라니까 할 수 없는 일이긴 하다. 그러나 가끔 버려진 진흙 속의 진주도 있는 법이다.

고전학자 쪽의 말을 들으면 현재 완벽한 형태로 남아 있는 그리스 비극은 서른한 편이다. 그러나 아이스킬로스가 여든 내지는 아흔 편, 소포클레스가 약 130편, 에우리피데스가 여든아홉 편을 제작했다고 한다. 그러니까 약 300편의 비극 중에서 10퍼센트만이 전해 오는 셈이다. 300편 모두 고스란히 전수되었다면 세계의 문학은 기막히게 풍성해졌을지 모르지만 고전학도나 문학 독자들에게는 이루 말할 수 없는 부담이 되었을 것이다. 적정 수준의 풍화작용이나 인멸 현상은 인간 사회에 필요한 것인지도 모른다.

「모나리자에게」

그러나 작자 쪽에서 알게 혹은 모르게 내친 작품 중에는 의외로 무던한 것이나 아까운 것이 있다. 작자의 다른 작품과 견주어 볼 때 조금도 떨어지지 않을 뿐 아니라 평균 수준을 웃도는 작품인데도 내버린 것이다. 그래서 그 내막이 궁금해지기도 한다. 작자가 버린 휴지 수집이나 넝마주이에 공을 들이기보다 이렇게 애매한 어둠의 자식을 찾아내는 것이 훨씬 의미 있는 일이 아닐까? 그러한 사례로 가령 김춘수 시편 「모나리자에게」를 읽어 보는 것도 재미있을 것이다.

너에게는 배경이 없다.
네가 의지하고 설
꿈같이 아늑한 룸바르챠의 그 배경이 없다.
나의 안계(眼界)를 황홀히 눈부시게 하던
너의 입가에 그 신비가 사라지고 없다.

얼마나 안타까운 노릇이냐
모나리자!
오늘 너에게는
파도가 바위에 몸 던지는 자기(自棄)의 마음 그것이 있다.
치욕을 미덕인 듯 가장하는 징그러운 시늉
그것이 있다
네가 아니고는 메꿀 수 없는 나의 이 갈증(渴症)
얼마나 안타까운 노릇이냐
모나리자!

중학교 3학년 때 이 시를 접하고 끌렸다. 현재의《현대문학》의 전신이라 할 수 있는《문예》에서 본 것이다. 책이 귀해서 활자문화에 허기진 판이라 더욱 그랬을 것이다. "파도가 바위에 몸 던지는 자기의 마음 그것이 있다."는 대목과 "네가 아니고는 메꿀 수 없는 나의 이 갈증" 이하의 대목은 그 후 줄곧 뇌리에 남아 있었다. 그러나 그 후의 김춘수 시집이나 전집 어디서도 찾아볼 수 없었다. 1150쪽에 이르는 방대한 2004년도 현대문학사 판 『김춘수 시전집』에도 수록되어 있지 않다. 그때그때의 시집에 수록하지 않아 자연 전집에서도 누락된 것이리라. 위에서 전문을 인용한 「모나리자에게」는 《문예》 1950년 2월 호에 실린 것으로 영인본 전질을 소장한 고대 김인환 교수의 도움으로 구할 수 있었다. 원문에는 당시 관행대로 한자 표기가 많고 또 외래어에는 옆줄이 쳐 있다.

1998년경에 시인을 뵐 기회가 있어 직접 문의한 일이 있다. 외고 있던 "파도가 바위에 몸 던지는 자기의 마음"이란 대목을 들어 신선하고 실감 나는 이미지여서 지금껏 기억하고 있는데 어째서 시집에 누락되어 있는지 궁금하다고 토로한 것이다. 그 부분과 마지막 대목을 암송하자 시인은 "어떻게 그런 것을 다 기억하느냐."면서 정작 궁금한 부분에 대한 대답은 들려주지 않았다. 실제 모르고 있는 것 같기도 했다. 왜냐하면 역시 시집 누락 작품인 「별」에 대해서는 생각이 난다고 했기 때문이다.

1952년인가 임시 수도 부산에서 신문지형의 《문학예술》이 몇 호인가 나왔다. 뒷날 서울에서 간행된 월간지 《문학예술》의 전신 격으로 발행인 오영진, 편집인 박남수 체제로 되어 있었다고 기억한다. 거기 실린 김춘수 시편 「별」은 팔을 뻗으면 곧 닿을 듯하면서도 아득히 먼 "안타까운 거리"의 별을 향해 "내

레오나르도 다빈치
모나리자
(1503-1505)

가 처음으로 사랑을 알았을 때와 같은 설레임"을 늘 갖게 해 달라고 간구하는 청순한 동경 시편이다. 지금 온전히 기억하는 대목이 없지만 뒷날의 『꽃』을 접하면 연상되곤 하던 시편이다. 시인은 이 작품에 대해서 생각이 난다면서도 왜 시집에 누락되었는지 궁금증은 역시 풀어 주지 않았다. 이 자리에는 한 노작가가 동석해 있었는데 현장 진실성의 증인이 되어 줄 개연성은 희박하다. 기억력이 수상쩍은 데다 시에 대한 관심도 안목도 없는 처지로 여겨지기 때문이다.

루브르박물관에 소장되어 있는 「모나리자」는 전 세계에서 가장 잘 알려진 그림의 하나다. 그림엽서로도 나오고 패러디의 형태로도 나돌아 누구에게나 친숙하다. 그만큼 갖가지 해석과 전설과 얘기가 얽혀 있다. 작년엔 그림의 주인공 유해를 피렌체에서 연구 팀이 발굴했다는 소식이 나왔고, 올 초에는 레오나르도 다빈치의 제자가 그렸다고 추정되는 "눈썹 있는 모나리자"가 마드리드의 프라도미술관에 보관되어 있음이 보도되기도 했다. 모나리자의 수수께끼 같은 신비로운 미소가 계속적으로 새로운 화제를 만들어 내는 셈이다.

『레오나르도 다빈치: 성(性)심리학의 한 연구』에서 프로이트가 보여 준 해석은 20세기 초에 나왔지만 여전히 진진한 추리소설처럼 읽힌다. 레오나르도는 아주 어려서 요람에 있을 때 독수리가 날아와 꼬리로 그의 입을 벌리게 하고 입술을 쳤다는 얘기를 적어 놓고 있다. 독수리의 비상(飛翔)에 관한 과학적 기술을 하다가 어릴 적 기억을 끼워 놓은 것이다. 이 점에 착안한 프로이트는 레오나르도의 개인사와 관련하여 매우 흥미 있는 추정을 한다. 아마도 집안의 하녀로 일했을 레오나르도의 생모는 정식 결혼을 하지 못했다. 그의 부친이 지체 있는 집안 여성과 결혼한 후에는 자기 소생과도 떨어져 살게 된다. 아직 별거하기 이전 부친의 부재로 아기가 유일한 위안이었던 생모의 유난스러운 입맞춤으로 레오나르도는 성적 조숙으로 몰리게 된다. 독수리의 백일몽은 아기가 어머니의 품안에서 경험했던 기쁨의 상징적 표현이라는 것이다.

유아기의 이러한 감정 경험은 그를 모친 고착(固着)에 빠뜨렸고 이에 따라 성장 후 여성에게 정상적인 애정을 느끼지 못했으며 결혼도 하지 않았다. 미소 짓는 생모의 유혹적인 이미지는 그의 그림에 되풀이 나타나는 모티프가 되었으며, 모나리자의 불가사의한 미소도 바로 이 사실에서 유래한다는 것이 프로이트의 해석이다. 레오나르도의 글을 잘못된 독일어 번역으로 읽었기 때문에 오도되었다는 비판도 있지만 프로이트 해석의 설득력은 부정할 수 없다. 어떤 때는 우리를 조롱하는 것 같고 어떤 때는 슬픔을 느끼게 하는 미소라고 언스트 곰브리치도 말하고 있는데 그것은 슬픈 여인이었던 생모의 이미지일지도 모른다.

그런데 김춘수 시편의 화자는 모나리자의 신비로운 미소를 부정한다. 우선 의지하고 설 아늑한 배경이 없어 불안하다고 여긴다. 『미술 이야기』에서 곰브리치도 모나리자의 생동감 있는 특성과 매력이 흐릿한 윤곽, 특히 눈가와 입가의 그것에 있다고 말하고 있는데 이왕엔 황홀해서 눈이 부셨지만 지금은 "너의 입가에 그 신비가 사라지고 없다."는 것이다. 그것이 안타깝다는 게 이 작품의 모티프다. 화자는 이제 모나리자에게서 "파도가 바위에 몸 던지는 자기(自棄)의 마음"과 "치욕을 미덕인 듯 가장하는 징그러운 시늉"을 볼 뿐이다. 그러니 모나리자만이 축여 줄 수 있는 화자의 갈증은 해갈할 길이 없게 된다. 모나리자의 복제 그림을 보고 또 보니 신비감이 사라지고 불행과 운명을 감수하는 한낱 슬픈 여인상으로 변모하여 깨어진 환상이 안타깝다고 토로하는 것일까? 혹은 현실에서 사랑의 "결정(結晶) 작용"의 해체를 경험하고 뒤따르는 미련과 회한을 적은 것일까? 우리는 추정할 수 있을 뿐 단정할 수는 없다. 인구에 회자되는 명화(名畵)에 대한 변화된 반응을 적었든 실제 사랑의 경험을 적었든 혹은 삶 경험과 예술 경험의 교차적 고찰을 통한 통찰의 순간을 적은 것이든 이 작품은 기억할 만한 이미지와 시행이 빽빽하지 않은 리듬을 타고 있는 아주 괜찮은 모더니즘 시편이다. 또 1950년이란 제작 시기를 고려할 때 시편의 무게는 불어난다.

시인은 1950년 3월에 제2시집 『늪』을, 1951년 7월에 제3시집 『기(旗)』를 상재하고 있다. 모두 얄팍한 시집으로 전자에는 스물한 편, 후자에는 여덟 편의 시가 수록되어 있다. 통상적인 경우 「모나리자에게」는 제3시집에 수록했어야 마땅하다. 또 소작 여덟 편은 한 권의 시집을 내기에는 너무 근소하다. 그런데도 빠져 있는 것은 무심결의 불찰 때문이라고 여겨지지 않는다. 한 편이 아쉬운 판이요, 또 6·25의 회오리가 비켜 간 지역에 거주하던 시인이 작품을 분실했을 개연성도 희박하다. 왜 빠트렸을까? 우선 작품의 됨됨이가 시집의 전체 분위기에 걸맞지 않아 내쳤을 가능성이 있다. 사실 소심하고 소박하기까지 한 제3

시집의 세계와 견준다면 「모나리자에게」는 대담하고 도전적인 작품이다. 그러한 성격은 가령 제3시집에 수록된 작품에서 다음과 같은 자서적(自敍的) 대목을 읽어 보면 분명히 드러난다.

그 집에는 우물이 있었다.

우물 속에는 언제 보아도 곱게 개인 계절의 하늘이 떨어져 있었다.

언덕에 탱자꽃이 하아얗게 피어 있던 어느 날 나는 거기서 처음으로 그리움을 배웠다.

— 「집1」에서

우리는 한편으로 모작 가능성을 생각해 볼 수 있다. 영향 문제를 비평적 집념으로 추구한 미국의 해럴드 블룸은 자신의 백조의 노래라고 지칭한 최근 저서 『영향의 해부』에서 "영향이란 방어에 의해서 조절된 문학 애호"라고 정의하고 있다. 또 영감이란 것은 셰익스피어 어휘에서 그러하듯 결국은 영향이라며, 영향받는다는 것은 가르침을 받는다는 것이라고 말하고 있다. 영감이 필경은 영향이라면 좋아하는 작품을 읽고 감동한 후 그것이 영감이라는 형태로 내방하는 경우가 있고 시인 작가는 이에 대해 일단 방어 자세를 취한다고 생각할 수 있다. 그럼에도 불구하고 영감으로서의 영향이 작용하여 무의식적인 차원의 전면적 혹은 부분적 모작이 나올 가능성을 배제할 수 없다. 그래서 일단 발표해 보지만 뒷날 모작의 자취가 돋보여 자기 작품을 폐기 처분하는 경우가 없다고 할 수 없다. 혹 그러한 국면이 작용해서 결벽증이 있는 시인이 수록하지 않았다고 상상해 볼 수 있다. 그러나 설사 그러한 혐의가 있다 하더라도 「모나리자에게」는 제3시집에 보이는 어떤 작품보다도 뛰어난 실험적이고 도전적인 작품이다. 겸손과 교태를 아우르는 미소 속에서 "치욕을 미덕인 듯 가장하는 징그러운 시늉"을 읽어내고 있지만 그것은 세상 약자들의 보편적이고 상습적인 교태가 아닌가. 니체가 말하는 노예도덕의 항상적인 추파가 아닌가. 이 작품을 버림으로써 시인은 깊이 있는 관조와 사유 지향의 견고한 가능성의 일부를 팽개친 것이라 생각된다. 이에 비하면 「별」은 한결 김춘수적인 청순 시편인데 임시 수도 시절 부산에서 나온 《문학예술》이 어디엔가는 남아 있을 터이니 누군가가 찾아주기를 바란다.

「풀밭 위에서」와 「살구꽃 필 때」

미당의 『화사집』이 나온 것은 1941년의 일이다. 그 이전에 여기저기 발표했으나 시집에 수록하지 않은 소작이 20여 편 된다. 《동아일보》나 시 동인지에 발표한 이들 작품은 대개 습작 수준의 빈약한 작품이어서 내던져서 애석할 것은 없다. 그러나 그중 한 편은 버리기 아까운 작품이라 생각된다. 산문시란 이름으로 《비판》 1939년 6월 호에 발표한 「풀밭에 누워서」 끝에는 "무인(戊寅) 8월"이란 꼬리표가 달려 있으니 실제로 쓰인 것은 1938년일 것이다. 식민지 룸펜 프롤레타리아트의 경제적 곤경과 무력감을 자기 검열 없이 토로하고 있다는 점에서 사회사적인 가치도 크다고 생각한다. 미당이 말년에 보여 준 『나의 문학적 자서전』 같은 책의 예고편이랄 수 있는 절절한 산문인데 해방 전에 발표한 「나의 방랑기」 등과 함께 일제 말기 문학 지망생의 막막한 기생(寄生) 생활이 여실하게 드러나 있다.

> 차라리, 고등보통같은것 문과(文科)와같은 것 도스터이엡스키이와같은것 왼갖 번역물과같은것 안읽고 마럿스면 나도 그냥 정조식(正條植)아나심으며 눈치나살피면서 석유호롱 키워놓고 한대(代)를 지켰을꺼나. 선량한나는 기어 무슨 범죄라도 저즈렀슬것이다.
>
> 어머니의 애정을 모르는게아니다. 아마 고리키 작(作)의 어머니보단 더하리라. 아버지의 마음을 모르는게아니다. 아마 그 아들이 잘 사는 걸 기대리리라. 허나, 아들의지식이라는것은 고등관도 면소사(面小使)도 돈버리도 그런것은 되지안흔것이다.
>
> 고향은 항시 상가(喪家)와 갇드라. 부모와 형제들은 한결같이 얼골빛이 호박꽃처럼 누러트라. 그들의 이러한 체중(體重)을 가슴에언고서 어찌 내가 금강주(金剛酒)도아니먹고 외상술도 아니

먹고 주정뱅이도 아니 될 수 있겠느냐!

안해야 너 또한 그들과 비슷하다. 너의 소원은 언제나 너의 껌정고무신과 껌정치마와 껌정손톱과 비슷하다. 거북표류(類)의 고무신을 신은 여자들은 대개 마음도 같은가 부드라.

(네, 네, 하로바삐 취직을 하세요) 달래와 간장내음새가 피부에젖은안해, 한달에도 몇번식 너는 찌저진 백로지(白露紙)쪽에 이러케 적어보내는것이나, 미안하다, 취직할 곳도 성공할 곳도 내게는 처음부터 업섯든걸 아라라.

미안하다 안해야. 미안하다. 미안하다.

전문의 절반이 채 안 되는 위의 인용문은 발표 당시의 맞춤법이나 띄어쓰기 그대로 읽으면 더욱 실감이 간다. 얼핏 산문체로 마구 갈겨쓴 것 같지만 그냥 허투루 쓴 것이 아님은 분명하다. 이러한 나락 속의 삶과 문학 수련을 겪었기 때문에 뒷날의 다채로운 음역의 명편이 나올 수 있었다. 말년의 『질마재 신화』가 보여 주는 압축적 리얼리즘은 결코 우연한 재능의 소산이 아님을 알 수 있다. 이 작품이 발표된 1939년은 심한 가뭄으로 농촌 궁핍화가 극에 달했던 해이고, 작품이 쓰인 1938년은 조선총독부가 지원병제도를 실시하여 농촌 청년들의 허파에 바람을 넣어 지원 효과를 노리기 시작한 해다. 첫해엔 2946명 지원에 1381명, 1939년엔 1만 2548명 지원에 7007명이 입대하였다. 농촌 청년들은 기아를 피해 취직 차 지원한 것이고 그것도 2대 1의 경쟁률을 뚫어야 했다. 절반은 죽으러 가는 일도 쉽지 않았던 시대 상황에 대한 고려 없이 과거를 함부로 말하는 것은 날림 언동이다.

「살구꽃 필 때」는《문장》1941년 4월 호에 실려 있다.『화사집』이 나온 것이 2월이었으니 처녀시집 출간 직후에 발표된 셈이다. 시집에 수록하려면 1946년에 나온 제2시집『귀촉도』에 넣었어야 하지만 그러지 않았다. 작품에 대한 불만도가 컸던 것 같다. 그 후 1950년 3월 정음사에서 간행한『현대시집 III』에 대폭 축약한 형태로 수록되어 있다.『화사집』,『귀촉도』와 기타 신작 중에서 서른 편을 고른 이 시집에는 유명한「자화상」은 빠져 있다. 해방 이후 관직에도 오르고 변두리에서 사회의 주류로 옮아감에 따라 저주받은 시인의「자화상」이 쑥스럽게 여겨진 탓이리라. 이후 미당은 이 작품에 대한 자기검열적 억압을 계속하게 된다. 이 시집에 나와 있는「살구꽃 필 때」전문을 옮겨 보면 다음과 같다.

숫돌이 나빠서 날이 잘 서지 않는것이었다. 아내의 편리(便利)를 위하여서 진종일 식도(食刀)를 갈고 있는 것이었다. 김치가 꽤 잘 썰어지겠지.

안 보아도 사방에선 쑥니플 같은 것이 오손도손 오손도손 생겨나고 있는것이었다. 그건 오히려 똑똑한 발음(發音)이었다.

보면, 눈앞에는 살구꽃도 한주 서있는 것이었다. 내가 포이에르바흐를 읽던것보다는 소얼찬히 독서(讀書)를 잘 하는구나. 벌이여 벌이여 꿀벌들이여.

사실은 딴생각을 하고 있는 것이었다. 조수(潮水)는 들어왔다 그냥 왜 써버리나. 발톱이 빠알간 농발이란 거이들. 두 눈이 멀어 빠진 장님의 무리. 나를 용서한다던 너. 소상강(瀟湘江)…… 파촉(巴蜀). ……

흙바람은 또 어찌도 많이나 불었든지, 아내는 미련하게 배만 자꾸 불러오고, 정말이지 나는 미안하여서 아내의 식도를 갈아주는 것이었다.

"다 갈았어요?"

"들 갈았어요"

"다 갈았어요?"

"들 갈았어요!"

"다 갈았어요?"

"들 갈았어요!!"

진종일 나는 식은땀이 흐르는것이었다.

돌아다보는 서(西)쪽에는 벌써 해가 없고, 못난 빌어먹을 것! 뻐꾹새도 새로 나온 놈이 벌써 기진(氣盡)이었다.

아무리 생각해봐야…… 세상에 원수도 하나 없는 것이었다.

—「살구꽃 필 때」 전문

면목 없이 사는 룸펜 사내가 살구꽃에 꿀벌이 모이는 봄날 아내를 위해 식도를 갈아 주는 심경과 정경을 다루고 있다. 사내는 또 뚱딴지같은 생각이나 하고 있는데 잘 간 부엌칼에서 어떤 살기를 느끼기도 하지만 그것을 써먹을 원수 하나 없다는 생각으로 작품은 끝난다. 포이에르바흐를 읽은 처지에 부엌칼이나 가는 한심함과 허망함이 행간 사이에 처연하다. 1960년대 미국의 반전 세대에게 널리 읽힌 마르쿠제의 『이성과 혁명』에 포이에르바흐에 관한 대목이 있다. 고통 다음에 사고가 따른다며 고통이 제거된 후에야 이성의 실현이 가까워진다는 그의 생각을 기술하면서 유물론 철학과 변증법적 사회이론의 계보에 귀속시키고 있다. 「살구꽃 필 때」는 「풀밭에 누워서」와 근친성이 농후한 자매시편인데 고리키와 포이에르바흐를 언급한 것은 현학 취미에서가 아니라 한 시절 미당의 독서 목록에 끼어 있었기 때문일 것이다. 처음 발표되었을 때 분량이 길고 사설이 길었으나 반쯤 줄이고 특히 끝부분을 과감하게 잘라서 깔끔해졌다. 그런 의미에서 미당이 직접 손을 본 결정본이라 할 수 있다. 여러모로 위의 두 편은 미당전집에 필히 수록되어야 할 시편이라 생각한다. 한편 위에서 거론한 『현대시집 III』에는 해방 후 문학지 《백민》에 발표했던 「저녁노을처럼」이 수록되어 있다.

산 밑에 가면 산골째기는

나보고 푸른 안개가 되야
자최도 없이 스며들어 오라 하고

강가에 가면 흐르는 물은
나보고 왼통 눈물이 되야
살구꽃 잎같이 떨어져 오라 한다

그러나 나는 맨발을 벗고
먼저 이 봄의 풀을 밟겠다
그리고 그다음엔 딴 데로 가겠다

접동새 우는 나룻목에서
호올로 타는 저녁 노을처럼
그다음엔 딴 데로 가겠다

산과 강의 유혹을 물리치고 지금 여기의 풀을 밟겠다는 것은 젊은 날의 방랑벽에 결별을 뜻하는 것인지도 모른다. "알라스카로 가라! 아프리카로 가라!"와 같이 강렬한 대목은 이제 대조적으로 고향 잔류자의 안온한 경지를 시사한다. 평이하고도 친화력이 강한 무던한 작품인데 이 역시 미당 전집에 빠져 있다. 못난 자식이 효자 노릇 한다던데, 내친 작품이 효자 노릇 하지 말라는 법도 없을 것이니 이 역시 꼭 챙겨 두어야 할 것이다.

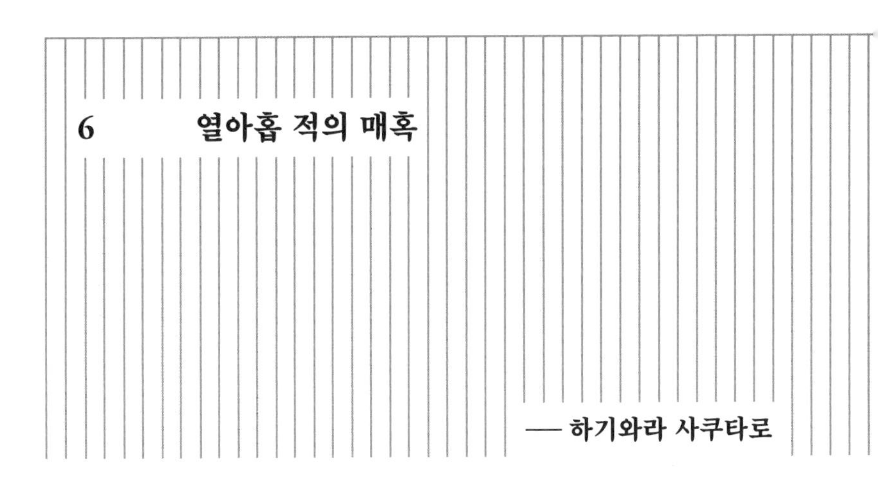

6 열아홉 적의 매혹

— 하기와라 사쿠타로

1953년 휴전되던 해 10월에 서울에서 학교를 다니게 되었다. 환도 준비 바람에 10월에 학교가 문을 열고 7월 하순부터 9월 말까지가 방학이었다. 방학이래야 시골에서 딱히 할 일도 없었지만 그 시절 나름의 고3 생활을 끝내고 신입생이 된 터라 후련한 해방감이 무턱대고 좋았다. 옛 수송국민학교 앞의 청진동이 당시 나의 기거 주소였다. 옆에 '대륙원(大陸園)'이란 커다란 중국 음식점이 있어서 말쑥한 옷차림의 손님들이 뻔질나게 드나들곤 했지만 한 번도 그 안을 구경해 본 적은 없다.

뻥 뚫린 당시 서울 거리는 지금 생각해 보면 이상적인 산책로였다. 교통량이 한미해서 보행을 정지할 필요가 없었고 매연이라는 것도 생소한 외국의 방언이었다. 거리를 왕래하는 사람도 짜증 나는 인파와는 거리가 멀었다. 서울의 가을 하늘도 시골 못지않게 높푸르기만 했다. 밤하늘도 요즘에는 어디서나 보지 못하는 총총한 별 잔치였고 도심을 은하수가 지르고 있었다. 지금의 세종문화회관 언저리에는 폭탄으로 생긴 거대한 분화구가 몇 개 파여 있었고 무교동 언저리에 찌그러진 초가 한 채가 있어 눈길을 끌었다. 부서진 서울의 거리에는 곳곳에 고서점이 있었다. 얼마 전에 끼적거린 얼마 되지 않는 내 비신문(非散文)의 하나에 보이는 대목은 당시 정경을 그린 것이다.

> 뻥 뚫린 서울의 거리에서
> 우리는 빈털터리였다
> 아름다운 스무 살이 모여드는 도심을
> 남의 나라 남의 땅이라 물리쳤으나
> 반역의 꿈은 어디에서도
> 비에 젖는 연기처럼 빈한하였다
>
> 뻥 뚫린 서울에는 고서점이 여기저기
> 오지 않는 손님을 기다리고 있어
> 중세 분묘 도굴품의 싸구려 부스러기
> 후진국의 지도자 모양
> 맨날 그 자리에 그 책이 꽂혀 있고
> 도렴동에서도 청계천에서도 주인은 졸고 있었다
>
> —「마부 표도르의 포장마차」에서

여기 나오듯이 도렴동이나 사직동의 골목에도 조그만 헌 책방이 있었다. 광화문에서 종로5가에 이르는 종로의 대로변에도 고서점이 대여섯 군데가 있었고, 안국동 네거리에서 원서동에 이르는 길에도 몇 군데가 있었다. 이렇게 고서점이 많은 것은 전쟁 통에 헌책이 마구 나돌았고 이렇다 할 생업을 갖지 못한 사람들이 심심파적으로 가게를 열었기 때문일 것이다. 헌책방의 책들은 대개 해방 전에 나온 일본 서적이었고 청계천의 고서점에는 미군 부대에서 흘러나온 포켓북이 쌓여 있었다.

1950년대 후반 서울 주민들이 불어나면서 이들은 하나둘 자취를 감추게 된다. 청진동에 숙소가 있었던 나는 자연 종로 주변을 배회하면서 고서점엘 자주 드나들었다. 바뀐 것이 있는 것도 아니고 재고품은 늘 그 모양이지만 이것저것 서서 보는 재미로 들른 것이다. 책값은 의외로 비쌌다. 빈털터리 시절이니 모두 비싸게 보였을 것이다. 그러나 꼭 살 사람은 비싸도 산다는 것을 파악한 주인들은 웬만해서는 값을 깎아 주지 않았다. 한 권 더 파나 덜 파나 별반 차이가 없기 때문에 체통 유지를 위해 고집을 피운 것이 아닌가 생각된다.

지금의 영풍문고 자리에는 당시 커다란 지물포가 있었다. 어느 날 지나가다 보니 유리창 너머로 얼마 되지 않는 책이 꽂혀 있는 게 보였다. 들어가 보니 한쪽 구석에 그리 크지 않은 진열대가 있고 거기 역시 많지 않은 책이 보였다. 당시 고물상 가게 한 모퉁이에 책장을 세워 놓고 헌책 판매를 하는 것도 드문 일이 아니었다. 그러나 도심의 큰 지물상 가게 한구석에 헌 책이 놓여 있는 것은 별일이었다. 거기에는 전쟁 전에 문예사(文藝社)에서 나온 김춘수 시집 『늪』이 한 스무 권 쌓여 있었다. 얄팍한 이 시집은 아마 어느 도매상에 남아 있었던 것이 아닌가 하는데 그때 입수한 이 책은 지금 수중에 없다. 그 한옆에서 본 것이 일본 시인 하기와라 사쿠타로의 『萩原朔太郎詩集』이었다. 상하권(上下卷) 중 하권이었는데 하드커버였고 전쟁 말기에 나온 것이어서 지질은 썩 좋지 않았으나 활자가 컸다. 지금 수중에 없어 정확한 것은 모르지만 출판사는 지쿠마(筑摩書房)가 아니었나 생각한다. 한참 서서 훑어보다가 끌리는 바가 있어 사기로 했다.

초등학교 상급반 때 해방을 맞은 나는 저들의 이른바 문어체(文語體)를 익힐 기회가 없었다. 일본 옛글이라면 거의 문맹 수준이다. 문어체로 된 근대시도 도무지 알 수가 없었다. 일본 시인으로는 단가로 유명한 이시카와 다쿠보쿠(石川啄木) 정도를 읽었을 뿐이었다. 그러나 구어체로 된 하기하라 시편에는 곧 끌리게 되었다. 입수한 것이 하권이어서 제2시집 『푸렁고양이』 이후의 작품을 접한 것이다.

> 아아 이 거대한 도시의 밤에 잠들 수 있는 것은
> 단 한 마리 푸렁고양이의 그림자다
> 슬픈 인류의 역사를 말해 주는 고양이 그림자다.

우리가 간구해 마지않는 행복의 푸른 그림자다
그 무슨 그림자 찾아
진눈깨비 치는 날에도 내 도쿄(東京)를 그리워했거니
거기 뒷골목 담벼락에 으스스 기대 있는
이녁 같은 거러지는 무슨 꿈을 꾸고 있다는 것인가

—「푸렁고양이」에서

'푸른 고양이' 하면 너무 서술적이고 늘어지는 느낌이어서 '파랑 고양이'로 할까 하다가 '검정콩 푸렁콩'을 본받아 '푸렁고양이'라고 해보았다. 검정 고양이는 있지만 푸렁고양이는 없다. 그것은 백석의 흰 당나귀처럼 환상 속의 고양이다. 현실의 도시 경험을 다루고 있지만 작품이 보여 주는 것은 환상적인 별세계다. 제대로 된 시편은 현실 차원과 다른 별세계를 체감시키게 마련이다. 번역으로 읽으면 맥이 풀리지만 원시는 음률적이고 잘 읽힌다. 1917년에 발표되었으니 우리 쪽으로 치면 "만세전"이 된다.

처음 서울 생활을 하게 된 나는 지나가는 전차(電車)의 지붕에서 간간이 터지는 푸른 스파크에서 도시를 느끼곤 했다. 그것은 시골에선 보지 못한 도시 특유의 정경이었다. 서울에 있다는 실감을 새삼 안겨 주면서 묘한 기대감으로 다가왔다. 전선줄 스파크가 안겨 주는 순간적 생소감이 내 도시 경험의 징표였다. 푸렁고양이의 청색을 내 멋대로 전선 스파크의 청색이라고 상상하고 당연시했다. 그때까지 접했던 우리 근대시와는 전혀 다른 신세계로 진입한 것 같은 느낌이었다.

위에 인용한 것은 시편의 후반부인데 특히 마지막 4행에 끌려 저절로 외워지게 되었다. 하기와라는 음역도 넓고 소재도 다양한 시인이지만 당시 내가 끌려서 저절로 암송하게 된 것의 하나는 짤막한 「들쥐」다.

어디에 우리들의 행복이 있는 것일까
진흙 모래를 파헤치면 헤칠수록
슬픔은 더더욱 깊이 솟아나지 않는가.
봄은 차일 그늘에서 한들한들
마차에 흔들리며 멀리 가 버리고 말았다.
어디에 우리들의 사랑이 있는 것일까
망망한 들판에 서서 휘파람을 불어 봐도
이제 영원히 공상 속의 가시나는 오지 않는다.
눈물로 더러워진 멜튼 바지를 걸치고
나는 한낱 날품팔이처럼 걷고 있다
아아 이제 희망도 없고 명예도 미래도 없다.
그리고 되돌릴 길 없는 회한만이
들쥐처럼 달음질쳐 갔다.

—「들쥐」 전문

위 대목에서 '멜튼(melton)'은 양복감이나 외투감으로 쓰인 모직 나사의 일종이다. 막벌이꾼이 입는 옷은 아니고 따라서 전락의 함의가 있다. 봄이 마차에 흔들리며 가 버렸다는 대목은 직역해 보면 "봄은 마차의 커튼 그늘에 흔들리며 멀리 가 버렸다."는 것이다. 일본 작가 요코미쓰 리이치(横光利一)의 『봄은 마차를 타고』라는 소설 제목의 출처는 이 대목일지도 모른다. 어쩐지 초기 김기림의 시 제목 같아 보이지만 원시에서 경박한 기색은 느껴지지 않는다. 회한이 "들쥐처럼 달음질쳐 갔다."라는 이미지와 함께 참신하면서도 자연스럽다. 작위적인 기발함이 없다. 슬픔이 진흙 밭의 모래처럼 파헤치면 헤칠수록 더욱 솟아난다는 것도 마찬가지다. 들쥐는 그 자체로는 거부감을 주는 이미지이지만 「푸렁고양이」 속의 거지처럼 작품 속에선 거부감을 주지 않는다. 이 들쥐에서 선두를 따라 줄줄이 달려 나간다는 레밍(lemming)을 연상한다면 그럴듯하긴 하지만 과도한 "읽어 넣기"이리라. 레밍은 유럽이나 미 대륙의 북부에 서식한다.

시인이 삼십 대 중반에 쓴 「들쥐」는 캄캄한 절망과 회한의 시편이다. 유복한 지방 의사의 아들이었던 하기와라는 일본에서 "넘버스쿨"이라고 지칭하는 명문고등학교에 두 차례 입학했으나 낙제를 하고 두 번 모두 퇴학을 당했다. 중년 이후까지 고향의 송금으로 생계의 구멍을 메워 갔다 한다. 서정시의 화자를 반드시 작자와 동일시할 필요는 없다. 그러나 작품에는 작자의 경험이 반영되게 마련이다. 부모 속깨나 썩인 생활 무능자로서의 삶의 경험이 「들쥐」의 발생학과 무관하지는 않을 터이다. 뒷날 시인은 "부친이여 나의 불행을 용서해 달라."고 적었다.

돌덩어리도 새김질한다는 바야흐로 청춘 이십을 앞두고 이런 암담한 회한시편을 좋아했다는 것은 분명 좋은 징조가 아니다. 그것은 공감과 자기 암시의 형태로 알게 모르게 나의 삶에 관여하고 개입해 왔을 것이다. 그 나름의 흔적을 남겼을 것이다. 그러나 절망의 시편도 깊은 슬픔의 음악처럼 수용과 향수의 순간을 덧없으나 찬연한 불꽃의 시간으로 만들어 준다. 최악이라고 말할 수 있는 한 최악의 시간이 아니듯이 암담한 절망감도 이렇듯 빈틈없이 조직해 놓았다면 그것은 구원의 전조요 절망의 초극일 것이다. 전쟁 이후 삶의 항상적 파멸 가능성은 무시로 으스스한 협박을 자행해 왔다. 그런 위기감이 이런 시를 좋아하게 만든 심층적 근저인지도 모른다. 언제 날품팔이가 되어 얼어붙은 거리를 터벅거릴지 모르지 않는가? 더러운 시절 더러운 바닥에 더럽게 팽개쳐졌다는 분노는 회한의 가락에 맥없이 무너졌던 것 같다. 오장환이 멋대로 번역한 세르게이 에세닌 시의 대목에서도 하기와라의 「들쥐」 첫대목을 연상하고는 했다.

나의 행복은 어디에 있느냐

미칠 것 같은 나의 기쁨은 어디에 있느냐
모든 것은
사나운 선풍 밑으로
똑같이 미쳐 날뛰는 썰매를 타고 가 버렸다.

—「눈보라」에서

유연하고 섬세하면서 매우 리드미컬한 것이 하기와라 시편의 어사적 특색이다. 그러한 맥락에서 그 당시 좋아한 것은 「소택지방(沼澤地方)」 같은 시편인데 사실 번역 불가능한 작품이다. 후기 시편을 먼저 대하고 초기 시편을 나중에 보았기 때문에 1917년에 나온 처녀시집 『달을 보고 짖다』에 수록된 작품들에는 크게 끌리지 않았다.

도둑개란 놈이,
썩은 선착장 달을 향해 짖고 있다.
영혼이 귀 기울이자,
음산한 소리를 내며,
노오란 아가씨들이 합창하고 있다,
합창하고 있다,
선착장 캄캄한 돌담에서,

늘,

어째 난 이런가,

개야,

창백한 불행한 개야,

—「슬픈 달밤」 전문(임용택 역)

병적이랄 수 있는 특이한 세계를 다룬 유니크한 시편임은 부정하기 어렵다. 그러나 단편적이며 형태적 균제성을 지니지 못한 청년기의 소산임이 분명해 보인다. 그러나 「달을 보고 짖다」는 표제만 가지고도 벌써 그 매혹은 압도적이다. 비슷한 이미지인 "병든 개 달을 보고 짖다"란 대목이 이시카와 다쿠보쿠(石川啄木)의 단가에 보인다 하더라도 이 사실이 변경되지는 않는다. 구어시의 완성자란 평가를 받고 있지만 그의 후기시집 『빙도(氷島)』는 문어체로 쓰여 있다.

내 고향에 돌아가는 날

기차는 열풍 속을 뚫고 달렸어라.

홀로 차창에 잠 못 이루니

기적은 어둠에 울부짖고

불꽃은 평야를 훤히 비추더라.

아직 조슈(上州)의 산은 보이지 않더냐.

밤기차의 침침한 등불 그늘에

어미 없는 애들은 자다 울다

슬며시 이내 수심을 엿보고 있구나.

아아 또다시 도시를 뛰쳐나와

어디에 고향집을 찾아가려는가.

과거는 적막의 골짜기로 이어지고

미래는 절망의 벼랑으로 향했어라.

모래자갈 같은 인생이여!

내 이미 용기 쇠하고

암담하게 오래도록 살기엔 지쳤거늘

어찌 고향에 홀로 돌아가

쓸쓸히 또 도네가와 기슭에 설 것인가.

기차는 광야를 달려가고

자연의 황량한 의지 저편에

남의 분노를 격하게 하더라.

—「귀향」 전문(임용택 역)

1931년에 발표된 이 작품에는 “1929년 겨울, 아내와 이별하여 두 아이를 안고 고향에 돌아가다.”란 머리말이 붙어 있다. 여기서 조슈(上州)는 시인의 고향이 있는 지역의 옛 이름이고 도네가와(利根川)는 고향을 흐르는 강 이름이다. 시 번역은 어렵게 마련이지만 문어체의 일본 시 번역은 구어체보다 한결 어렵다. 침통한 어조로 일관된 격조 있고 군더더기 없는 이 시편은 하기와라 문어체 시중의 절창일 것이다. 특히 “과거는 적막의 골짜기로 이어지고/ 미래는 절망의 벼랑으로 향했어라./ 모래자갈 같은 인생이여!" 같은 대목은 한자어 고유의 견고한 울림이 비장미를 띠며 특유의 호소력을 발휘한다. 만년의 문어체 시편은 소리 내어 읽으면 독특한 비타협의 리듬을 감득하게 한다. 그것은 일상사를 다룬 소박한 작품의 경우에도 크게 다르지 않다.

기차는 고가(高架)를 달리고
생각은 햇볕 그늘을 헤매도다.
조용히 돌아보는 마음
꽉 차지 않음에 놀래어라.
거리에 가을 해 지고
포도로 거마(車馬) 오고 가는데
내 인생은 있는 게냐 없는 게냐
매연 궂은 뒷골목
구차한 집 창에조차
연보라 접시꽃은 피어 있어라.

— 「만추(晩秋)」 전문

우리는 때때로 과연 내가 내 삶을 살고 있는 것인가, 하는 회의에 사로잡히고는 한다. 내 삶의 주체가 아니라는 자의식은 허망함을 안겨 준다. 여기 보이는 "내 인생 있는 게냐 없는 게냐'는 정말 번역이 안 되는 대목이다. "내 인생"이 잡가(雜歌) 대목같이 생각되어 "내 삶은 있는가 없는가'로 고쳐 보아도 영 원문의 가락은 살아나지 않는다. 가난한 집 창에조차 접시꽃이 피어 있는데 이내 삶은 어찌 이리 메마른 것인가 하는 영탄이 예사롭지 않은 격을 갖추고 있다. 어쨌건 하기와라의 "내 인생은 있는 게냐 없는 게냐"는 대목은 그의 시를 멀리한 후에도 계속 뇌리에 남아 있어 때때로 되뇌곤 하였다. 훨씬 뒷날 김안서의 『오뇌의 무도』를 보다가 비교를 위해 나가이 가후(永井荷風)의 역시집 『산호집(珊瑚集)』을 훑어본 일이 있다. 거기에 「있는 게냐 없는 게냐」란 표제의 번역시가 수록되어 있음을 알았다. 샤를 게랭의 9행으로 된 시편을 8행으로 번역하고 있는데 그 마지막 2행은 이렇게 끝난다.

> 시름 많은 내 가슴의 외침에 화답하는 영혼
> 아, 있는 게냐 없는 게냐

게랭의 시는 『재 뿌리는 사람』이란 시집 속에서 세 편을 골라 번역한 것인데 원시에는 제목이 없다. 나가이가 제목을 만들어 붙인 것이다. 번역시의 마지막 대목을 제목으로 삼은 것인데 이 부분은 완전한 자유역이다. 1913년에 나온 『산호집』은 많은 독자를 얻고 당대 시단에 큰 충격을 주었다고 알려져 있다. 하기와라도 필히 읽었을 것이다. 그러나 그의 "내 인생은 있는 게냐 없는 게냐"가 나가이 역시에서 영감 받았느냐 하는 것은 외국 독자로서는 쉽게 단정할 수 없는 사안이다. 의외로 아주 흔한 어법이었을지도 모른다.

하기와라는 태평양전쟁 초기인 1942년에 쉰일곱 나이로 세상을 떴다. 니체는 "음악 없는 인생은 과오"라고 적었는데 하기와라는 "보라! 인생은 과오다.'라고 적었다. 그를 따랐던 시인 미요시(三好達治)는 시편 「스승이여, 하기와라」에서 그를 "이 성대(聖代)에 실로 지상에 존재했던 둘도 없는 시인, 유일 최상의 시인"이라고 칭송했다. 일본에서 그의 시사적 위치를 가늠할 견식이나 안목이 내게는 없다. 언제 터질지 모르는 불발탄 밑에서 살고 있다는 불안감에서 헤어나지 못했던 휴전 직후의 어두운 시절에 우연히 접하게 된 그는 내가 끌리고 좋아하고 많은 대목을 욀 수 있었던 유일한 일본 시인이다.

그를 통해서 시 번역이 불가능한 일이란 것을 실감했다. 구문이나 문법이 전혀 다른 구미어의 번역이 어렵다는 것은 누구나 실감한다. 그러나 한자어란 공통 요소가 있고 구문이나 어순이 엇비슷한 일본어의 경우에도 시의 번역은 아주 딴판이 된다. 뒷날 "번역을 통해서 잃어버리는 것이 바로 시"라는 로버트 프로스트의 말에 즉각적인 공명을 한 것은 학교에서 외국시를 공부한 경험도 작용했겠지만 무엇보다도 나의 하기와라 경험 때문이었다고 생각한다. 그는 모더니즘의 분규와 혼란이 우리의 감수성을 헷갈리게 하기 이전의 안정기에 서정시의 한 정점을 보여 준 동양 시인의 한 사람이다. 혈기 왕성한 젊은 시절엔 어떤 음식에도 끌리고 입맛이 당긴다. 웬만한 음식을 맛보아도 그저 그렇고 그런 지금은 다르다. 문학 체험도 그와 같아 요즘엔 웬만한 책을 보아도 그저 덤덤하기만 하다. 하지만 오래간만에 다시 훑어본 하기와라의 우수는 여전히 무던하다.

그의 시에 끌려서 산문도 구해 보았다. 도심에 자리 잡고 있을 때의 국립도서관에서다. 모두 까맣게 잊어버렸지만 꼭 한 가지 기억나는 글이 있다. 지구 건너편에 있는 아르헨티나에는 황혼이 없다 한다. 해가 지자마자 완전히 어두워지기 때문이다. 그런데도 아르헨티나에는 황혼을 노래한 시가 많다고 한다. 황혼을 노래한 유럽시를 읽고 그 본을 따기 때문이다. 그러면서 하기와라는 타자추종과 자아상실의 희극이 남의 일이 아니라며 경각심을 토로했다고 생각한다. 공감을 했고 이십 대에 그 비슷한 단문을 적은 적도 있다. 그러나 그가 거론한 삽화는 문학에서는 현실 경험 이상으로 문학 경험이 막강함을 말해 주는 것이라고 이 글을 끝내면서 생각하게 된다.

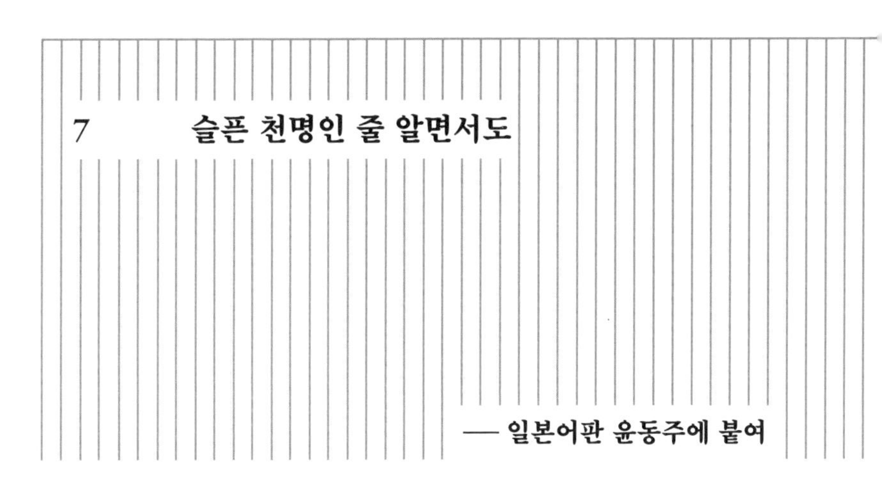

7 슬픈 천명인 줄 알면서도

— 일본어판 윤동주에 붙여

광화문의 대형 서점 외국 서적 서가에서 일어로 번역되어 나온 윤동주의 『하늘과 별과 바람과 시』를 발견했다. 일본 유수 출판사의 총서인 이와나미(岩波) 문고로 나온 윤동주 시집에는 예순여섯 편이 수록돼 있고 한글 원문도 책 끝에 실려 있다. 또 편역자인 재일교포 시인 김시종(金時鐘)의 「해설을 대신해서」란 사실상의 긴 해설이 달려 있다. 188면에 이르는 이 문고본은 2012년 10월 16일 1쇄 발행으로 되어 있다. 반가운 마음에 우선 사 놓고 보았는데 한참 지나서야 읽게 되었다. 김소운 역편의 문고본 『조선시집』, 『조선민요선』, 『조선동요선』을 소장하고 있지만 우리 시인의 단독시집이어서 이색적이다. 가해자의 나라에서 피해자에게 보상하는 특이한 형식치고는 체모를 갖추었다는 느낌이 든다. 윤동주나 이육사의 일본어판은 이왕에 나온 바가 있으나 너른 의미의 고전 반열에 오른 작품을 대상으로 하는 문고본이기 때문에 뜻깊은 일이다. 1947년 2월「쉽게 씌어진 시」가 처음으로《경향신문》문화면 상단에 실렸을 때 조그만 사진도 나와 있었으나 지질이 나빠 도무지 윤곽을 알 수 없었다. 60여 년 후에 사각모를 쓴 고인의 또렷한 사진을 일본 문고본 커버에서 보는 감회가 각별하였다.

올해로 창립 100주년을 맞은 이와나미 서점에서 1927년에 첫선을 보인 이와나미 문고는 독일의 레크람 문고를 모형으로 한 것이다. 바르고 슬기롭게 살기를 표방했으나 이젠 무너진 구체제가 된 "교양"의 구축에서 이와나미 문고는 2차 세계대전 종전까지 주요 역할을 했다는 것이 현지의 분석이다. 주된 구독층은 구제 고교생과 대학생 그리고 교사 특히 초등학교 교사로 알려져 있다. 현재에도 이와나미 문고는 굳세게 나오고 있는데 오래된 판본을 폐기하고 새로 번역된 고전을 내놓고 있으며 활자도 커진 것이 눈에 띈다.

창조적 배반

작자가 작품 속에서 표현하고자 하는 것과 독자가 작품 속에서 찾고자 하는 것 사이에는 괴리가 있게 마련이다. 그러한 거리가 현저한 경우 작품의 시장적 성공을 기대하기는 어렵다. 외국 문학이나 고전문학이 당대 문학보다 독자에게 경원되는 것은 그 때문이다. 그러나 작가와 독자가 동일한 사회집단에 속해 있을 때 양자의 의도가 일치할 때가 있고 이러한 일치 속에서 문학적 성공이 성취된다. 바꾸어 말하면 성공한 저서는 집단이 대망하고 있던 것을 표현하고 집단의 모습을 집단 자신에게 보여 주는 책이라 할 수 있다. 이렇게 작가의 표현 의도와 독자의 대망 의도 사이의 관계라는 맥락에서 프랑스의 문학사회학자 로베르 에스카르피는 "창조적 배신"이란 말을 쓰고 있다. 작가가 전혀 의도하지 않았거나 작가의 의도와 거리가 먼 것을 독자가 찾아내어 즐기는 현상을 가리킨다. 이 창조적 배신의 특징적인 사례로 에스카르피가 거론한 것은 조너선 스위프트의 『걸리버 여행기』와 대니얼 디포의 『로빈슨 크루소』다. 전자는 캄캄한 페시미즘의 철학으로 된 잔혹한 풍자요, 후자는 당시 대두하고 있던 식민지주의를 칭송하기 위한 지루한 설교였다. 그러나 아동문학이란 회로를 통해 선물용 도서가 되어 널리 읽히고 있는데 작자의 의도에서 이렇게 벗어나는 일은 달리 있을 수가 없다는 것이다. 어린 독자들이 이 두 책에서 찾아내려는 것 중 핵심적인 것이라 할 이국적이고 놀랄 만한 사건들은 당대 여행기 작가의 것을 짜깁기한 것에 지나지 않는 것이라고 그는 부연한다. 작가 편에서 보면 단순한 기술적 배경일 뿐이라는 것이다.

그는 번역도 창조적 배반이란 범주로 설명한다. 당초 그를 위해 구상한 것이 아닌 참조조직 혹은 언어조직 속으로 작품을 옮겨놓기 때문에 배반이라 하는 것이다. 한편 번역은 보다 광대한 공중과의 문학적 교환의 가능성을 작품에 부여함으로써 새로운 현실을 부여하고, 제2의 생명을 부여함으로써 작품을 보다 풍요하게 하기 때문에 창조적이라고 그는 말한다. 번역을 “사후의 생”이라고 비유하고 있는 발터 베냐민의 생각을 떠올리게 한다. 번역이 창조적 배반이란 것을 인정한다면 번역에 대한 갖가지 문제도 해결될 것이라고 그는 생각한다. 어차피 배반인 바에야 충실성과 가독성 사이의 논쟁은 불필요한 것이 된다는 함의가 읽힌다.

윤동주는 가장 캄캄했던 막바지 일제 식민지 시절, 각급 학교에서 모국어가 금지되었거나 금지되어 가고 있던 “그 전날 밤”에 모국어로 시를 썼다. “남의 나라”라고 시속에서 명기하고 있는 유학지에서도 그는 당연히 모국어를 고집했는데 시인이 모국어 혹은 제1언어 속에서 풋풋하고 밋밋할 수 있는 이상 당연한 일이다. 그는 생전에 유학지인 “남의 나라” 독자를 꿈에라도 상정하지 않았을 것이다. 이제 그를 핍박하고 죽음으로 몰아넣은 남의 나라 말로 번역되어 그 나라 독자에게 다가가게 되었으니 그야말로 “창조적 배반”이란 말의 겹치기 적정성을 경하하지 않을 수 없다.

“번역에서 잃게 되는 것이 시”라는 미국 시인 로버트 프로스트의 말은 널리 알려져 있고 흔히 인용된다. 세칭 모더니스트는 아니지만 프로스트의 이 말은 20세기 영미 모더니즘, 그리고 사실상 그 옹호론이 된 영미 "신비평"의 기본 강령의 하나가 되어 있다. 진정한 시는 다른 말로 바꾸어서 기술할 수도 설명할 수도 없다는 것이 그 논리적 귀결이 된다. 모든 이론적 언설이 그렇듯이 이러한 명제도 극단으로 몰고 가면 막다른 골목에 이르게 된다. 시 교육도 시 설명도 불가능하다는 것으로 귀결될 수 있기 때문이다. 번역에서 잃게 되는 것이야말로 시라는 명제는 개개 시편에 따라서 정도의 차이가 있게 마련이다. 송두리째 잃는 수도 있고 크게 손해 보지 않는 분실 사항이 되는 경우도 있다. 모든 예술은 음악의 상태를 동경한다는 말이 있다. 음악 상태로의 근접도가 가까우면 가까울수록 상실의 분량은 커질 것이요 그 역도 진일 것이다. 그러나 크게 보아 번역을 통해 시가 사라진다는 것은 시 독자의 보편적 경험에 부합할 것이다. 가령 20세기 말에 작고한 지성사가 아이제이아 벌린도 「라빈드라나트 타고르와 민족의식」에서 서정시의 번역 불가능성을 말하면서 프로스트의 말을 인용하고 있다.

한국어와 일본어가 같은 계통의 언어인가 아닌가 하는 문제에 대해선 부정적인 견해가 지배적이다. 그러나 적어도 구문이나 어순에서는 상대적으로 유사성이 큰 것으로 보인다. 거기에 한자어라는 공통점도 첨가되어 있다. 그럼에도 불구하고 우리 시를 일어로 번역하는 것이 용이한 작업은 아니다. 시가 번역을 통해서 상실된다는 사실이 변경되지도 않는다. 근사치를 향한 볼품없는 포복이라는 번역시의 한계는 다른 언어로의 번역에서와 매한가지다. 이번에 나온 일어판 윤동주 시집은 이 문제에 관해서 어떠한 시사를 할 것인가?

평준화의 빛과 그늘

수록 시편이 대체로 평준화되어 있다는 것이 이 시집의 특징이다. 예순여섯 편에 이르는 원시가 고른 성취도를 구현하고 있는 것은 아니고 대체적인 균질감을 주는 것도 아니다. 시인 자신이 그렇게 생각하고 독자도 수긍하는 습작 수준의 작품도 적지 않게 수록되어 있다. 그런데 번역을 읽으면 그런 높낮이의 불균형이 별로 체감되지 않는다. 단정한 번역시로서 일정한 수준을 고루 유지하고 있는 것으로 보인다. 그것은 역자의 일어 능력과 시적 능력의 소산으로서 대단한 일이다. 윤동주의 대표적인 작품은 「자화상」, 「소년」, 「슬픈 족속」, 「아우의 인상화」 등 몇 편을 제외한다면 대체로 1940년 이후의 소작이다. 1930년대 후반의 소작은 대체로 습작기의 잔재가 농후하다. 빈약한 원시가 일어 속에서 땟물을 벗고 단정한 신분 상승을 성취했다는 감을 주는 경우가 많다. 이것은 그만큼 역자가 번역에서 시인과 원시에 애정과 정성을 쏟았다는 것을 의미하며 응분의 치사를 받아 마땅하다. 가령 「밤」이란 시편도 그런 것의 하나다.

오양간 당나귀
아-ㅇ 앙 외마디 울음 울고,

당나귀 소리에
으-아 아 애기 소스라쳐 깨고,

등잔에 불을 다오.

아버지는 당나귀에게
짚을 한키 담아주고,

어머니는 애기에게
젖을 한목음 먹이고,

밤은 다시 고요히 잠드오.

1948년 1월 서른한 편을 수록한 『하늘과 바람과 별과 시』가 윤동주 시집 아닌 "윤동주 유고집"이란 호칭으로 정음사에서 나왔을 때 이 시편도 수록되어 있었다. 엄격한 기준으로 정선했다고 생각되는 이 시집에 수록되어 있다는 것은 당시의 편자들이 여타 습작시편과 일단 분리해서 그 작품성을 인정했기 때문일 것이다. 바로 그다음 쪽에 실린 「유언(遺言)」과 함께 앞에 든 「밤」은 첫 시집의 전반적인 성격에서 얼마쯤 떨어져 있는 작품이다. 윤동주 시세계에 대한 정의는 여러 가지로 가능하다. 향일성(向日性) 구도적인 자세와 젊음의 정체성 회의와 번민이 전경화된 내면세계 추구의 서정시로 정의하는 것도 가능할 것이다. 김우창 교수의 소상한 윤동주론 제목이 「시대와 내면적 인간」인 것은 극히 계시적이면서 적정하다. 「밤」과 「유언」은 앞에 든 정의의 그물을 빠져나가고 있으며 빠져나간다고 그리 아깝지도 않다. "바다에 진주 캐러 갔다는 아들/ 해녀와 사랑을 속삭인다는 맏아들"을 기다리며 "내다봐라."라고 가까스로 입놀림을 한 것이 유언이 돼 버린 노인의 최후는 현실감과 박진감을 주지 못한다. 그림 자체가 현실 속 어촌의 그림은 아니다. 이에 비하면 「밤」의 동시적(童詩的) 대칭구조는 일단 그 현실성을 수긍할 수 있다. 있을 법한 그림이요 정경이다. 그러나 윤동주의 내면세계 추구의 주류 시편과는 거리가 멀고 있어서 좋고 없어서 아쉬울 것 없는 범작이다. 주입된 선입견이 없었고 교육적, 비평적 매개도 없었던 시절 이 시집을 읽고 필자 나름으로 채점을 했을 때 최하의 점수를 매긴 것이 이 두 작품이다. 역자의 해설에서 다음과 같은 대목을 접하고 의아해한 것은 자연스러운 일이다.

이 작품은 시국이나 사회의 움직임과는 아무런 관련이 없는 것 같은 소박한 시입니다. 사물을 움직여서 사물과 사람과의 관계를 마련하고 씌어진 시의 상태, 나귀가 살림 밑천이 되어 있는 동북 농민의 검소하고도 건강한 집안의 밤을 뚜렷하게 떠올리게 합니다. 작품의 구성력에는 읽을수록 혀를 내두르게 됩니다. 이만큼의 수법을 솜씨 있게 구사할 수 있는 윤동주란 시인은 흔히들 생각하듯 정감 편중의 서정시인은 결코 아니라는 것입니다.

역자가 그 구성력에 감탄을 금치 못한다는 동시적 대칭 구조가 필자에겐 예사롭게만 느껴졌다. 작품의 구성력에 혀를 내두른 것은 짤막한 4행시 「슬픈 족속」이다. 사실 번역시를 보면 「밤」은 깔끔하게 정돈되어 있어 원시를 능가하고 있다는 감을 준다. 이에 반해서 번역된 「슬픈 족속」은 긴 주석이 달려 있는 탓도 있겠지만 단시 특유의 예기(銳氣)가 실종된 감이 없지 않다. 번역시가 한결 장황하고 서술적이라는 느낌을 주는데 그것은 두 언어의 차이에서 오는 것이지 역자의 솜씨와는 무관한 것이다. 원시에서는 음절수가 53인 데 반해서 역시에서는 80이 되었으니 한결 장황하다는 느낌이 오는 것이다. 적어도 번역으로 읽으면 성취도에서 「밤」과 「슬픈 족속」 사이에는 별 차이가 없다. 역자가 극찬했듯이 「밤」에 감탄하는 일본 독자도 있을 것이다. 「슬픈 족속」이 환기하는 자기 발견의 슬픔과 상대적으로 무연할 것이기 때문이다.

흰 수건이 검은 머리를 두르고
흰 고무신이 거츤 발에 걸리우다.

흰 저고리 치마가 슬픈 몸집을 가리고
흰 띠가 가는 허리를 질끈 동이다.

이 시는 흔히 한국 여성의 표상으로 이해돼 온 감이 있다. 필자 역시 그러했다. 그러나 꼼꼼히 읽어 보는 사이 남성과 여성의 대칭 구조로 되어 있다고 생각하게 되었다. 여성의 경우 전통적으로 수건을 머리 위에 뒤집어 썼다. 남성들은 띠를 두르듯이 머리에 둘렀다. 또 "거친 발"도 여성보다는 남성 표상이다. 따라서 양성 대칭 구조라고 보는 것이 타당하다고 생각한다. 동포 백의민족에 부치는 이 간결한 애가(哀歌) 한 편은 윤동주를 민족시인으로 추앙해도 좋은 충분한 사유를 마련해 준다. 그런데 모름지기 감탄해야 할 「슬픈 족속」의 구성력에는 함구하고 「밤」에 감탄하는 것은 어인 까닭인가?

역자 김시종 시인의 간략한 개인사를 알게 되자 그 의문이 풀렸다. 이런저런 검색 끝에 알게 된 역자에 대한 신상 정보는 매우 소략한 것이다. 1929년 함경남도 원산에서 출생하였고 초등학교 시절은 제주도에서 보냈다. 1947년에서 1948년경에 일본으로 건너간 것으로 보아 제주도 소요 사태와 관련이 있는 것으로 보인다. 일본어로 글을 발표함에 따라 조총련으로부터 "민족 허무주의"란 이름으로 비판받아 제재를 받기도 했다. 10여 년 동안 일본 공립학교에서 '조선어' 교사로 재직하면서 장시 포함 몇 권의 시집과 평론집을 상재했고 광주의 비극을 다룬 『광주시편』도 냈다. 대표적인 재일(在日) '조선인' 시인으로 알려져 있으며 1986년 제40회 매일출판문화상을 수상했다.

얼핏 보아도 해방 이후 민족의 비극 한 모퉁이를 통째로 감당하고 고난의 길을 걸어온 시인임을 알 수 있다. 그러한 입장에서 정감의 표출이나 영탄에 시종하는 재래의 서정시를 경원하고 정치 현실과 민중의 삶에 대한 적극적 관심에서 동력을 얻는 작품을 선호하는 것은 자연스러운 일이다. 「눈 오는 지도」는 「소년」의 속편이라 추정할 수 있어 윤동주의 사랑과 연관되는 시편으로 보인다. 작품에서 순이는 떠난다고만 되어 있는데 굳이 일하러 떠난다고 해설해서 하녀나 여공이 되어 떠나는 함의를 주는 것은 역자의 문학적 성향을 말해 준다.

민중의 고단한 삶이 반영되어 있는 「양지쪽」, 「장」, 「트루게네프의 언덕」 등의 작품이 수록된 것은 그러한 맥락에서 이해할 수 있다. 초기의 습작기 작품이랄 수 있는 이런 작품들이 역자의 솜씨로 무던하게 시적 신분 상승을 이루고 있는 것은 여러모로 든든한 일이지 나무랄 일이 아니다. 한 권 분량의 시를 골라내야 한다는 실제적 고충도 있었을 것이다. 캄캄한 "그 전날 밤"에 모국어의 시적 조직에 전념하였다는 사실 그 자체가 벌써 경의와 칭송에 값하는 문화실천이요, “가진 바 씨앗을 뿌리는” 쾌거였음은 엄연한 역사적 사실이다. 어떠한 조건 참작도 문학적 성취 그 자체를 우선할 수 없다. 윤동주가 하늘과 바람과 별의 시인임에 만족하지 못하고 궁색한 작품까지 동원해서 민중적 관심을 첨가해야 한다는 것은 우리를 안타깝게 한다. 번역을 통해 윤동주 시가 평준화되었다는 것은 빈약한 시가 신분 상승을 한 그만큼 수작들이 걸맞게 빛나지 않고 있다는 뜻이 되기도 한다. 그걸 평준화의 그늘이라 불러도 잘못은 아닐 것이다.

윤동주의 문학사적 위치

상투성을 넘어선 개성적인 사고의 가치와 중요성은 누누이 강조되고 있다. 그러나 엄격히 말해서 단독적 개인의 사고는 용이하지도 흔하지도 않다. 독창적인 사고는 예외적 소수자에게나 허여되는 고뇌와 행복의 복합적 소산이라고 보는 것이 옳다. 엄밀히 말해서 단독적 개인은 그 이전에 타인들이 생각해 온 사고의 흐름에 가담해서 조금 더 나아갈 뿐인 경우가 보통이다. 의식하건 않건 사고전통에 합류하여 그 전폭적 영향 아래 사고하는 것이다. 시나 문학도 마찬가지다. 선인들이 이루어 놓은 언어조직 양식의 전통에 합류하여 혹은 참신한 목소리를 내고 혹은 개성적인 시각을 추가한다. 윤동주도 빈약한 대로 20세기 한국 근대시의 흐름에 합류해서 『하늘과 바람과 별과 시』라는 청순한 내면성의 세계를 보여 준 것이다.

윤동주가 가담하게 되는 근대시의 계보란 어떤 것인가? 별격으로서의 김소월과 한용운, 우리말의 시적 가능성 탐구에서 치열하고 현명했던 『시문학』파, 저주받은 시인이란 자의식과 더불어 시와 생활 현실에 대처한 『시인부락』의 시들이 그 대종을 이루고 있다. 식민지 현실에 대한 자각적 저항을 시도한 테제문학 시인들, 식민지 근대에 대한 시적 반응을 보여 준 모더니즘 계열의 시는 그의 참조사항이 아니었다. 그것은 테제 시인들과 모더니스트들의 작품 성과에 매료되지 못했기 때문일 것이다. 이것은 그의 시를 꼼꼼히 읽고 내린 결론이지만 사진판 『윤동주 자필 시고전집』에 수록된 "소장도서 목록" 중 시집 편은 중요 방증 자료가 될 것이다. 그가 소장해서 장서 표지를 한 우리말 시집 열 권은 『정지용 시집』, 『영랑 시집』, 『을해명시선집』, 『헌사』, 『화사집』. 『백록담』, 장만영의 『축제』, 신석정의 『촛불』, 『박용철 시집』, 『사슴』인데 이 중 『사슴』은 필사본이다.

윤동주가 일본 시인의 영향을 받았다는 어떤 비교문학자의 글에 대해서 필자는 윤동주에게 형성적 영향력이 된 것은 정지용이며, 그런 의미에서 그가 우리 근대시의 흐름 한복판에 자리 잡고 있는 정통파 시인임을 20세기 말에 발표한 에세이 「서정적 진실의 실종」에서 지적한 바 있다. 동시를 비롯한 초기 습작에 보이는 모작의 역력한 흔적, "태양을 사모하는 아이', "부끄러운 데" 같은 어사의 차용 등을 구체적으로 지적했고 『정지용 시집』 4부의 종교시편에 나오는 "하늘과 바람과 별" 같은 어사와 윤동주 시편에서의 어사와의 대응관계를 적시하면서 윤동주 자선시집의 표제도 거기서 유래했을 가능성이 크다고 추정하였다. 지금도 그 생각에 변함은 없다.

한국 근대시의 흐름에 생소한 일본 독자를 대상으로 한 해설에서 이러한 지적은 부질없는 일일 것이다. 그러나 만약 한국 근대시를 연구하는 일본 학자가 있다면 간과해선 안 될 국면이다. 생애에 관한 한 송우혜의 『윤동주 평전』에 크게 의존하고 있는 해설에서 역자는 가문의 신앙과 연관시켜 윤동주 시에 많이 보이는 성서 인유(引喩)를 지적한다. 그러면서도 윤동주가 기독교의 종교시를 쓴 시인이라는 투의 논리에 대해선 경계하고 있는데 이는 적정한 일이다. 그는 시인이고자 했지만 기독교 시인이고자 하지는 않았다. 시집 첫머리를 장식하는 「서시」에는 그의 지향성이 잘 드러나 있다.

> 죽는 날까지 하늘을 우러러
> 한점 부끄럼이 없기를,
> 잎새에 이는 바람에도
> 나는 괴로워했다.

별을 노래하는 마음으로
모든 죽어가는 것을 사랑해야지
그리고 나한테 주어진 길을
걸어가야겠다.

오늘 밤에도 별이 바람에 스치운다.

첫머리 2행은 기독교보다 유가적(儒家的) 인생 태도를 계승한 것이다. 잎새에 이는 바람에도 괴로워하는 다정다감은 시인의 것이다. 처녀애들은 가랑잎만 굴러도 깔깔거린다는 말이 있다. 필자의 고향 쪽에서는 흔히 쓰였는데 다른 고장에서도 그런지는 잘 모르겠다. 그런 속담 비유의 활용이라 생각한다. 서리병아리란 말에 익숙했던 필자는 정지용 「향수」에 나오는 "서리까마귀'를 "서리병아리'의 창조적 변형으로 서리 철에 나르는 까마귀를 뜻하는 시인의 조어라고 생각했고 이백을 뒤져 "상오(霜烏)"를 찾아내는 헛수고에 혀를 찼다. 윤동주는 1941년 연희전문 졸업 기념으로 한정판 시집을 내려다 여의치 않아 자필로 시집 세 부를 만들어 이양하 교수와 친구 정병욱에게 보내고 하나는 보관했다고 한다. 정병욱에게 증정한 원본에는 이 작품의 제목이 없다고 『윤동주 자필 시고전집』은 밝혀 놓고 있다. 아우 윤일주의 증언을 따르면 시인이 소장했던 것에는 "서시(序詩)"라는 제목이 쓰여 있었다 한다. 제목을 붙이지 않았던 것은 애초 "하늘과 바람과 별과 시"를 제목으로 생각했던 때문이 아닐까? 그러다 나중에 생각을 고친 것이 아닐까?

사실 「서시」에는 하늘, 바람, 별이 나오고 시는 나오지 않는다. 그 자체가 시이기 때문에 그렇기도 하겠지만 "나한테 주어진 길"이 시인의 길이기 때문이라는 추측도 가능하다. 그러니 "서시"는 시인의 길이 자기에게 주어진 길이며 그 길을 가겠다는 결의의 천명인 셈이다. "시인이란 슬픈 천명인 줄 알면서도 한 줄 시를 적어볼까"란 대목도 시인 됨을 소명으로 의식한 것의 반영일 것이다. 「십자가」, 「무서운 시간」 등에 보이는 비극적 최후의 예감도 시인의 비극적 삶이란 널리 퍼진 통념과 관련돼 있다는 혐의가 짙어진다. 소명에 충실할 수 있는 시간을 갖기도 전에 자기를 잡으러 오는 저승사자에 대한 불길한 예감과 두려움이 「무서운 시간」의 모티프일 것이다.

끝으로 한마디만 첨가한다. 「서시」의 마지막 행은 이렇게 번역되어 있다

今夜も星が 風にかすれて泣いている

다시 번역해 보면 "오늘 밤에도 별이 바람에 스쳐 울고 있다."가 된다. "울고 있다."가 첨가되어 있다. 이것은 분명 오역이다. "스치운다."는 "스치다."의 피동형으로 쓰인 것인데 혹시 "스친다."와 "운다."의 복합어로 생각했거나 이중(二重) 의미

를 읽어 낸 것이 아닌가 생각한다. 어쨌건 "울고 있다."는 작품의 원뜻에도 격에도 맞지 않는다. 역자의 공들인 사랑의 노동을 생각할 때 애석하기 짝이 없는 천려일실의 사례로서 이 옥의 티가 말끔히 교정되기를 희망한다.

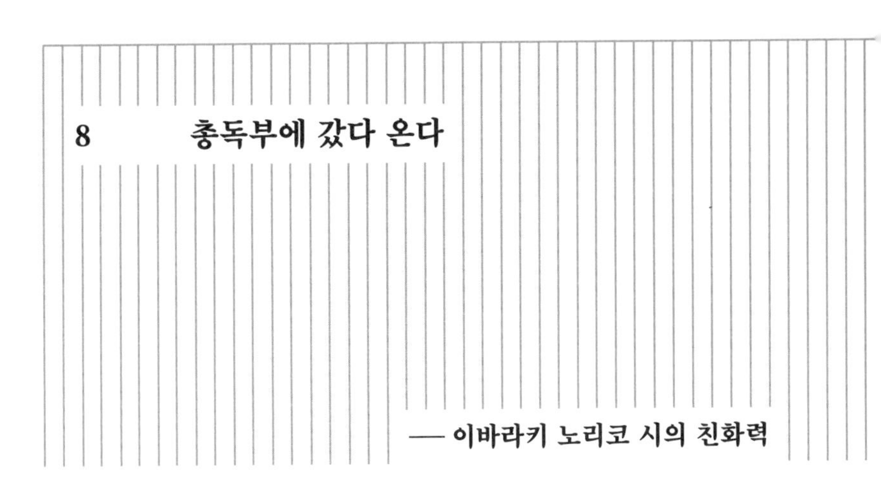

8 총독부에 갔다 온다

— 이바라키 노리코 시의 친화력

우리 시대의 야만

우리는 흔히 야만을 원시적인 미개상태와 동일시하는 것이 보통이다. 그러나 가령 20세기 최고의 야만은 유럽의 한복판에서 회오리쳤다. 공공연히 인종주의의 기치 아래 자행된 만행은 수많은 악몽의 기록을 낳아 사람들에게 소름 끼치는 전율을 안겨주길 그치지 않고 있다. 한편 기획된 공동선으로의 강제적 주민 동원 과정에서 무자비하게 희생된 사람들의 기록도 필설로 탕진되지 않는 무참한 다양성을 드러내고 있다. 우리는 야만이 원시적 미개상태가 아니라 문명의 질병이며 광기이며 황당한 변태라는 생각을 금할 수 없게 된다.

20세기의 야만에 대한 반성과 비판은 유럽 지식인들의 주요 화제의 하나가 되어 왔다. 인종주의 광풍의 표적이 되었던 유대계 지식인에 속하는 조지 슈타이너도 그 문제를 집요하게 추구한 지식인의 한 사람이다. 그는 단순히 식민지주의나 제국주의적인 가시적 약탈 행위뿐 아니라 위대한 예술이나 심오한 사상의 생산과 폭력적 질서 체제 사이의 은폐된 내적 관계에 대해서도 의심에 찬 탐구를 지속해 왔다. 그 과정에 그는 다음과 같은 말을 토로한다.

> 자기들이 과거에 노예로 삼았던 이들에 대해서 회오의 자세를 취한 인종이 지금껏 있었던가? 눈부신 자신의 과거를 도덕적으로 고발한 문명이 과거에 있었던가? 이러한 윤리적 절대라는 이름 아래서의 자기성찰은 다시 한번 특징적으로 서구적인 볼테르 이후의 행위다.

슈타이너의 의문은 그치지 않고 더 계속된다. 그러나 여기서 그것을 거론하려는 것은 아니다. 비록 과거의 비행과 죄과가 있었지만 거기에 대해 회오의 자세를 취하는 것은 유럽 특유의 행위라는 발언에서 우리는 자기중심적 서구 우월론(優越論)의 낌새를 감지한다. 비록 사실과 일치한다 하더라도 이러한 우월론에 대해 우리는 얼마쯤의 저항감을 느끼게 마련이다.

최근 일본 정부 수장의 발언은 그러나 슈타이너의 말을 강력히 뒷받침해 준다는 느낌을 지울 수 없게 한다. 그의 발언이 있고 나서 거의 반세기가 지난 뒤에도 식민지주의의 과거에 대해 비양심의 망언을 계속한다는 것은 분명 시대 역행의 퇴행적 행위다. 일본은 확실히 유럽의 유수한 과거 식민지 보유국에 비해서 윤리적으로나 지적으로나 열등한 위치에 있다고 서구인이 말해도 일본인으로선 반론할 여지가 없을 것이다. 같은 동양인으로서 곤혹스러운 불쾌감을 갖지 않을 수 없다. 우리가 그나마 안심하는 것은 현재 일본 정부 수장이 결코 일본인 전체를 대표하는 인물이 아니라는 사실이다. 그에게 비판적인 많은 일본인이 있다는 것을 우리는 알고 있고 또 그 수효가 증가하기를 기대하고 있다. 식민지주의의 과거를 부끄럽게 생각하는 깨어 있는 지식인 가운데도 침묵하는 다수가 있을 것이다. 우리가 인간과 역사에 대한 미련과 믿음을 버리지 못하는 것은 그러한 이성과 양심의 존재를 믿기 때문이다. 예술과 문학이 그러한 양심의 생생한 증언으로 차 있다고 할 수는 없지만 그래도 그 파편이 처처히 박혀 있다는 것만은 부정할 수 없다. 시인은 대체로 양심의 편에 선다.

서점에서의 만남

얼마 전 대형 서점의 외서 코너에서 이와나미(岩波) 문고로 된 일본인 시집을 발견했다. 이바라키(茨木) 노리코는 최근에 작고한 여성 시인으로 저들이 말하는 근대 시인이 아니라 그야말로 현대 시인이다. 시집 겉표지에는 "현대시의 장녀 이바라키 노리코의 에센스"란 광고 띠가 둘러져 있었다. 서서 읽기 끝에 사가지고 와서 통독했다. 397쪽인데 할인 가격 8680원이니 그야말로 염가 보급판이다. 책 구하기가 너무 쉬워진 세상이 되어 책 읽기가 도리어 천덕꾸러기가 된 것이 아닌가 하는 생각이 든다. 시집 읽기는 우선 책장이 잘 넘어가 편하다. 글줄이 페이지 끝까지 가는 것이 산문이요 그렇지 않은 것이 시라고 공리주의자 제러미 벤담은 말했다. 반농반진으로 받아들이면 괜찮은 정의일 것이다. 간결하고 짤막한 응축이 시의 매력이다. 이바라키의 시는 쉽고도 의미로 꽉 찬 응축의 대목이 있어 좋다. 그러다가 「총독부(總督府)에 갔다 온다」란 시편을 읽게 되었다.

한국의 노인은
아직도
변소에 갈 때
천천히 자리를 뜨며
"총독부에 갔다 온다"
고 말하는 이가 있단다.
조선총독부에서 호출장이 오면
가지 않고선 배길 수 없던 시대
피할래야 피할 수 없는 사정

그걸 배설과 연계한 해학과 신랄(辛辣)

서울에서 버스를 탔을 때

시골에서 올라온 듯한 할아버지가 앉아 있었다

한복을 입고

검은 모자를 쓰고

소년이 그대로 할아버지가 된 것 같은

순박 그 자체의 상호(相好)였다

일본인 몇이 선 채로 일본말을 조금 지껄이자

노인의 얼굴에 외포(畏怖)와 혐오의 낌새

스치는 것을 보았다

천만(千萬)마디 말보다도 강렬하게

일본이 해온 짓을

거기서 보았다

—「총독부(總督府)에 갔다 온다」 전문

"총독부에 갔다 온다."라고 말하는 이가 있었다는 말을 듣고 쓴 작품일 것이다. 총독부에서 호출장이 온다면 그렇고 그런 장삼이사(張三李四)는 아닐 것이다. 그냥 주재소(駐在所)나 면 사무소에서 온 통지를 식민지 최고 관헌을 말하는 총독부 호출장이라고 말했을 수도 있다. 이렇게 말하는 연배의 노인은 아마 지금은 모두 세상을 떴을 것이다. 어쨌건 일본인에겐 신랄

하게 들렸을 것이다. 전해 들은 얘기와 버스에서 본 노인의 구체가 겹쳐져서 일본의 식민지 지배의 실상을 실감케 한다. 평범한 사례와 차분한 관찰이 도리어 작품의 예기(銳氣)에 기여한다. 예사로운 어조와 필치가 효과적이다. 과도한 죄의식이나 무안함이 보이지 않아 공감이 간다. 분명 한국의 시인 친구를 얘기하는 시편도 있다.

그것은 온기가 있는
악수의 부드러움이고
낮은 어조의 목소리이고
배를 깎아주던 손놀림이고
온돌방의 따뜻함이다

시를 쓰는 그이의 방에는
책상이 두 개
답장을 써야 하는 편지묶음이 산적해 있어
나도 모르게 대단한 감동이었다
벽에 내걸린 커다란 곡옥(曲玉) 하나
서울도 장충동 언덕 위의 집
앞마당에는 감나무 한 그루
올해도 가지가 휘도록 열렸을까
어느 해 늦가을

우리 집을 찾아주었을 때는

마구 팽개쳐둔 마당의 정취가 좋다고

유리문 너머로 바라보며 고즈넉이 말하였다.

낙엽 더미야말로 쓸지도 않고

꽃은 선 채로 시들고

마구 팽개쳐둔 마당은 주인에겐 수치지만

꾸미지 않는 것이 좋은 손님 취향에는 맞는 것 같았다

일본말과 한국말 짬뽕으로

옛날 얘기 가지가지 얘기하고

이쪽의 무안함을 구해주려 하기나 하듯

당신하곤 좋은 친구가 될 수 있다고 말해주는

솔직한 말씨

또렷한 모습

—「그이가 사는 나라」 전문

가해자 나라와 피해자 나라의 시인 사이의 우정이 싹트는 기억을 적고 있다. 적어도 상호 존중이 없는 곳에 공감도 우정도 있을 수 없다. 함부로 방치해 둔 단정치 못한 마당이 꾸밈이 없어 좋다는 사람과 받은 편지에 일일이 답장을 쓴다는 말에 감동하는 사람 사이의 우정을 매개하는 것은 솔직함과 진심이다. 우리 사이엔 예의를 마다하고 결례를 숭상하는 풍토가 조성되어 있다. 예의는 부자연스러운 위선이요 결례가 자연스러운 것이라고 믿기조차 한다. 예의는 일상의 대인 관계나 일상 생활 자체를 의미의 차원으로 끌어올리는 자그마한 의식(儀式)이다. 예의를 버릴 때 사람은 자신의 삶을 비하하는 것이다. 예의의 실종은 삶의 각박함을 말해 주는 것이기 때문에 개개인의 언행 차원으로만 탓할 수는 없다. 하지만 타인에 대한 존중이 없는 사회에서는 그 누구도 존중의 대상이 되지 못할 것이다. 은수(恩讎)를 넘어서는 상호 이해는 위의 시편이 보여 주는 공감에 기초한 상호 존중에서 비롯될 것이다. 두 나라의 공식 관계가 가파르고 원활하지 못한 지금 각별한 호소력을 발휘하는 시편이요, 될수록 두 나라의 많은 사람들이 읽었으면 싶은 시편이다.

> 전차 속에서 여우를 빼닮은 여자를 만났다
> 아무래도 틀림없는 여우다
> 어느 동네 골목길에서 뱀의 눈을 한 소년을 만났다
> 물고기인가 생각될 만큼 모난 턱의 사내가 있고
> 지빠귀 눈을 한 늙은 여자도 있어
> 원숭이과(科) 따위는 흔해 빠졌다
> 한 사람 한 사람의 얼굴은
> 멀고 먼 여로(旅路)의
> 머리가 멍해지는 것 같은 머나먼 도정(道程)의
> 그 끝에서의 일순의 개화(開花)이다.

당신의 얼굴은 한국계야 조상은 한국이야
란 말을 들은 적이 있다
눈을 감으면 본 적도 없는 한국의
해맑은 가을 하늘
관통하는 푸름이 펼쳐져 있다
아마 그럴 테지요 라고 나는 대답한다

뚫어지게 바라보다
당신의 조상은 파밀고원에서 온 거야
단정적으로 말하는 소릴 들은 적도 있다
눈을 감으면
가보지도 않은 파밀고원의 목초가
풀냄새를 피워대
아마 그럴 테지요 라고 나는 대답했다.

—「얼굴」 전문

단일민족의 신화는 우리한테도 있고 일본에도 있다. 그것이 우수 민족이란 믿음으로 이어지기도 하고 또 그렇게 유도하는 일도 비일비재다. 인류학적으로나 생물학적으로나 수긍하기 어려운 가정이다. 실제로 거리에서 만나 보는 사람의 얼굴은 저마다 달라서 우리 사이에서도 중국인 같다느니 일본인 같다느니 하는 말을 흉허물 없이 한다. 같은 동아시아인이지만 중국인과 일본인은 아주 다르다. 오시마(大島) 나기사 감독의 일본 영화 「교수형」에는 재일교포 한국인이 주인공이다. 그런데 주인공 역할을 하는 이의 얼굴은 누가 보아도 한국 사람이다. 일본인 청년과 단박에 구별이 된다. 참 잘 골라 썼다는 느낌을 받게 된다.

"당신 얼굴은 한국계야."라는 말을 시인이 직접 들은 일이 있는지의 여부는 알 길이 없다. 또 알 필요도 없다. 이와나미 문고의 책 커버에 있는 시인의 사진은 한국인과 거리가 멀고 도리어 유럽인을 닮았다는 느낌을 받았다. 문고판 시집에 발문을 쓴 아마도 여성인 필자는 잡지에 난 이바라키의 사진을 보고 그 깨끗한 미모에 놀라 "시단의 하라 세츠코(原節子)구나!" 하고 흥분했었다 한다. 하라는 전후 일본의 대표적 영화배우였는데 얼마쯤 서구적인 데가 있다. 적어도 일본인 사이에선 "당신은 한국계야."라고 말하는 것은 극히 친밀한 사이가 아니라면 결례가 되는 일일 것이다. 이 시의 핵심은 다음 대목이다.

> 한 사람 한 사람의 얼굴은
>
> 멀고 먼 여로(旅路)의
>
> 머리가 멍해지는 것 같은 머나먼 도정(道程)의
>
> 그 끝에서의 일순의 개화(開花)이다.

가령 선조가 파미르고원에서 왔다고 치자. 얼마나 멀고 긴 여로를 거쳐서 일본 열도에 정착했을 것인가. 또 일거에 건너간 것도 아닐 것이다. 1세대가 파미르고원을 떠났다 하더라도 2세대는 중국 어드메쯤에서 정착했다가 다시 10세대는 황해 연안에 정착했을 터이고 15세대쯤 일본 큐슈 지방에 정착했을지도 모른다. 이런 상상 놀이를 계속하다 보면 얼굴이 "머나먼 도정의 그 끝에서의 개화"란 대목이 실감 있게 들린다. 이 시의 묘미는 그러한 상상 놀이다. 누구나 일상에서 만나는 조금 특이한 얼굴에서 그 인종적 기원을 상상해 보았을 것이다. 인종적 기원을 다시 그 원적지까지 소급해서 상상한 것이 이 작품이다. 그러한 일상적 경험을 바탕으로 하면서 이 시편은 단일민족이란 상상적 산물의 허위를 깨고 인류가 모두 지구촌 가족임을 암시한다. 널리 퍼진 사회 통념에 대한 비판이기도 하다.

바삭바삭 메말라 가는 마음을
남의 탓으로 돌리지 말라
제가 물 주길 게을리한 주제에

꾀까다로워진 것을
친구 탓으로 돌리지 말라
트인 소견 잃은 것이 어느 쪽인데

짜증 나는 것을

근친 탓으로 돌리지 말라
사사건건 서툴렀던 것은 바로 나

초심 꺼져 가는 걸
세상살이 탓으로 돌리지 말라
애시당초 허약한 심지였지

잘 안 된 것을 몽땅
시대 탓으로 돌리지 말라
근근이 빛나는 존엄의 방기(放棄)

자기의 감수성쯤
제가 지켜라
멍텅구리야

— 「자기의 감수성쯤」 전문

현자가 들려주는 잠언 같다. 반드시 타인을 향한 권고가 아니라 시인 스스로에게 들려주는 자기설득이기도 할 것이다. 흔하디흔한 심리적 성향에 대한 통찰을 담고 있으며 그것이 강점이다. 극히 비근한 일상어가 탈속한 단순성을 빚고 있다. 모든 것을 시대 탓으로 돌리는 일에 우리는 너무나 익숙하다.

서투른 자기 번역을 읽어 보니 상당히 딱딱하게 들리는데

원시는 한결 날렵하고 부드럽고 정겹다. 그 차이가 어디서 오는 것인지는 좀 더 생각해 보아야겠다. “바삭바삭 메말라 가는 마음” 대목의 원문은 “ばさばさに乾いてゆく心”이다. 혹시 우리의 “바삭바삭”이 그대로 “바사바사(ばさばさ)”가 된 것이 아닌가 하는 생각이 퍼뜩 들었다. 우연의 일치를 두고 일반화하려는 호사벽인지도 모른다.

일본의 언어학자 오노 스스무(大野晉)는 한국어와 일본어 사이의 대응(對應) 용례로 약 200개를 들고 있다. 복합어에서 대응관계를 찾으면 더 나올 것이라고도 말한다. 대응관계가 발견되는 말에는 명사가 많고 동사가 적다는 것도 지적하고 있다. 소설 『돈황』의 작가 이름은 이노우에 야스시(井上靖)다. 여기서 “우에”는 우리의 “위”와 같다. 일본의 완행열차를 타고 가면서 보게 되는 지명에 우리말의 흔적이 보이는 것이 더러 있었다. 한국어에서 일본어가 분리해 나갔다면 2300년 전이라고 했던 오노는 그 후 일본어의 기원을 인도의 타밀어에서 찾는 새 학설을 내놓게 된다. 타밀은 인도 남부에 있다. 서로 닮은 점이 있어 두 나라 사이의 감정이 더 착잡해지는 면도 있을 것이다.

쉰 나이에 한글 공부

연보를 보면 이바라키는 1926년 오사카에서 의사의 장녀로 태어났다. 열세 살에 생모가 돌아가고 둘째 엄마 밑에서 자랐다. 약학전문학교에 재학 중 학생 동원으로 해군관계 공장에서 일하다 종전을 맞았다. 졸업과 동시에 약제사 자격증을 받았으나 그걸 사용한 일은 없다 한다. 처음에는 동화나 희곡을 썼으나 시에 전념하게 되었다. 스물셋 되던 해 결혼했던 의사 남편이 시인 마흔아홉 때 간암으로 세상을 떴다. 그 이듬해인 1976년에 한글 공부를 시작해서 1990년에 『한국현대시선』을 냈고 그 책으로 요미우리 문학상을 받았다. 1991년 한국을 첫 방문한 그녀는 일흔아홉 살 되던 2006년에 세상을 떴다. 1992년에 영역시집 『When I was at my most beautiful and other poems 1953-1982』이 나왔다. 그러니까 「내가 가장 예뻤을 때」가 대표작으로 통하는 것 같다. 전쟁과 전후의 어려운 시기여서 한창 좋은 나이를 멋도 못 내 보고 잃어버렸다는 회한을 담은 수작이다.

쉰 나이에 외국어 공부를 시작한다는 것은 드문 일이다. 한국어를 택한 것도 과거 피해국에 대한 막연한 죄책감과 관련이 있는 것인지도 모른다. 사실 위에서 읽어 본 시에서 잘 나타나지만 한국에 대해선 무안함을 느끼고 있었던 것 같다. 과거의 피해국에 대한 속죄의 심정으로 쓴 작품이 보이는 것도 같은 맥락에서일 것이다.

「류렌런(劉連仁) 얘기」는 근 40쪽에 이르는 장시인데 1944년 9월 산둥성(山東省)의 마을에서 일본군에 납치된 800명 중의 한 사람인 류의 파란만장한 삶을 다루고 있다. 노무자로 납치된 이들은 현해탄을 건너 일본으로 끌려가 그중 200명이 홋카이도의 탄광으로 이송되어 강제 노동에 처해진다. 가까스로 변소를 통해 탈출한 후 같은 처지의 탈출자 두 사람과 함께 산속에서 토굴을 파고 감자로 연명한다. 그러나 홀로 되어 홋카이도의 산속에서 13년간 산짐승처럼 지내다 사포로 근처의 산속에서 일본인 사냥꾼에게 발견된다. 그 후 귀국하여 아내와 열네 살 된 아들을 만나는 얘기다. 중국서 간행된 실화 책에 기대어 쓴 장시인데 세상에는 참 기막힌 사연들이 많다. 이런 시를 읽고도 망언을 계속하는 자는 구제불능의 야만인일 것이다.

어디엔가 아름다운 마을이 없을까
하루 일이 끝나면 한 잔의 흑맥주
괭이 기대 세우고 대바구니 내려놓고
남자도 여자도 큰 머그잔 기울이는

어디엔가 아름다운 읍내가 없을까
먹을 수 있는 열매가 달린 가로수가
끝없이 이어지고 제비꽃빛 초저녁이
청춘의 부드러운 속삭임으로 차고 넘치는

어디엔가 아름다운 사람과 사람의 힘이 없을까

같은 시대를 함께 사는
친함과 우스꽝스러움과 노여움이
날카로운 힘 되어 눈앞에 나타나는

—「유월」 전문

친근하고 서정적이면서도 예기와 간절함이 깔려 있는 시편이다. 공연한 허세가 없고 소박하면서도 당찬 울림이 있다. 문학이 발휘하는 친화력이 두 나라 사이의 관계에서도 막강해지기를 바란다. 곤경에 처한 어려운 사람이나 약자를 긍휼히 여기는 것은 인간이 유아기에 장기간 동안 속절없이 타자에게 의존한 경험 때문이라는 심리학 쪽의 설명이 있다. 개인적 차원에서는 그럴지 모르지만 집단이 되면 달라지는 것을 보게 된다. 그래도 문학은 개개인을 매개로 한 다수에의 호소를 그칠 수는 없고 그쳐서도 안 된다. 수상하고 곤혹스러운 시절에 이바라키 시집을 읽는 것은 조그만 위안이자 즐거움이다. 친구 삼을 사람이 많이 있다는 확신을 주기 때문이다.

2부

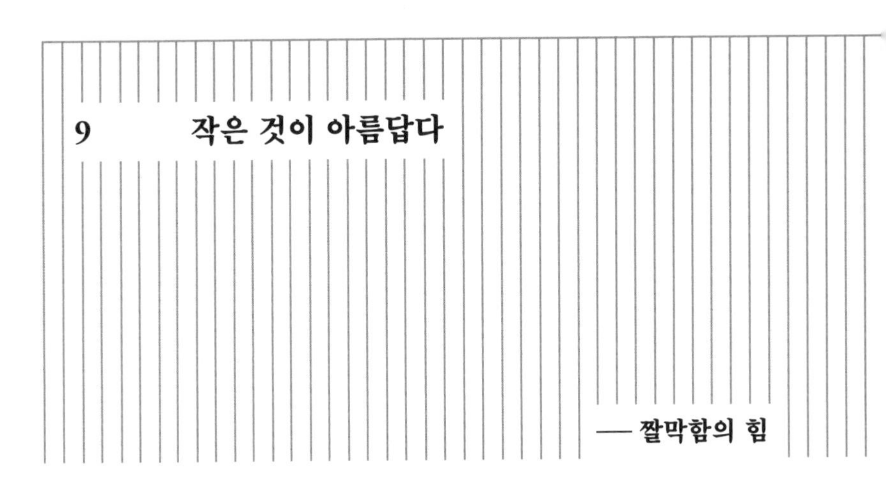

9 작은 것이 아름답다

— 짤막함의 힘

문학 소비의 심리학

심심치 않게 거론되듯이 우리 사이에서는 시에 대한 관심과 선호가 각별하다. 문학 장르 가운데 시 독자가 가장 적은 것은 세계적인 현상이다. 우리라고 시 독자가 야구광이나 게임 중독자만큼 많은 것은 아니다. 그러나 상대적으로 시 독자는 많은 편이고 또 시 제작에 임하는 사람들의 수효도 적지는 않다. 동인지 아닌 시 전문지의 수효가 우리처럼 많고, 또 신작은 아니지만 중요 일간지가 날마다 혹은 주마다 시를 게재하는 나라는 달리 없을 것이다. 소설 독자의 상대적 감소 탓이긴 하지만 시집 판매량이 소설 판매량과 맞먹는 경우도 허다하다. 외국인 관찰자에게는 확실히 진기하고 궁금한 현상으로 비칠 것이다.

여러 가지 이유가 있을 것이다. 언뜻 떠오르는 것은 우리나라 사람들이 노래를 좋아하는 것과 관련된 것이 아닐까, 하는 생각이다. 친목 모임이나 소풍 놀이에서는 곧잘 노래자랑이 벌어지고 돌아가며 노래를 강요하기도 한다. 게다가 누구나 웬만큼 노래를 부를 줄 안다. 외국인에게는 단박 눈에 뜨이면서 신기하게 여겨지는 현상이다. 부르는 노래는 대부분 대중가요이긴 하지만 어쨌건 노래 부르기를 좋아한다. 시를 노래 특히 대중가요와 연결시킨다면 시인이나 시 독자들은 즉각 거부반응을 보일 것이다. 현대시는 노랫말과 거리가 멀고 대중가요와는 더더욱 그러하다. 그러나 심층적 수준에서 시 선호와 노래 선호 사이에는 짙은 친연성이 있는 게 아닌가 생각한다. 서정시를 뜻하는 서구어가 현악기에 붙여 노래한 노랫말에서 나왔다는 것은 누구나 알고 있다.

까마득한 원시시대나 고전고대가 아니고서도 시와 노래는 긴밀하게 연계되어 있다. 가까운 서양 중세에서도 가령 12세기 후반의 트루바드르(Troubadour)의 시는 본래 가사와 곡조가 함께 기록돼 있었다. 하지만 13세기 중엽에는 곡조 표시가 없는 시집들이 나오게 된다. 악보라 하면 흔히 현행 오선지를 연상하기 때문에 그것이 정착되기 이전의 일이어서 곡조 표시라고 했다. 어쨌건 곡조 표시가 사라지는 대신 시인의 전기 사항이나 비평적 언급이 시집에 등장하게 된다. 이때 시는 그 의미의 일부를 이루는 본래의 음악적 맥락으로부터 고립하게 된다.

그래서 전기나 논평이 나온 것이라는 게 피아니스트이자 음악학자인 찰스 로즌의 설명이다. 2012년에 상재한 『자유와 예술 : 음악과 문학에 관한 에세이』에서 그는 이렇게 적고 있다.

> 음악 없이 읽히기 때문에 시편은 이제 전과 다른 사회적 기능을 갖게 되었다. 시편들은 이제 가창을 통해 공동체적 경험의 일부를 이룬다는 기능을 수행하지 못하게 된다. 노래하는 시인이 사라져서 생긴 공백은 시인의 전기가 벌충하게 되었다. 또 비평적 논평이 타인과 함께 듣는다는 공동 경험을 대체하였다. 서구 음악이 다성(多聲)음악의 도입과 함께 시로부터 떨어져 나가기 시작한 것은 대체로 13세기 무렵부터다.

시와 소리, 시와 노래의 관계를 잘 보여 주는 이러한 사례에서도 우리는 시 선호와 노래 선호 사이의 지극한 친연성을 추정할 수 있지 않을까 생각한다.

한편 우리는 독자들의 시 선호를 소비 심리학이란 관점에서 접근할 수도 있다. 금전적 과용을 했거나 혹은 과용을 했다고 생각할 때 사람들이 심한 피로감을 느낀다고 하는 연구 결과가 있다. 평생 봉급 생활자로서 그 달 벌어 그 달을 살아온 꾀죄죄한 삶이었으니 필자에겐 과용이 야기한 피로감의 경험은 별로 없다. 그러나 살까 말까 망설이다 눈 딱 감고 비싼 책을 사고 나서 언제 읽게 될지도 모르는 걸 공연히 샀다고 후회

해 본 경우는 제법 많다. 그런 경우 피로감을 느낀 것은 사실이다. 과용과 낭비의 의구심 때문에 야기된 피로감이라 할 수 있다. 우리는 시간에 대해서도 같은 말을 할 수 있지 않을까 생각한다. 두꺼운 책을 읽고 나서 별 재미도 없고 득 된 것도 없다는 생각이 들 때 사람들은 본전도 못 찾았다는 느낌을 갖게 마련이다. 그러면서 낭비한 시간이 안겨 주는 피로감 비슷한 것을 경험하게 된다.

시를 읽는 문학 소비자들은 과용이나 낭비에서 오는 피로감으로부터 비교적 자유롭다. 대체로 시편은 짧고 시집은 얄팍하고 가격은 저렴하다. 마음 내키는 대로 앉은 자리에서 뚝딱 읽어 치울 수 있고 읽다가 말 수도 있다. 금전적으로나 시간상으로나 과용이나 낭비의 개연성은 희박하다. 시편은 길어야 두 쪽 짧으면 한 쪽으로 승부가 난다. 반복적 향수를 견뎌 낼 수 있는 작품을 골라 내는 데 많은 시간이 걸리지 않는다. 나태한 문학 소비자에겐 더할 나위 없이 쾌적한 품목이라 하지 않을 수 없다. 우리들은 대체로 성급하고 '빨리빨리' 성과를 바란다. 이러한 성급함과 조급증이 수시로 사회적 집단히스테리로 폭발한다. 독파하는 데 며칠씩 걸리는 문학 고전이 점점 외면당하고 있는 것도 '빨리빨리'의 조급증과 연관된다고 생각하게 된다. 이런 조급증의 풍토 속에서 문학 소비자들이 즉시적 승부가 가능한 시를 선호하는 것은 자연스러운 일일지도 모른다. 요컨대 시가 짤막하고 그 향수 시간도 짤막하다는 것이 시의 매력이란 말이 된다.

짤막함의 힘

시는 대체로 짧다. 그것은 노래가 짤막한 것과 평행관계를 이룬다. 이때의 시는 우리가 알고 있는 서정시를 말한다. 서사시가 있고 장시가 있지만 우리 사이에서 시라 할 때 대개의 경우 서정시를 가리킨다. 그런데 짤막한 형태의 서정시가 서구에서 문학의 주류로 부상한 것은 대체로 낭만주의 문학에 와서의 일이다. 아마도 짤막한 단시를 옹호한 고전적인 사례는 에드거 앨런 포의 시론일 것이다. 그의 「시의 원리」에 보이는 다음 대목은 아마도 가장 많이 인용되고 원용되었던 시론의 일부이기도 할 것이다.

> 긴 시는 존재하지 않는다고 나는 생각한다. '긴 시'라는 말은 딱 부러진 용어상의 모순이라 단언한다. 영혼을 고양시킴으로써 부추길 때에만 시가 그 이름에 값한다는 것은 말할 필요조차 없다. 시의 가치는 감정 고양에 정비례한다. 그러나 모든 고양된 감정은 심리적 필연 때문에 짤막하게 마련이다.

시는 리듬을 통한 미의 창조라는 신조를 가지고 있었던 시인의 일면이 잘 드러나 있다. 시에서 미의 일차적 역할을 강조하고 교훈주의에 반대했지만 그가 지적 진실이 미적 반응에서 주요한 요소임을 인정하기에 이른다는 점에서 편협한 단순 유미주의 시인으로 단정 짓기는 어렵다. 위에서 보듯 긴 시를 언어상의 모순이라고 주장했다고 해서 그가 짤막한 시만을 쓴 것은 아니다. 그의 시편 중 가장 짧은 것의 하나인 「헬렌에게」는 14행이지만 그 소리 효과 때문에 자주 낭송되어 독자에게 친숙한 「애너벨리」는 41행이 된다. 대표작이랄 수 있는 「장수까마귀(The Raven)」에 이르면 100행이 훨씬 넘는다. 그러니 서양에서 짤막한 시라고 하는 것도 우리 기준으로 보면 그렇게 짧은 것이 아니다. 그러니 본격적으로 길게 전개되는 가령 알렉산더 포프의 「인간론(An Essay on Man)」 같은 작품은 영웅시체(英雄詩體) 2행 연구(連句)로 된 담론으로 우리가 아는 서정시와는 거리가 멀다.

> 하늘은 모든 창조물에게 운명이 적힌 책을,
> 그들의 현재의 지위라는 정해진 페이지를 빼고는 모든 것을,
> 짐승에게겐 인간이 아는 것을, 인간에게겐 천사가 아는 것을, 숨기느니.
> 그렇지 않다면 누가 이승에서의 존재를 견딜 수 있을까?
> 그대의 술잔치 위해 오늘 피 흘리며 죽는 양이
> 그대의 이성을 갖고 있다면 뛰어놀 수 있을까?

마지막 순간까지 꽃 피는 음식을 뜯어먹으며
그를 죽이려고 막 쳐든 손을 핥고 있느니.
아 미래를 모르는 다행이여! 인자하게 주어졌느니
하늘이 정한 자리 각자가 채우기 위해.
하늘은 만물의 신으로서 한 가지 인자한 눈으로 보느니
영웅의 몰락과 참새의 추락을.
원자나 천체가 내팽개쳐져 깨지는 것을
어떤 때는 물방울이 어떤 때는 세계가 터지는 것을.

—「인간론」에서

칸트는 영국 시인 포프를 좋아하고 높이 평가했다고 한다. 우주의 성질과 그 속의 인간 위치에 관한 성찰을 펴고 있는 이 작품은 이 세계가 상상할 수 있는 것 중 최선의 것이라는 낙관론에 입각하고 있는데 사실상 시 형태를 빌린 철학 담론이다. 성질상 길게 나가지 않을 수가 없다. 독자들은 거론하는 사례의 다채로움과 그것을 가능하게 하는 재치에 감탄하게 된다. 영웅의 몰락과 참새의 추락과 같은, 의표를 찌르는 대비가 안겨 주는 놀라움은 작품 도처에 편재해 있다. 미래를 모르는 것이 다행이며 축복이라는 것이 격언처럼 들리는데 이런 격언적 사고 또한 작품 속에 편재해 있다. 이런 지적 담론에 담긴 생각이 얼마나 창의적이며 개성적이냐 하는 것은 별로 중요하지 않다. 동에 번쩍 서에 번쩍하는 예증이 독자를 즐겁게 한다. 그러

윌리엄 블레이크

나 에드거 앨런 포 흐름으로 생각해 보면 고양된 감정과는 거리가 먼 지적 흥미의 세계다. 그러다가 조금 뒤에 나온 시인 가령 윌리엄 블레이크의 짤막한 시를 대하면 우리가 알고 있는 근대시의 세계로 들어섰다는 감회를 갖게 되며 친근감을 느끼게 된다.

아, 해바라기여! 시간에 멀미나
태양의 발걸음 헤아리며,
나그네의 여정이 끝나는 곳

저 아름다운 황금나라를 찾느니.

욕망으로 수척해진 총각과
눈의 수의(壽衣)를 두른 처녀가
무덤에서 일어나 가고자 열망하는 곳
내 해바라기도 가고 싶어 하는 곳이어니.

—「아, 해바라기」

Ah, Sun-flower, weary of time,
Who countest the steps of the Sun,
Seeking after that sweet golden clime
Where the traveler's journey is done:

Where the Youth pined away with desire
And the pale Virgin shrouded in snow
Arise from their graves, and aspire
Where my Sun-flower wishes to go.

—「Ah Sun-Flower」

영어에서나 우리말에서나 해바라기는 태양과 연계되어 있다. 그것은 반드시 해바라기가 해를 향해 돌아간다는, 사실에 반하는 속설과 관련된 것은 아니다. 여기 나오는 총각과 처녀는 프로이트의 통찰을 앞당겨 보여 주고 있다는 생각을 갖게 한다. 『문명과 그 불만』의 서정적 예고편이라고 말 못 할 것도 없다. 그리하여 관습과 제도와 기억에 억압당한 청춘 남녀는 해바라기와 함께 아름다운 황금나라를 열심히 그리워한다. 이 황금나라는 마르쿠제가 『에로스와 문명』에서 구상했던 개인의 행복과 사회적 생산이 모순 없이 동행하는 억압 없는 사회의 이미지이기도 하다. 블레이크의 상징체계에서 해바라기가 영원을 지향하는 마음이라는 것을 모른다 하더라도 독자들은 건강과 행복에 대한 갈망을 간파하고 공감하게 된다.

그러면 이 짤막한 시의 매력은 어디에 있는 것일까? 우선 포프의 장시에서처럼 모든 것이 속속들이 설명되어 있지 않다. 그 미지와 여백의 부분을 삶 경험, 문학 경험, 그리고 상상력을 매개로 해서 탐색하고 벌충하고 정의하는 것이야말로 시편이 주는 즐거움이다. 또 가장 중요한 것은 이 시편에서 불필요한 어사나 사족이 첨가되어 있지 않고 적재적소에 마땅한 말이 자리 잡고 있다는 것이다. 원문을 보면 각운도 착실하게 달고 운율법에 충실하다는 것을 알게 된다. 빼거나 보태거나 하면 시편의 정체성은 깨어진다. 장시의 경우에는 다소간 느슨하고 해이한 시행이 끼어들게 마련이다. 또 부분적 변개를 가하더라도 정체성에 큰 훼손이 오는 것도 아니다. 그러나 짤막한 시편에서 변개는 세계 붕괴로 이어진다. 최소한의 어사로 효과의 극대화가 성사되어 있다. 이것이 단시의 대체할 수 없는 매력일 것이다. 해바라기에 의탁해서 토로한 문명 및 사회비판은 잠재적이면서도 전복적이고 강력하다.

> 나는 아무와도 다투지 않았다, 다툴 만한 상대가 없었기 때문.
> 나는 자연을 사랑했고, 그다음으론 예술을 사랑했다.
> 나는 생명의 불길에 두 손을 쪼였다.
> 그 불이 가물거린다. 나는 떠날 채비가 돼 있다.
>
> —「나는 아무와도」 전문

짤막함을 극한으로 몰고 간 이 4행시는 노년의 시다. 시인 월터 새비지 랜더가 일흔다섯 살 되던 생일날 썼다고 알려져 있다. 시인은 그 후 10여 년을 더 살다 갔다. 기발한 생각이나 의표를 찌르는 이미지가 있는 것은 아니다. 그렇기 때문에 그 질박한 진실성이 간곡하게 다가오고 쉽게 기억된다. "철학한다는 것은 죽음을 배우는 것"이라고 몽테뉴는 적고 있다. 시인 랜더는 이제 더 사색하고 궁리할 필요가 없는 안심입명(安心立命)의 경지에 도달한 셈이다. 그러한 경지이기에 군소리 없는 넉 줄로 일생을 요약한 것이리라. 편안한 마음에서 우러나와 편안한 마음을 마련해 준다. 70년의 삶을 요약한 짤막함이 우리를 뒤돌아보게 한다.

셰익스피어와 존 밀턴 다음가는 위대한 시인이라고 매슈 아널드가 고평하고 있는 워즈워스는 『서곡』을 비롯해 많은 장시를 남겨 놓고 있다. 그러나 그의 본령이 짤막한 서정시에 있다는 것에 대해선 비평적 일치가 보인다. 우리 기준으로 보면 그의 단시는 그리 짤막하지 않다. 아주 짤막한 명편으로는 「무지개」가 널리 알려져 있다. 그러나 그 못지않게 무던한 단시는 8행짜리 「선잠이 내 혼을」이 아닐까 한다.

선잠이 내 혼을 봉해 놓았다.
나는 삶의 두려움을 몰랐다.
그녀는 초연한 사람인 듯싶었다.
이승 세월의 손길에.

이제 그녀는 꼼짝 않고 기운도 없다.
듣도 보도 못한다.
바위와 돌덩이와 나무와 더불어
하루하루 땅덩이의 궤도를 돌고 있을 뿐.

—「선잠이 내 혼을」 전문

이제 세상에 없는 루시라는 젊은 여성을 다룬 시편들을 「루시 시편」이라 하는데 그중의 한 편이다. 옅은 잠에 빠져 있었던 것 같은 어린 시절 화자는 삶의 두려움, 가령 죽음 같은 것도 몰랐다. 또 그녀가 세월의 영향을 받으리라는 것도 생각 못 했고 따라서 세월의 손길에 무관한 존재처럼 여겨졌다. 그러나 이제 그녀는 흙으로 돌아가 지상의 바위나 나무와 더불어 지구의 자전 궤도를 나날이 돌고 있다는 것이다. 감정의 직설적 표현이 자제되어 있어 도리어 은은한 비감을 자아낸다. 원시는 번역이 감당하지 못하는 고유의 정감을 발산한다고 생각하며 읽어야 할 것이다. 범신론적 관점에서 쓰인 작품이어서 애조를 느낄 필요가 없다는 해석도 있지만 전통적 해석이 편안한 것으로 생각된다. 단순 속에 스며 있는 깊이가 매력이다.

앉아 있는 여인이 있는가 하면
예제로 움직이는 여인도 있다.
혹은 늙고 혹은 젊고.
젊은 여인들은 과시 아름답지만
나이 먹은 여인에겐 댈 수 없구나.

—「아름다운 여인들」 전문

호쾌하고 담대한 시풍으로 알려진 휘트먼 시로서는 뜻밖이라는 느낌을 준다. 이 소품은 시집에 수록하지 않았다면 단순한 산문 메모 정도로 간주되었을 것이다. 원문은 단 2행인데 5행으로 옮겨보았다. 여인들은 모두 아름답지만 젊은 여성보다 나이 든 여인들이 더 아름답다고 한다. 시치미를 뗀 역설에 묘미가 있다. 여기 나오는 나이 든 여인들은 종아리에 정맥류가 튀어나오거나 허리통이 절구통 같은 할머니는 아니리라. 풍파도 겪고 주름이 잡혀 가지만 마음 곱게 늙은 여인이니까 이런 소리가 나오는 것일 터이다. 아름다움은 육체전속(專屬)이 아니라 경험을 통해 도야된 인품에도 있다는 이 소품은 심미주의가 민주주의와 모순되지 않음을 말해 준다. 소박하면서도 그릇 큰 시인임을 느끼게 한다. 한사코 철부지 청년들에게만 빌붙는 우리 주변의 경망한 정치인들이 외면할 소품이다.

> 내 방 벽에는 일본의
> 악귀(惡鬼)탈이 걸려 있다.
> 금빛 노랑 칠을 한 것이다.
> 고약하기가 얼마나 힘 드는 일인가를 보여주는
> 이마에 삐져나온 힘줄을
> 나는 알 듯한 기분으로 바라본다.
>
> —「악의 탈」 전문

아버지가 어린 아들을 데리고 산책 중이었다. 조금 높은 담장위에 아이를 올려놓고 뛰어내리라고 일렀다. 무서워하는 아이에게 아버지가 받아 줄 터이니 아무 일 없을 것이라 약속했다. 아이는 뛰어내리고 아버지는 받아 주지 않았다. 땅에 떨어져 울고 있는 아들에게 아버지는 일렀다. "자, 앞으로 그 누구에게도 의존하지 말아라." 브레히트가 즐기던 농담이라며 한스 마이어가 시인론에 적어 놓은 삽화다. "연민이란 도와주지 않으려는 사람들에게 거저 주는 것"이란 생각을 가지고 있던 브레히트는 철저한 현실주의자다. 정치적 입장은 극좌였지만 망명길에 소련에 눌러 있지 않고 블라디보스토크에서 선편으로 1941년 미국에 도착해 할리우드에서 "거짓말 장사"를 했다. 종전 후 동독에서 살 때도 국적은 오스트리아였고 스위스에 은행 계좌를 가지고 있었다. "고약하기"는 정말로 힘든 일인가? 아니면 착한 것이 힘든 것인가? 19세기 러시아의 테러리스트들은 "인명을 살해하는 것이 얼마나 힘든 일인 줄 아는가?"라며 자기들 행위에 순교자의 비장미를 부여하려 했다. 그들이 좋아라 인용했을 성싶은 시다. 짤막하지만 많은 것을 생각하게 하는 소품이다. 해답을 주기보다도 커다란 질문을 내포하고 있다.

앞서도 말했지만 우리 쪽과 비교해 보면 서양 쪽 시편은 대체로 긴 편이다. 14행시라고 번역되어 온 소네트 시형은 저 쪽에서는 짤막한 편이다. 하지만 20세기 우리 시에서 14행 정도의 시는 짤막한 시가 아니고 길이로는 평균적인 것이 된다. 소월의 「진달래꽃」, 정지용의 「고향」, 「불사조」가 12행이고, 서정주의 「국화 옆에서」가 13행, 이용악의 「오랑캐꽃」은 11행으로 교과서에서 선호한 표준형이다. 20세기 전반의 한국시가 10행에서 20행 사이의 단시로 자기정의를 한 것은 시적 호흡을 절제하면서 최소의 어사 자원으로 최대의 시적 효과를 거두련다는 언어경제 지향 때문이고 그것은 소품적 완성이란 성과를 보였다. 한편 한용운, 이상화, 백석, 박두진 시편은 행수가 많고 또 시행 자체가 긴 편이어서 비주류를 형성한다. 김수영은 여러 면에서 독자적인 문학적 개성이지만 형식상으로는 정돈된 표준형 단시의 뼈대를 깨뜨리고 호쾌하고 분방한 발성을 시도했다는 점에서 우상 파괴적이다. 김수영 이후 연 개념이 해체되고 서슴없이 산문시 쪽으로 근접해 가는 성향이 새 주류로 부상하고 있다. 절제된 소품적 완성이냐 아니면 자유분방한 형태 파괴냐, 하는 선택지가 젊은 시인 앞에 놓여 있는 것으로 보인다.

부기: 편의를 위해 블레이크 시편만 원문을 적어 둔다. 글에 보이는 시는 필자의 번역이고, 15장에서 브레히트 시편은 영역에서의 중역이다.

10 근사치를 향한 포복

— 번역시의 어려움

연구실로 남녀 두 학생이 찾아왔다. 수줍어하는 것도 같고 멋쩍어하는 것도 같은 표정과 태도로 두 사람은 여쭈어 볼 일이 있어 들렀다면서도 선뜻 말을 꺼내지 못하고 서로의 얼굴을 바라보았다. 혹 신상 문제로 상담을 하려고 들른 것이 아닌가 하는 생각이 들었다. 이윽고 남학생이 운을 떼었다. 갓 입학한 영문과 신입생으로 영시 강의를 듣는데 도무지 이해할 수가 없다는 것이었다. 세계적인 시인의 명시라고 하는 시편들을 시간에 읽었지만 왜 좋다는 것인지, 또 왜 명시라고 하는 것인지 도무지 이해할 수가 없어 궁금증을 풀기 위해 들렀다는 것이다. 너무 유치한 의문이어서 교실에서 직접 질문할 수도 없는 처지인데, 마침 시간에 읽은 시편이 번역된 역시집이 있어 원문과 함께 되풀이 읽어 보았지만 여전히 막막해서 직접 번역자를 찾아

보기로 하고 용기를 냈다는 것이다. 그러면서 두 학생은 함께 되풀이 읽었다는 윌리엄 워즈워스의 시편을 펴 보였다. 「수선화」라고 제목을 자유롭게 번역한 시편이었다.

산과 골짜기 위로 떠도는 구름처럼
지향 없이 거닐다
나는 보았네.
호숫가 나무 아래
미풍에 너울거리는
한 떼의 황금빛 수선화를.

(……)

무연(憮然)히 홀로 생각에 잠겨
내 자리에 누으면
고독의 축복인 속눈으로
홀연 번뜩이는 수선화.
그때 내 가슴은 기쁨에 차고
수선화와 더불어 춤추노니.

신상 문제 상담보다 한결 어려운 질문이었다. 두 학생에게 좋아하는 우리 시인이나 시편이 있는가를 물어보았다. 학교에

윌리엄 워즈워스

서 배운 시들을 읽으면서 막연히 좋다는 느낌이 들기는 한다는 대답이었다. 그게 아니라 정말 좋아해서 때때로 입에 올려 보기도 하고 저절로 외워진 작품이 있느냐고 물어보았다. 두 사람은 서로의 얼굴을 쳐다보더니 고개를 저었다. 원문의 뜻은 이해가 되느냐는 물음에는 고개를 끄덕였다. 좋아하는 우리 시보다 한결 좋은 시라고 상상하고 자기암시를 주면서 원문을 되풀이 읽어 보는 수밖에 없다고 대답했다. 그러면서 이 번역시를 읽고 좋은 줄을 모르는 것은 자연스럽고 당연한 반응이며 그것을 읽고 감동한 사람이 있다면 그 편이 도리어 이상한 일이라고 말해 주었다. 교실에서 가르치는 대로 영시의 운율법을 공부해서 익숙해지고 요즘은 시청각 교재도 많이 나오니 영시 낭독을 많이 들어 보라는 말을 첨가하면서 모든 공부나 학문에는 왕도가 없다는 말도 덧붙였다. 시와 산문을 가리지 않고 영어로 된 글을 많이 읽어 보라는 말도 잊지 않았다.

이러한 얘기가 대학 신입생의 의문에 아무런 도움이 되지 않으리라는 것은 알고 있다. 어느 대학에서 문학 강연을 끝낸 후에도 교과서에 나와 있는 워즈워스의 「뻐꾸기에 부쳐」를 거명하며 어째서 이 작품이 교과서에 실려 있느냐는 질문을 받은 적이 있다. 강연 끝이라 시간도 많지 않고 간단히 설명할 수 없는 사안이어서 그건 나도 모르겠다, 계속적으로 공부해서 학교를 졸업할 때쯤엔 스스로 해답을 찾아내야 할 것이라고 대답하는 수밖에 없었다.

사실 이런 의문은 누구에게나 들게 마련이지만 쉽게 발설하기도 어렵다. 중학생 때 시인 설정식이 번역한 『햄릿』을 읽고 절망감을 느낀 적이 있다. 작품 자체의 이해가 버거웠는데 가장 큰 의문은 왜 이것이 세계 최고의 걸작으로 거론되느냐는 것이었다. 내 감수성에 중대한 결함이 있는 것이 아닌가 하고 심한 자기 회의에 빠졌다. 그것이 당연한 반응이라는 것을 체득한 것은 외국시를 얼마쯤 공부하고 나서의 일이다.

신입생 때 학교에서 새뮤얼 콜리지의 『늙은 수부의 노래』

와 워즈워스의 『마이클』 강독을 들었다. 어학적으로 크게 어려운 데가 없어서 대의 파악은 쉽게 되었고 또 막연하게나마 끌리는 대목도 있기는 하였다. 그러나 감동이나 매혹과는 거리가 멀었고 그 특이한 소재 경험을 통해서 시에 대한 개념을 넓혔을 뿐이다. 그러한 상태가 한동안 계속되었고 일본 시인 하기와라 사쿠타로를 통해 외국시에 대한 최초의 매혹을 경험한 터였다. 영어로 된 시를 읽으면서 시라는 느낌을 받은 것은 예이츠의 초기시편이 있을 뿐이었다. 우연히 고서점에서 입수한 맥밀런 출판사의 문고판형 예이츠 초기 시 선집을 읽다가 끌린 몇 편이 있었다. 대체로 짤막한 서정시편이었다. 그의 초기 시집인 『갈대 숲속의 바람』에 수록된 시편들은 대개 짧고 또 구문도 단순해서 접근하기가 쉬웠다. 가령 「도요새를 꾸짖다」 같은 단시는 매혹적인 시로 다가왔다.

도요새여, 공중에서 더 이상 울지 말라.
울려거든 서쪽 바다에서나 울려무나.
네 울음소리는 내 마음에
열정으로 흐려진 두 눈과 내 가슴으로
풀어 젖힌 긴 머리채를 불러오느니.
바람 소리만으로도 넉넉히 끔찍하거늘.

O curlew, cry no more in the air,

Or only to the water in the West;

Because your crying brings to my mind

Passion-dimmed eyes and long heavy hair

That was shaken out over my breast:

There is enough evil in the crying of wind.

여기 나오는 새는 '마도요'라고 사전에 나오는데 도요새의 일종이라고 보면 될 것이다. 바람소리만 들어도 내 마음 산란한데 도요새마저 울면 어쩌란 말이냐라는 감미로운 사랑의 서정시다. 구문도 각운(脚韻)도 단순하다. 특히 "There is enough evil in the crying of wind"란 마지막 시행은 한 줄로 화자의 심정을 간결하면서도 인상적으로 보여 준다. 마치 한시나 어디에 흔히 있는 것 같은 착상이란 생각이 들면서 매혹되었다. 쉽게 외워졌고 잘 외워지는 시가 좋은 시라는 생각을 굳히는 데 한몫을 하였다. 「노모(老母)의 노래」란 시도 단박에 좋아졌다.

새벽에 일어나 무릎을 꿇고 불씨가

번득이며 반짝일 때까지 입김을 분다

그리고 나는 문질러 닦고 빵을 굽고 비질을 한다

별들이 명멸하며 모습을 드러낼 때까지.

그러나 젊은이들은 오래오래 침상에 누워

가슴과 머리에 리본 맞추는 것을 꿈꾼다.

그러니 그들의 하루는 한가하게 지나가고
바람이 여인의 머리칼만 날려도 한숨 쉰다.
불씨가 약해지고 차가워지면
늙은 몸이니 나는 일을 해야 하는데.

1930년대 우리 연극에는 에이레극의 영향이 보인다. 피압박 민족과 가난이라는 공통성 때문에 우리 쪽에서 공감을 느낀 대목이 많았다. 이 작품의 화자는 한국의 어머니를 상기시킨다. 구차한 살림의 어머니는 어디에나 있겠지만 여기 나오는 노모가 미국인이나 유럽인으로 생각되지 않는 것은 환각만은 아닐 것이다. 젊은이의 나태를 불평하는 이 작품의 소박한 호소력은 거기서 온 것인지 모른다.

어려운 말이라고는 찾아볼 수 없는 이 작품에는 불씨(the seed of fire)란 말이 나온다. 불이 꺼지지 않도록 묻어 두는 불덩이가 불씨이고 옛날에는 불씨를 잘 간수하는 것은 아낙네의 책무의 하나였다. 그러나 영어에 "the seed of fire"란 어법은 없다. 우리의 불씨에 해당하는 에이레 쪽의 어법이라는 주석까지 나와 있다. 그러나 주석본을 읽은 것은 훨씬 뒷날 일이다. 불씨란 우리말과 정확하게 일치하는 에이레 말 때문에 초보자가 읽을 때에도 장애가 되지 않았다. 생각건대 영어에 없는 말이기 때문에 불씨란 말은 낯설게 하기 효과를 빚은 면도 있을 것이다. 은유가 언어의 한 속성임을 다시 실감하게 된다.

그대 늙어 머리 세고 졸음에 겨워
난롯가에서 꾸벅거릴 때면 이 책을 꺼내
천천히 읽으면서 한때 그대 지녔던
상냥한 눈길과 그 깊은 그늘을 꿈꾸어 보라.

많은 이들이 그대 기쁨의 우아한 순간을 사랑했고
거짓 혹은 진정한 사랑으로 그대를 사랑했지만
한 사람만이 그대의 나그네 영혼과
변하는 얼굴의 슬픔을 사랑했거니

타오르는 난롯가에서 허리를 구부리고
중얼거려라 얼마쯤 서글프게, "사랑"이 도망쳐
하늘나라 산 위를 걷다가
별 떼들 사이로 얼굴을 숨겼다고.

「그대 늙어서」란 표제의 이 작품은 위에 적은 시보다 이전에 쓰인 것으로 시집 『장미』에 수록된 초기 시편이다. 그대의 아름다움과 우아함을 사랑하거나 사랑한 척한 사람들은 많지만 나만은 그대의 영혼과 변하는 얼굴의 슬픔을 사랑한다는 화자의 간곡한 호소가 담겨 있다. 이 시의 화자는 사랑에서 행복하지 못하고 보답받지 못한다. 그래서 늙은 뒷날을 상상해 보

윌리엄 버틀러 예이츠

는 것이다.

김유정의 단편 「두꺼비」의 화자도 응답 없는 사랑으로 행복하지 못하다. 사랑의 대상인 기생이 늙으면 자기밖에는 갈 데가 없으려니 생각하고 "늙어라, 늙어라." 하고 "만물이 늙기만을 마음껏 기다린다."는 것으로 작품이 끝난다. 아마도 이런 심정이 「그대 늙어서」란 텍스트의 무의식일지도 모른다. 평이

한 시편이지만 "나그네 영혼(pilgrim soul)"이나 "별 떼(a crowd of stars)" 같은 참신한 시어의 호소력은 크다. 뒷날 16세기의 프랑스 시인 피에르 롱사르의 시편이 밑그림이 되어 있다는 것을 알게 되었지만 그런 부수적 사항과 관련 없이 좋아했던 것이 사실이다.

예이츠의 초기 시편을 좋아할 수 있었던 것은 초기 시편이 고교 영어 교과서에도 수록되어 그 명성의 후광이 마음의 준비를 부추긴 면이 있을 것이다. 첫눈에 끌린다는 현상은 사실은 끌리는 편의 오랜 준비와 대기 상태의 결과다. 그 계기를 마련해 주는 구체적 대상이 반드시 공상 속의 대상과 물리적, 정신적 상동 관계를 갖는 것은 아닌데 이 비슷한 일이었을 것이다. 시인의 영감이란 것이 수동적인 기다림 아닌 공격적 기다림의 부수 현상인 것도 마찬가지다. 그러나 접근이 용이한 구문과 각운, 사춘기에 호소적인 낭만적 감정, 어렵지 않은 어휘 구사가 이끌림의 직접적인 계기가 되었음은 말할 것도 없다. 그러면서도 "별 떼", "나그네 영혼", "불씨"와 같은 어사의 참신성, 특히 "There is enough evil in the crying of wind"와 같은 대목에 보이는 "evil"이란 말의 창의적 용법 같은 것이 각별한 매력으로 다가왔기 때문이었을 것이다. 뒷날 교실에서 엘리엇, 오든의 시편과 함께 예이츠의 후기 시편을 공부했다. 그러면서도 예이츠에 대한 상대적 호감을 끝까지 유지한 것은 초기 시편에 매혹되었으며 그것이 중간항의 매개 없이 영어 시인에게 직접적으로 끌린 최초의 사례라는 개인사의 우연과 관련되는 것일 터이다. 번역으로 읽었다면 전혀 끌리지 못했을 것이다.

그 후 단순한 끌림의 단계를 넘어서 감동의 충격을 경험한 작품이 에즈라 파운드의 「물길 상인 아내의 편지」다. 이백의 「장간행(長干行)」의 번역이지만 번역시의 차원을 넘어선 어엿한 명편이다. 외국어란 장벽을 넘어서 바로 시를 대했다는 실감을 경험했다. 그 전에 접하던 영시에서 받았던 감흥과는 전혀 다른 감동이었다. 좋은 우리 시를 대했을 때의 감흥과 비슷했다. 대의는 원문에 충실한 편이지만 대체로 자유역이고 시의 절창 부분이 특히 그러하다. 그런 의미에선 역시가 아니라 갈데없는 에즈라 파운드의 창작시다.

열네 살에 서방님 당신에게 시집을 갔어요.
수줍어서 웃지도 못했어요.
고개를 숙인 채 바람벽만 바라보았어요.
천 번의 부름에도 고개 한 번 안 돌렸지요.

열다섯에 상 찡그리길 그쳤습니다.
이 몸이 당신과 함께하기를 간구했어요.
영원히 영원히 영원히 말이에요.
그런데 망루(望樓)에 올라야 하다니요?

At fifteen I stopped scowling,
I desired my dust to be mingled with yours
Forever and forever and forever.
Why should I climb the lookout?

영문 인용의 부분은 이 시의 절정 부분이다. 순애보 같은 정감 토로인데 파운드의 자유역이 빛나고 있다. 이 시가 직접적으로 다가 온 것은 자유시형의 산문체가 운문의 거추장스러운 우회로 없이 직접 호소했기 때문이다. 어려움 없는 직접성 때문이다. 이 작품은 2학년 초에 교실에서 처음 대했는데 옆에 앉아 있던 동급생이 별난 반응을 보였다. 그는 중국 상하이에서 유년기를 보냈고 서울의 명문 고교를 나와 1년 반 동안 영국군 부대에서 통역 생활을 한 경험이 있었다. 영어에 관한 한 대선배임을 자임해 온 처지였다. 그는 위의 대목을 읽다가 "그런데 망루에 올라야 하다니요?"가 왜 갑자기 나오느냐며 의아해하였다. 생략이 있는 비약이지만 뜻은 너무나 투명한 대목이다. 그 동급생에게 문학 경험, 특히 시 읽기 경험이 없다는 것을 직감했다. 내가 그 부분에서 어려움을 겪지 않은 것은 문학 경험 혹은 시 읽기 경험이 있었기 때문이다. 문제는 영어 능력이 아니라 작품 경험 유무에 있었다. 우리 시를 비교적 많이 읽은 것이 영시 읽는데 도움이 된 것이다. 이와 비슷한 경험을 여러 차례 겪었기 때문에 문학적 감수성은 모국어 내지는 제1언어에 대한 민감성에 기초를 두고 있다는 확신을 갖게 되었다. 우리말로 된 문학작품에 대한 기본적 감식력을 갖지 못한 외국 문학 연구자에 대한 불신도 그 뿌리는 같다.

외국시를 읽을 때 마주치는 곤란의 하나는 어사의 창의적 구사에 대한 감각의 결여다. 어디까지가 읽고 있는 시인의 개성적 창의적 어법인가, 흔히 보이는 관행적 어법인가 하는 문제다. 이러한 국면의 인지도(認知度) 없이는 낯설게 하기 효과 여부도 간파하기 어렵다. 그런데 이러한 국면에 대한 감각이 없다면 시 읽기의 즐거움은 향유하기가 어렵다. 인구에 회자되는 대표적 이미지즘 시편이 있다. 에즈라 파운드의 「지하철 역에서」가 그것이다.

인파 속에 홀연 나타난 이들 얼굴
젖은 검정 빛 가지에 달라붙은 꽃잎.

Apparition of these faces in the crowd:
Petals on a wet, black bough.

압축된 표현과 구상적 이미지를 지향한 이미지즘 시의 한 모범이 되어 있어 사화집에도 무시로 등장한다. 파리의 지하철에서 내렸을 때 나타난 얼굴들의 적확한 인상을 드러내려 했다는 이 2행시에는 비유와 같은 수사적 장치는 없다. 인파 속의 얼굴들과 가지 위의 꽃잎이란 두 시각적 이미지의 병치 혹은 몽타주가 있을 뿐이다. 물론 군중 속에 나타난 얼굴들이 가지 위의 꽃잎과 같다는 뜻이 되지만 그것은 드러나지 않은 채 내장되어 있을 뿐이다. 이미지즘의 간결과 압축 지향이 잘 드러나 있는 것은 사실이다.

번역으로 읽을 때 잠시 재미있는 시라고 생각할지 모르지만 이 시편이 왜 그리 떠들썩한 명편이 돼야 하는가는 분명치 않을 것이다. 그 열쇠는 apparition이란 어사에 있다. 이 말은 appearance와 비슷하지만 놀랍거나 뜻밖의 것의 출현을 뜻한다. 또 유령이나 환영의 뜻이 있다. 그러므로 apparition은 나타남이란 뜻 이외에도 초자연적인 함의가 있고 그것이 이 2행시에 각별한 참신성을 준다. 말 한마디로 천량 빚을 갚는다는 말이 있지만 시어란 이렇게 천량의 값과 무게를 지니고 있다. 그리고 그 값과 무게의 인지야말로 시의 향유란 미적 실천의 요체를 이룬다. 그리고 이러한 국면은 번역시에서는 행방이 묘연해서 급기야는 실종되고 만다. 따라서 많은 번역시는 왜 좋은지 모르는 상태로 빠지기가 첩경이다.

작품을 형식과 내용이란 이름 아래 이항 대립적으로 파악하려는 고색창연한 관행은 아직도 여전하다. 형식은 내용의 구성 요소이자 의미의 발생 장치이지 내용을 담아내는 그릇이 아니다. 하물며 콩밥이나 수제비국이나 가리지 않고 수북하게 혹은 인색하게 담아내는 막사발이나 양철 냄비가 아니다. 『미적 차원』에서 헤르베르트 마르쿠제는 "예술작품에서는 형식이 내용이 되고 내용이 형식이 된다."고 하면서 니체를 인용하고 있다. "예술가 됨의 대가는 예술가 아닌 다른 모든 사람들이 형식이라고 부르는 것을 내용으로서, '사상(事象) 그 자체'로서 경험하는 것이다." 쉽게 말해서 흔히들 형식이라고 부르는 것을 내용으로 파악하는 것이 예술가 됨의 난경이라는 것이다. 음악은 형식뿐이요 실체는 없다는 말이 있지만 음악에 가장 가까운 것이 서정시라는 장르일 것이다. 그렇다면 기의(記意)보다도 기표(記表)가 막강한 우위를 차지하는 서정시에서 번역은 처음부터 절반은 불가능한 시도다. 기표의 체계가 생판 달라지는 번역시는 어디까지나 근사치를 향한 볼품없고 힘겨운 포복에 지나지 않는다. 기의가 중요한 산문에서는 사정이 그리 각박하지 않다.

그런 맥락에서 보면 번역시를 읽고 좋은 줄 모르는 것은 지극히 당연한 반응이고 번역시를 읽고 감동하는 것이야말로 엄청난 환각일 것이다. 그럼에도 불구하고 우리는 번역을 하고 번역시를 읽는다. 부족과 결여는 아무것도 없는 전무(全無) 상태보다 백 번 낫기 때문이다. 그리고 이 세상에는 드물게 원시에 육박하는 좋은 역시가 있다. 설사 빈약한 변역이라 하더라도 소재의 이질성이나 참신함이 문화적 충격으로 작용할 수도 있다. 1921년에 나온 최초의 번역 시집 『오뇌의 무도』(김억 옮김)는 오늘의 관점에서 볼 때 도저히 읽어 줄 수가 없는 해괴한 무도다. 그럼에도 당대에 이 역시집이 얼마나 큰 충격과 영향을 주었는가 하는 것은 당대 시인들의 반응 속에 여실히 드러나 있다. 시조도 아니고 가사도 아니고 풍월도 아닌 놀라운 신세계였기 때문이다. 왜 좋은 줄 모르기가 첩경이기 때문에 번역시는 어려운 것이다. 그러나 생각해 보면 어려운 것이 어찌 번역시뿐일 것인가. 시도 어려운 것이다. 현대시만 어려운 것이 아니다. 좋은 시냐 빈약한 시냐를 식별하는 감식력은 쉽게 습득되지 않는다. 그러한 의미에서 모든 시가 어려운 것이다.

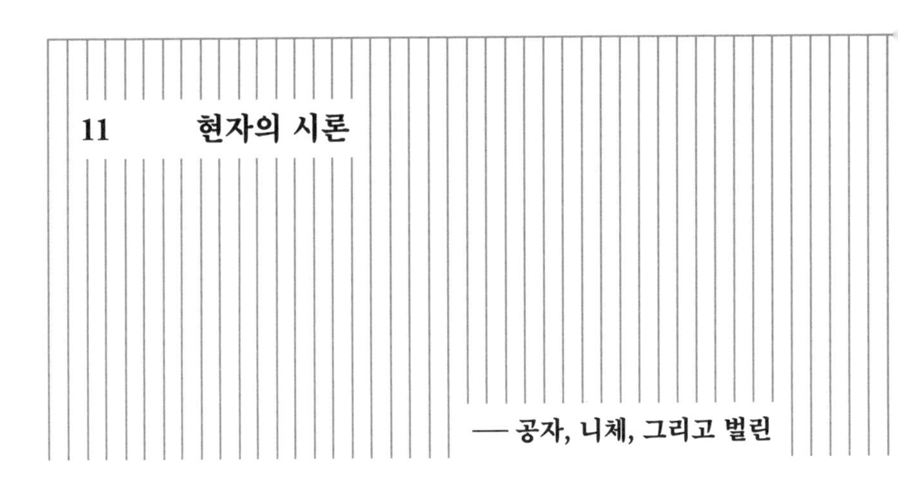

11 현자의 시론

— 공자, 니체, 그리고 벌린

시인이 남겨 놓은 시론이나 시화는 그 시인을 이해하는 데 도움이 된다. 최상의 경우 그것은 시 일반에 대해서 빛을 던져 주고 시를 판단하는 하나의 척도가 되기도 한다. 1948년에 나온 설정식 제3시집 『제신(諸神)의 분노』 끝자락에는 「단편(Fragments)」이라는 표제 아래 그의 시화가 적혀 있다. 거기 이런 대목이 보인다. "시인의 요령은 열 마디 할 것을 다섯 마디로, 다섯 마디 할 것을 한 마디로, 한 마디 할 것은 입을 다물어 버리는 데 있다."

시뿐만 아니라 산문의 경우에도 적용될 수 있는 금언이다. 확인을 위해 다시 책을 열어보니 그 밖에 단편은 별 볼 일 없는 것이요, 입을 다물어 버려도 무방한 발언이다. 무의식의 수준에서 이러한 시화는 언어경제라는 맥락에서 내게는 하나의 평가

기준이 되기도 했을 것이다. "무던한 시인은 백 마디 할 것을 열 마디로, 열 마디 할 것은 한 마디로, 한 마디 할 것은 아예 침묵하는 사람이다."란 얘기를 한 기억이 있기 때문이다. 그러나 전문적인 문학자나 시인의 시론만이 안목의 기준이 된 것은 아닐 것이다. 비전문 현자들의 시론이나 시화에는 경청할 만 한 것이 많다. 그런 맥락에서 공자와 니체와 벌린을 회상해 보기로 한다. 좋은 시론은 그 자체가 시이기도 하다.

시를 읽지 않으면

고전은 여러 방식으로 읽힌다. 동양의 지적 전통에서 단연 으뜸가는 고전이라 할 『논어』도 사정은 같다. 성인의 언행을 제자들이 엮었다는 이 책은 일단 근엄할 것이란 선입견을 안겨 준다. 한문으로 읽으면 더욱 그러하다. 그러나 499편으로 된 짤막한 아포리즘이나 에세이 모음으로 접근하면 재미있는 인간론이나 인생론으로 다가온다. 근엄하기는커녕 너무나 친근한 일화로 구성된 교육론으로 읽힌다. 지혜 주머니로 보인다. 가령 "누군가 식초를 얻으려 오자 이웃에 가 얻어다가 그에게 주었다. 그런 미생고(微生高)를 누가 곧다고 할 것인가."라고 말하는 「공야장편(公冶長篇)」의 대목을 보라.

"교묘한 말솜씨, 그럴듯한 표정, 지나친 공손을 좌구명(左

丘明)은 수치스러운 일이라 생각했다. 나 또한 수치스러운 일로 여긴다. 또 마음속으로 원망을 하고 있으면서도 그와 더불어 벗으로 지내는 것을 좌구명은 수치스러운 일이라 생각했다. 나 또한 수치스러운 일로 여긴다."는 대목을 보라. 얼마나 가깝고 친근한 얘기인가. 그런가 하면 독특한 교양론이나 행복론이 처처에 박혀 있다. 「논어」 속에 들어 있는 시론이나 시화(詩話)도 적지 않다. 책 자체가 체계적인 것이 아니니 정해진 순서를 따르지 않고 아무렇게나 골라 살펴보아도 무방할 것이다.

"시에 감분하며 예에서 서며 음악으로 완성한다.(興於詩, 立於禮, 成於樂.)" 1938년에 초판본이 나온 아서 웨일리의 영역본이나 1979년에 나온 펭귄문고나 모두 명령문으로 이 대목을 번역하고 있다. 시를 읽음으로써 감흥을 받고 예를 배움으로써 확고히 서며 음악을 들음으로써 교양을 완성하라는 뜻이다. 여기서 말하는 시는 구체적으로는 『시경』 시편을 가리키는 것이겠지만 시 일반을 가리키는 것으로 읽어도 무방할 것이다. 시를 읽고 감동을 받으면 자연 인의(仁義) 를 알게 되고 그러고 나서 예를 익히면 마땅한 대인관계나 사회적인 처신을 갖게 되고 다시 음악을 익히면 교양이나 학문의 바탕이 완성된다는 것이다. 학문하는 이의 길을 예시하는 것이라는 게 좁은 해석이지만 널리 교양 구현을 위한 자기교육 과정을 적시한 것이라 할 수 있다. 그것은 자기교육으로서의 감정교육이기도 하다.

『시경』 시편을 두고 공자는 "시 300편을 한마디로 얘기하면 생각에 사특함이 없다.(詩三百一言以蔽之思無邪)"라고 말하고 있다. 공자가 제자에게 가르쳤다는 『시경』의 시편은 현재 알려지고 있는 것은 311편이고 문구까지 남아 있는 것은 305편이라 한다. 기원전 9세기에서 8세기에 주로 집성된 중국 고대가요 모음인데 『시경』은 옛적에는 그저 『시』라 불렸다. 『시경』이란 근엄한 이름으로 불린 것은 송(宋) 이후의 일이다. "사무사(思無邪)"는 시경 시편에서 인용된 것이다. 그래서 아서 웨일리는 "300편의 시편 가운데서 나의 가르침을 아우르는 한 마디만 고르라면 '생각에서 사특함을 없애라.'가 된다."라고 의역해 놓고 있다. 에즈라 파운드의 한술 더 뜬 번역은 이렇다. "300편의 사화집은 한 문장으로 요약할 수 있다. 비뚤어진 생각을 말아라." 사람의 본심을 순수하다고 보고 시를 그 구현이라고 보는 관점으로서 동아시아 지적 전통에서의 시 숭상의 연원이 되어 있다고 할 수 있다.

"공자가 백어에게 이르기를 너는 『시경』의 주남(周南)과 소남(召南)을 배웠느냐? 사람으로서 주남과 소남을 배우지 아니하면 마치 담장에 정면해서 서 있는 것과 같다.(子謂伯魚曰 女爲周南召南矣乎 人而不爲周南召南 其猶正牆面而立也乎)" 백어는 공자의 아들인 공리(孔鯉)의 자(字)다. 기원전 484년 공자의 나이 예순아홉 살 때 사망해서 슬픔이 매우 컸다. 주남과 소남은 『시경』 국풍의 최초 2권의 이름이다. 주의 재상인 주공(周公) 소공(召公)의 감화가 널리 영향을 미친 지방의 민요조 시편이다. 담장을 향해서 서 있으니 그 앞이 보이지 않고 꽉 막혀 있는 셈이다. 시를 공부해야 꽉 막힌 벽창호를 면할 수 있다는 것이다. 책이 흔치 않고 요즘처럼 자기개발서가 없던 시절이니 울림이 컸을 것이다. 양화편(良貨篇) 10에 해당하는 이 대목 바로 앞에는 또 이런 말이 보인다.

"공자 말씀하시길 소자(小子)는 어찌하여 시를 배우지 아니하느냐? 시는 발분할 만하고, 사물을 관찰할 만하여 여러 사람들과 화합할 만하며, 불평을 호소할 만도 하며, 가까이는 아버지를 섬길 만하고, 멀리는 임금을 섬길 만하고, 새와 짐승과 초목의 이름을 많이 기억하게 된다.(子曰小子 何莫學夫詩 詩可以興 可以觀 可以羣 可以怨 邇之事父 遠之事君 多識於鳥獸草木之名)"

시를 읽음으로써 새와 짐승과 초목의 이름을 많이 기억하게 된다는 것은 형성기의 경험을 돌아보면 단박에 드러난다. 종달새, 뻐꾸기, 기러기, 갈가마귀, 솔개, 따가새, 황새를 우리는 현실에서 알게 되었다. 그러나 백로, 두견이, 자규, 접동새, 귀촉도, 뜸부기, 갈매기 등등 우리는 현실에서 마주치기 이전에 시나 동요를 통해서 알게 된 경우가 허다하다. 많은 풀이름이나 꽃 이름도 마찬가지다.

어두운 골짜기
노루 우는 소리,
또 가차운 산발에 꿩이 우는 소리.

그런가 하면

두견이의, 소쩍새의, 쭉쭉새의,

신음하듯 들려오는 울음소리

— 오장환 「밤의 노래」에서

고비 고사리 더덕순 도라지꽃 취 삿갓나물 대풀 석용(石茸) 별과 같은 방울을 달은 고산식물을 삭이며 취하며 자며 한다.

— 정지용 「백록담」에서

억새, 잔디, 새광이풀 우거지고, 삽초, 취, 수영, 수리취, 더덕, 도라지가 어울린데, 올에도 다시 피는 별같이 곱게 피는 나리꽃, 석죽꽃들. ……

— 박두진 「햇볕살 따실 때에」에서

우뚝 솟은 산, 묵중히 엎드린 산, 골골이 장송 들어섰고, 머루 다래넝쿨 바위 엉서리에 얽혔고 샅샅이 떡갈나무 옥새풀 우거진데, 너구리, 여우, 사슴, 산토끼, 오소리, 도마뱀, 능구리 등 실로 무수한 짐승을 지니인, ……

— 박두진 「향현(香峴)」에서

나 자신의 경험으로는 정지용을 통해서 자작나무, 백석을 통해서 갈매나무와 바구지꽃, 서정주를 통해서 오갈피 상나무와 시누대, 유치환을 통해서 치자꽃과 항가새꽃, 박목월을 통해 산수유를 알게 되었다. 그 밖에도 영변 약산, 삼수갑산, 삭주 구성, 금강 단발령, 진두강, 평양 장별리, 백록담, 서귀포, 장수산, 성불사, 도봉, 다부동 등의 고유명사를 모두 시를 통해 알게 되었다. 라일락, 아말리리스, 베고니야 등은 모더니스트의 시편에서 처음 접한 이름이다. 작품을 통한 간접 경험이 앞서고 이어 현실에서 직접 경험을 한 경우가 많다. 반가움과 실망감이 섞인 인지 경험이었다. 이름을 알게 됨으로써 우리는 화초나 조류와 더 친해지고 자연으로 한걸음 다가간다. 자연과 맺는 친화적 관계나 교류에서 시는 주요한 매개가 되는 것이다.

"시는 발분할 만하고, 사물을 관찰할 만하며 여러 사람들과 화합할 만하며, 불평을 호소할 만도 하며, 가까이는 아버지를 섬길 만하고, 멀리는 임금을 섬길 만하다."는 대목도 물론 『시경』을 두고 한 말이다. 그러나 문학 일반의 효용을 단적으로 말해 주고 있다. 허구로서의 문학 개념이 없었기 때문에 플라톤에서와 같은 시 부정론은 보이지 않는다. 『시경』의 전통적 해석에서 벗어나 얼마쯤 자유롭게 공자 시대의 상황을 염두에 두고 내린 해석은 매우 설득력이 있다. 시를 배움으로써 사물을 비유할 줄 알게 되고 풍속을 관찰할 수 있고 친구가 되어 격려할 수 있고 정치를 비판할 수 있으며 가까이에서는 아비를 섬기고 멀리로는 임금을 섬길 수 있다는 것이다. 이것은 그대로 문학의 효용이라 해도 좋을 것이다.

문학 경험은 대체로 현실 경험을 선취한다. 사랑의 시를 읽음으로써 사랑을 알게 된다. 그리고 현실에서 사랑 경험을 맞이할 태세가 갖추어진다. 르네 지라르는 한 주체의 욕망과 행동은 '삼각형의 욕망'을 기본 도식으로 하고 있다고 생각한다. 『돈키호테』의 주인공인 돈키호테는 옛 로맨스 속의 인물인 아마디스란 가공 인물을 본으로 해서 그의 욕망과 거동을 흉내 낸다. 즉 돈키호테는 스스로 욕구의 대상을 선택하는 것이 아니라 아마디스가 대신해서 골라 주는 것이다. 이렇게 문학은 독자에게 모방 방식을 보여 줌으로써 매개의 방편이 된다. 그러한 문학의 선취적 효용을 위의 대목은 구체적으로 설명해 주고 있다. 이것이 고전의 힘이다. 고전의 힘은 해석의 축적과 확장에서도 온다. 다양한 해석이 나오는 것은 수용자의 관심이 시간에 따라 달라지기 때문이다. 다양한 관심을 충족시켜 주는 의미의 공간이 곧 고전의 힘이라 할 수 있다.

리듬은 하나의 강요다

"오직 미적 현상으로서만 현존재와 세계는 영원히 시인되고 있다.'는 것은 니체의 처녀 저작인 『비극의 탄생』에 보이는 대목이다. 그렇게 토로한 니체가 예술에 대한 깊은 이해를 드러내고 있는 것은 당연하다. 토마스 만은 「독일과 독일인」이란 유명한 에세이에서 독일인의 가장 유명한 특질이 번역하기 어려운 "내면성"이라며 섬세함, 마음의 심오함, 비세속적인 것에의 몰입, 자연에 대한 경건함, 사상과 양심에의 순수한 진지성, 요컨대 고도의 서정시가 갖고 있는 본질적 특색이 그 속에 섞여 있다고 지적한다. 그러면서 독일의 형이상학, 독일 음악, 특히 독일 가곡의 기적이 이 내면성의 과실이라고 적시하고 있다. 그러한 내면성이 바로 문명의 한복판에서 불어닥친 20세기 야만의 원인이기도 하다는 것이지만, 어쨌건 독일인의 내면성을 구현하고 있는 니체가 음악에 대한 최고의 헌사를 바치고 있는 것 또한 지극히 당연해 보인다.

『우상의 황혼』 첫머리에 있는 「격언과 화살」에서 니체는 이렇게 적고 있다. "행복을 위해서 필요한 것이 얼마나 근소한가! 백파이프의 소리 —. 음악이 없는 삶은 하나의 오류일 것이다. 독일은 신조차도 노래하는 것으로 생각하고 있다." 니체는 또 독일 음악에 대해서도 『즐거운 지식』에서 탁견을 토로하고 있다. "독일 음악은 오늘날엔 어떤 다른 나라 음악보다도 유럽 음악이 되어 있다. 독일 음악 속에만 유럽이 혁명을 통해서 경험한 변화가 표현되어 있기 때문이다. 독일 작곡가만이 반드시 요란할 필요가 없는 부자연스러운 소음을 마련하여 흥분한 민중을 표현하는 법을 알고 있다. 이에 반해서 가령 이탈리아의 오페라는 하인이나 병사들의 합창을 알고 있을 뿐 '민중'을 알지 못한다."

프리드리히 니체

이런 니체와 바그너와의 상호 관계는 음악사와 문화사에 주요 화제의 하나를 제공해 주고 있다. 그러나 니체가 작곡을 시도했다는 것은 널리 알려져 있지 않다. 니체는 루소, 에즈라 파운드, 아도르노와 마찬가지로 작곡을 시도한 아마추어 작곡가이기도 하다. 근년에 작고한 피아니스트이자 음악학자요, 몽테뉴 전문가이기도 한 찰스 로즌은 음악과 문학 분야에서 경청할 만한 통찰을 보여 주고 있는 다방면에 걸친 전문가다. 그는 아도르노의 작품이 니체나 루소에 미치지는 못하지만 파운드보다는 낫다고 적고 있다. 이로 미루어 보아 니체는 아마추어 작곡가치고는 윗길이 아니었나 생각된다. 아마추어 작곡가요 작곡을 시도했다는 것 자체는 별일이 아니겠지만 그러한 시도를 통해 음악에 대한 이해가 깊어졌다고 말할 수는 있다. 가령 슈만의 음악을 두고 니체는 "영원한 청춘이지만 동시에 영원한 노처녀"라고 말하고 있다. 단순한 말장난이라고 물리칠 사람도 있을 것이다. 그러나 낭만주의에 보이는 강렬한 열정과 성숙의 거절을 간명하게 지적하고 있다는 점에서 통찰에 기초한 탁견이라고 할 수 있다. 이러한 능력은 단순한 음악 애호가 아니라 작곡 시도와 같은 창작체험의 소산이라고 말할 수 있다.

시는 음악과 친연성이 깊은 문학 장르다. 음악에 대한 이해가 시에 대한 깊은 이해로 이어진다는 것은 당연하다. 니체는 시편도 많이 남겨 놓았고 또 극도로 집약된 생각은 시로 통한다는 의미에서 시적인 아포리즘이나 산문도 허다하다. 정력적인 니체 영역자요 해석자였던 월터 카우프만은 니체가 총기 있는 일반 독자들이 재미있게 읽을 수 있는 플라톤 이후의 몇 안 되는 철학자 중의 한 사람이라고 말한 바 있다. 그의 개성적인 사고와 함께 시적인 문장이 미덕이 되어 있기 때문일 것이다. 그래서 경청할 만한 시론이나 시화 그리고 문학론도 많다. 그 가운데서도 가령 시의 기원에 관해서 『즐거운 지식 84』에서 토로하고 있는 견해는 극히 설득력이 있다.

공리주의에 반대하는 사람들은 대체로 시의 유용성과 관련하여 이렇게 반론한다. "만약 사람들이 어느 시대에서나 유용성을 최고의 신성(神性)이라고 숭상해 왔다면 시를 어떻게 설명할 수 있단 말인가? 언어의 운율화인 시는 전달의 명쾌성을 촉진하기는커녕 방해하는 쪽인데, 편의와 유용성을 비웃기나 하듯이 지상에서 잘 나가왔고 또 잘나가고 있지 않은가? 시의 괄괄하고 아름다운 비합리성은 공리주의를 반박한다. 인간을 높이고 도덕과 예술에 영감을 불어넣은 것은 바로 유용성에서 벗어나려는 욕망이다." 이렇게 문제를 제기하고 나서 니체는 이 문제에 관한 한 자기는 공리주의자 편에 선다고 말한다. 시가 태어난 그 옛적에도 인간이 염두에 둔 것은 유용성, 그것도 지극한 유용성이었다는 것이다. 사람들이 시를 예사로운 말이나 산문보다도 더 잘 기억한다는 사실을 알고 나서부터 신에게 청원할 때 리듬의 힘을 활용하는 것이 깊은 감명을 주는데 효과적이라고 생각하게 되었다. 리듬을 탄 기도가 신의 귀에 더 잘 들어갈 것이라고 생각했다. 그러나 무엇보다 사람들은 음악을 들을 때 경험하는 강렬한 효과의 유용성을 원하였다는 것이다. 그러면서 니체는 "리듬은 하나의 강요"라고 말한다. 사람들은 리듬으로 신들에게 강요하고 신들을 제압하려고 하였다. 그러므로 고대의 미신적인 인간 종족에게 리듬 이상으로 유용한 것은 달리 없었다. 따라서 시의 원형은 주문이나 마법 노래였을 것이라고 추정한다. 니체는 또 멜로디의 어원인 멜로스(melos)는 진정제를 뜻하는 그리스 말이라고 하면서 음악의 여러 효과를 거론하고 있다. 시와 음악의 가장 큰 친연성인 리듬을 통해 시의 기원을 원시적인 주문이나 마술 노래에서 찾고 있는 것은 아폴로적인 것과 디오니소스적인 것을 대척적으로 파악한 니체의 당연한 통찰이라고 생각한다. 시와 리듬 그리고 시의 기원과 음악과의 친연성을 다루고 있는 통찰의 하나다.

그는 또 시인은 자기 생각을 리듬의 마차에 태워 눈부시게 제시하는데 대체로 걸어가지 못하기 때문이라고 『인간적인 너무나 인간적인』에 적고 있다. 시의 음악성을 중시하는 그다운 발언인데 그 자체로서는 별로 중요한 발언은 아니다. 그러나 산문은 보행이요 시는 무용이라는 20세기의 발레리 시론을 앞당겨 보여 주고 있다는 점에서 흥미 있다. 그는 또 『즐거운 지식』에서 시와 산문을 얘기하며 산문의 대가가 거의 언제나 시인이기도 하였다면서 그 점을 주목할 필요가 있다고 적고 있다. 공공연한 시인인 경우도 있고 비밀리에 시인인 경우가 있다고 말하는 것으로 보아 여기서 시인임은 시편을 남겨 놓았다는 의미가 아니다. 산문 속에서 시인의 면모를 보여 주고 있다는 뜻인데 사람이 훌륭한 산문을 쓰는 것은 시에 직면해 있을 때라고 적고 있으니 말이다. 산문은 끊임없는 시와의 예의 바른 싸움이라고도 말한다.

『인간적인 너무나 인간적인』에서 니체는 무의미의 즐거움에 대해서 말하고 있다. 무의미한 난센스에서 사람들은 어떻게 즐거움을 얻는가? 그 과정에 아무런 해도 끼치지 않고 그저 기분 좋게 이루어질 때, 경험을 반대되는 것으로, 목적성을 무목적성으로, 필연성을 자의적인 것으로 바꾸는 것은 즐거움을 준다. 왜냐하면 우리를 잠시 필연성, 목적성, 경험의 지배력에서부터 해방시켜 주기 때문이다. 우리를 흔히 긴장시키는 바 예상된 것이 무해하게 방출될 때 우리는 웃을 수 있고 즐길 수 있다고 니체는 말한다. 이상(李箱)의 몇몇 난센스 시편이나 김춘수의 무의미 시편은 이러한 목적성으로부터의 해방 효과를 보여 준다고 할 수 있다. 김춘수의 자칭 무의미 시편이 전혀 무의미한 것은 아니다. 그러나 무의미로 근접할 때 우리는 거기에서 어떤 해방감을 느끼는 게 사실이다.

모국어가 시다

1997년에 작고한 라트비아 출신의 사상사가 아이자이어 벌린은 박학의 대학인이다. 이 회의론적 자유주의자의 『자유론 4편』은 정치철학의 고전이라는 평가를 받고 있다. 뒤늦게 1980년대에 프랑스어 번역판이 나와 좋은 반응을 얻자 주간지 《에스프리》가 그와의 대화록을 기획하였고 그 연재 대화록은 책으로 출간되었다. 그때 질문을 담당했던 이란 출생의 철학도는 그를 두고 3000년을 산 사람 같다고 말하고 있다. 종횡무진의 박학과 인용과 경험담에 탄복한 것인데 아마도 '나는 1000년을 산 사람보다도 더 많은 기억을 가지고 있다."는 보들레르의 대목을 밑그림으로 한 말일 것이다.

『아이자이어 벌린 대화록』은 미리 준비된 300항목의 질문에 대해 벌린이 대답한 내용을 담고 있다. "삶의 궁극적 목표는 삶 그 자체다.'라 말하는 알렉산더 게르첸에 대한 깊은 공감을 나타내고 있는 최후의 자유주의자 벌린은 시와 시인에 대해서 독자적인 생각을 피력하고 있다. 사상사에서 특히 사상가의 인물 됨에 대해 많은 관심을 표명하여 사상을 추상적 실체로서가 아니라 현실 속의 살아 있는 힘으로 파악한 그는 20세기 인물에 대해서도 생생한 인상기를 전하고 있다.

그는 스탈린 시대에 직접 만나 본 적이 있는 시인 안나 아흐마토바를 높이 평가한다. 그녀가 톨스토이와 체홉을 좋아하지 않으며 도스토예프스키를 고평하더라고 전하고 있다. 벌린은 아흐마토바, 파스테르나크, 블로크, 오든을 가장 높이 평가한다고 대답하는데 대학 때 친구였던 스티븐 스펜더나 예이츠도 직접적으로 호소한다고 말한다. 엘리엇은 위대한 시인이라 말하지만 개인적으로 좋아하는 것 같지는 않다. 프랑시스 잠에 대해서 무던한 시인이지만 총명한 시인은 아니라고 말하고 있다. 그러나 벌린의 시론을 소개하는 것은 그의 선호 시인을 알기 위해서가 아니다. 좋아하는 영어 시인이 있느냐는 물음에 그는 명쾌하게 대답한다.

'방금 말했다시피 내가 좋아하는 영어 시인들이 있습니다. 그러나 나는 러시아어 시인들을 더 좋아합니다. 왜냐하면 러시아어가 나의 제1언어이기 때문입니다. 나는 시가 어린 시절에 썼던 언어 속에 있다고 생각합니다. 우리에게 가장 친밀한 시는 열 살 이전에 썼던 언어입니다."

솔직 담백하게 토로하고 있어서 한결 진실에 근접해 있는 한 사상가의 빼어난 시론이라 생각한다. 그것은 모국어 혹은 제1언어에 대한 사랑의 신앙고백이기도 하다.

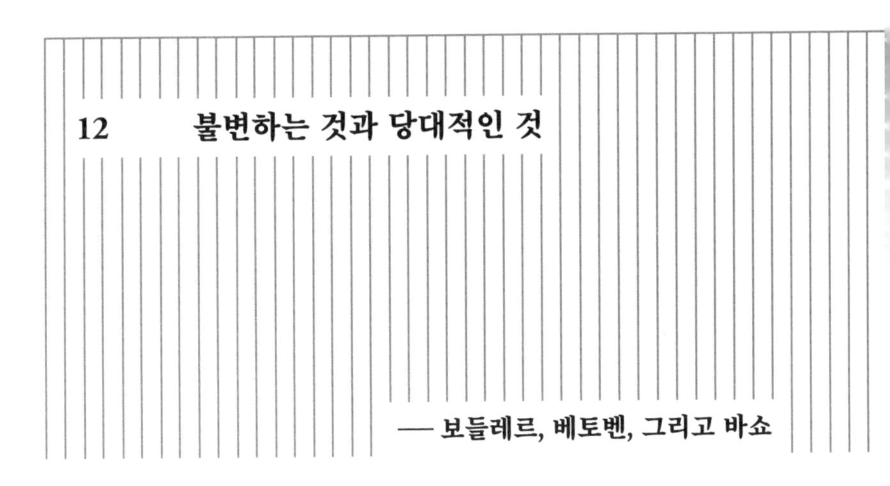

12 불변하는 것과 당대적인 것

— 보들레르, 베토벤, 그리고 바쇼

보들레르와 바쇼(芭蕉)

서정시가 항시 사회적 반대의 주관적 표현이란 테제를 전개하고 있는 아도르노의 에세이 「서정시와 사회에 관해서」는 여러모로 논쟁적인 글이다. 서정시를 산출하는 객관세계는 본래적으로 적대적 세계이기 때문에 서정시란 단순히 언어가 객관성을 허용해 주는 주관성의 표현인 것은 아니라고 그는 말한다. 매우 정치하기 때문에 도리어 전체 논리를 따라가기는 쉽지 않다. 그러나 에세이의 지문들은 통찰과 설득력으로 차 있어서 독자들에게 지속적 사고와 성찰의 계기가 되어 준다. 예술작품의 위대함은 이데올로기가 감추는 것에 목소리를 부여한다는 사실에서만 성립한다는 대목에 이어서 예술작품의 성공은 의

샤를 보들레르(1855)

도하든 않든 허위위식을 넘어선다고 말하고 있다.

여기에 어떻게 이의를 제기할 수 있을 것인가? 또 단순한 생존으로부터의 작품의 거리는 생존 속의 거짓되고 질 나쁜 것의 척도가 된다고 하면서 그 항의 속에서 서정시는 모든 것이 달라진 세계에 대한 꿈을 표현한다고 적고 있다. 이것을 유연하게 적용하면 현실주의자들이 현실 도피라고 타박하는 서정시도 응분의 평가를 받아야 할 것으로 드러난다. 왕왕 유토피아에 대한 꿈을 내장하고 있기 때문이다. 문제는 정치함 속에서도 상반되는 것이라 생각되는 생각이 동시적으로 진행되고 있다는 사실일 것이다. 변증법은 악용될 때 거짓을 참이라고 말하지 못하란 법이 없다고 괴테가 표명했던 의혹에서 자유롭지 못하게 된다. 그런 만큼 되풀이 읽기를 통한 전체 이해에 대한 향념을 버릴 수 없게 된다.

수다한 통찰과 성찰의 계기를 제공하는 지문으로 가득 찬 이 글에서 특히 흥미 있게 다가온 대목은 보들레르에 관한 언급이다. 아도르노는 보들레르의 스타일이 라신과 당대 저널리스트의 결합이라고 한 폴 클로델의 말을 인용하고 있다. 많이 들어 본 소리여서 확인해 보니 발터 베냐민이 『보들레르에서의 제2제정기(帝政期)의 파리』에서 인용하고 있는 대목이다. 베냐민은 『악의 꽃』이 보통 일상 산문에서 유래한 말뿐 아니라 도시에서 유래한 말도 서정시에서 활용한 최초의 책이라고 규정한다. 그 부분을 인용하면 다음과 같다.

> 그때 시적인 창연(蒼然)함과 관계없이 활자의 휘황함이 눈부신 단어도 결코 회피하지 않는다. 그는 켕케등(燈), 철도차량, 승합마차를 사용하고 대차대조표(貸借對照表), 가로등, 도로 청소차 등도 피하지 않는다. 그리고 이러한 성질의 서정적 어휘 속에 예고 없이 홀연 알레고리가 출현한다. 보들레르의 언어정신을 어디선가 포착할 수 있다면 그것은 이렇게 당돌한 동시 발생의 지점에서다. 이 점을 결정적으로 명확하게 말해 준 것은 폴 클로델이다. 그는 보들레르가 라신(Racine)의 스타일과 제2제정기 저널

리스트의 스타일을 결합했다고 적고 있다.

베냐민의 『보들레르에서의 제2제정기(帝政期)의 파리』는 1938년에 쓰였으나 1969년에야 간행되었다. 반면 아도르노의 「서정시와 사회에 관해서」는 1958년에 간행된 『문학에의 노트』에 수록된 것이다. 이 책의 영역본이 나온 것은 1991년에 와서다. 편지를 주고받는 사이였던 두 사람 중 먼저 발설한 것이 누구냐 하는 것은 문제가 되지 않는다. 두 사람의 의견이 일치한다는 사실이 중요하다. 두 사람의 권위에 눌려서가 아니라 라신과 당대 저널리스트의 결합이라는 지적에 보들레르의 핵심을 마주했다는 느낌이 들었다.

보들레르의 최대의 영광은 몇 사람의 대시인을 배출했다는 점에 있다며, 베를렌도 말라르메도 랭보도 결정적인 나이에 『악의 꽃』을 읽지 않았다면 저리되지 못했을 것이라고 발레리는 「보들레르의 위치」에 적고 있다. 그 보들레르에 대한 가장 간결하면서도 중요한 통찰이 클로델의 지적이라는 생각이 들기도 했다. 라신은 프랑스 고전주의의 절정을 보여 준 극시인으로 평가되고 있다. 결국 클로델이 얘기한 것은 고전주의와 저널리즘의 당대 스타일을 결합하여 새로운 전율을 창조했다는 것이 된다. 단순화되었기 때문에 더욱 비평적 예기가 느껴지는 것으로 이해된다. 당대의 새로운 사상(事象)과 취향을 도입하면서도 고전적 위엄을 부여하였기 때문에 가령 플로베르

같은 형식주의자의 격찬을 받게 된 것이라 생각된다. 만약 그가 라신을 마다하고 당대 저널리스트의 스타일만을 추종했다면 그는 한때의 전위 시인은 되었을지언정 막강한 영향력을 발휘한 최초의 근대도시 시인으로 숭상되지는 못했을 것이란 생각이 든다.

뜻하지 않게 전혀 다른 맥락에서 클로델의 지적을 상기한 것은 일본의 고유시가인 하이쿠를 읽으면서였다. 17세기의 일본 하이쿠 시인 마쓰오 바쇼(松尾芭蕉)는 유럽이나 미국에서 이백이나 두보에 비견되는 동방의 대시인으로 소개되어 적지 않은 독자를 가지고 있다. 경제력을 기반으로 한 국제사회에서의 일본의 높은 지위, 노벨상 수상으로 표상되는 수다한 세계적 과학자나 작가의 배출, 거기다가 하이쿠가 일찌감치 저쪽에서 번역되고 이미지즘 시운동에도 영향을 주고 또 많은 동호자를 낳고 있다는 사실, 『겐지 얘기』를 위시한 옛 일본 문학이나 노(能)나 인형극 같은 전통극의 부가적 후광에 힘입어 바쇼의 명성과 평가가 단단해진 것은 사실이다. 그러나 17세기에 벌써 전문적 직업적 하이쿠 시인으로 자기를 정립하고 그 길에 전념하여 독자적인 자기 시세계를 확립하고 많은 독자를 얻고 있다는 사실이 가장 중요하다.

일본인들은 자기네 고유시가인 하이쿠나 와카(和歌)는 외국인의 이해를 넘어서는 것이라는 자기 중심적 편견을 가지고 있다. 일본고전문학을 공부한다는 말에 고개를 갸우뚱하며 외국인이 그 미묘한 어감이나 뉘앙스의 차이를 이해할 수 있을 것인가, 하고 회의감을 나타내는 일본인들이 있었다고 도널드 킨은 적고 있다. 수많은 셰익스피어 연구자를 배출하고 독일 본토를 제외한다면 가장 많은 독일 문학자와 교수를 두고 있는 일본에서 그런 말을 듣는다는 것에 위화감을 느꼈다는 것이다.

일본만의 경우는 아닐 것이다. 고창 근처의 호남 사투리를 모르는 사람은 미당 시를 제대로 이해할 수 없을 것이라고 말하는 토박이 인사를 본 일이 있다. 또 서도 방언에 익숙하지 못하면 소월 시를 이해할 수 없다는 취지의 글을 본 적도 있다. 그만큼 말의 뉘앙스나 묘미에 대한 민감성이 시 이해의 기초가 된다는 인식에서 나온 것이니 허용될 수 있는 관점일 것이다. 그러나 도널드 킨의 일본 시가 해석이 외국인이기 때문에 더욱 정치하고 설득력 있다는 사실은 모든 외국 문화 연구자에게 용기를 주게 마련이다.

일본 고전어에 대한 소양이 엷은 처지에서 일본 고유시가에 대해서 말한다는 것이 주저되는 것은 사실이다. 그러나 읽어 보면 나름대로의 안목이 생기고 뛰어난 것과 그렇지 않은 것도 분간되는 게 사실이다. 가령 바쇼의 최초의 걸작이라는 작품이 있다. 솜씨를 내보자 해도 우리말로는 이렇게밖에 안 된다.

마른 가지에 까마귀 내려앉은 가을 어스름

순간적인 관찰로 한 점경(點景)을 포착하여 가을 저녁의 정취가 뇌리에 확고한 자리를 차지하게 한다. 지워지지 않는 이미지다. 그것은 실제보다 더욱 선명하며 군더더기가 없으면서 여백의 미를 환기한다. "가을 어스름"이라 한 부분은 "가을날의 저녁 어스름"을 뜻하지만 원시에서 늦가을이라 해석될 수도 있는데 이러한 모호성이 작품을 더욱 감칠맛 나게 한다. 프랑스의 이브 본푸아는 단시의 특징을 "시적 경험 그 자체, 시 이외의 아무것도 아닌 것 같은 독특한 경험을 향해서 마음과 몸을 여는 능력을 증대시키는 것"이라 규정하면서 아마도 하이쿠가 단시의 최고 사례를 보여 준다고 말하고 있다. 하나의 점경에 정신을 집중시킴으로써 순간적이나마 세계를 무화시키는 시의 힘을 우리는 “마른 가지에 까마귀 내려앉은 가을 어스름” 속에서 경험할 수 있다.

바쇼는 하이쿠의 제작 이념으로 ‘불역유행(不易流行)’을 내세우고 설파했다고 한다. 불역은 변화하지 않는 것을 뜻하고 유행은 시체 말투를 뜻한다. 이 말을 접하고 떠오른 것이 보들레르를 두고 “라신과 당대 저널리스트 스타일의 결합”이라고 한 클로델의 말이다. 문학적 배경이나 구체를 놓고 보면 클로델의 규정과 ‘불역유행(不易流行)’ 사이에는 큰 차이가 있다. 그러나 취지의 핵심에선 양자가 동일하다고 생각한다. 쉽게 단순화하면 고전적인 것과 당대적인 새것의 결합이란 뜻이 된다. 바쇼가 일본의 전통시가는 물론이고 이백, 두보, 장자(莊子)를 정독하고 흡수했다는 것은 연구자가 지적하는 일이다. 유행으로 표상된 새것과 불변의 고전을 결합하라고 한 것이라고 대범하게 말할 수 있을 것 같은데, 바쇼 시대의 문학 현장을 염두에 두고 와카(和歌)적인 것과 당대 하이카이(俳諧)적인 것의 결합을 뜻한다는 해석도 있다. 언뜻 보아 모순되는 개념의 통합인 것 같지만 바로 그러한 모순의 통일에서 뛰어난 시적 성공이 이루어진 것이라 할 수 있다.

베토벤과 바쇼

20세기 후반의 작가 중 가장 재미있게 읽고 주목한 이는 동유럽 출신의 밀란 쿤데라와 라틴아메리카 출신의 가르시아 마르케스다. 1950년대 후반 이후 “제3세계”가 역사의 무대에 본격 등장하면서 라틴아메리카 여러 나라가 세인의 관심을 끌었다. 해방신학, 종속이론, 체 게바라의 이름을 상기하면 대체로 당대 분위기를 상상할 수 있을 것이다. 마르케스가 일거에 세계적 명성을 얻게 되는 데에는 제3세계로 귀속된 라틴아메리카 출신 작가란 사실도 일조하였다.

한편 쿤데라의 경우 소련군의 탱크부대 진주로 막이 내린 프라하의 봄과 무관할 수 없다. 전 세계 주목의 대상이었던 소련군의 프라하 진주와 그 여파는 한 보헤미아 작가의 열의에 찬 수용에 크게 기여하였다. 훌륭한 작품은 언젠가는 진가를 인정받게 마련이지만 문학 외적 요소가 그 촉진에 기여하는 것은 흔히 목도되는 비근한 문화현상이다.

2015년에 《뉴욕 리뷰 오브 북스》에 나온 폴 윌슨의 글을 통해서 처음 알게 된 사실이지만 쿤데라의 첫 열정은 음악이요 서정시였다. 1953년에 나온 시집 『인간: 넓은 정원』에는 “갑갑한 이데올로기 형성기”의 불안이 벌써 엿보였다. 그러나 1955년과 1959년에 각각 새 시집을 내고 있다. 혁명에 가담하는 시인이 주인공으로 되어 있는 두 번째 장편인 『삶은 다른 곳에』

는 그래서 반자전적인 작품이란 평을 받고 있기도 하다. '삶은 다른 곳에'란 표제가 랭보의 시편에서 따온 것이란 사실이 보여 주듯 그의 소설 지문에는 시에 대한 언급도 많고 산문시를 연상케 하는 대목도 많다. 그만큼 시인으로서의 문학 수업이 작가 쿤데라의 지적 자산이 되어 있다고 할 수 있다. 그의 몇몇 에세이 책은 그가 유럽의 문학 전통에 통달하고 아울러 그 전통에 대한 "역사 감각"을 가지고 소설 창작에 임했다는 사실을 상기시켜 준다.

음악학자의 아들답게 쿤데라는 음악에 관한 에세이도 보여 주고 있다. 베토벤의 피아노 소나타나 쇤베르크를 다룬 짤막한 것으로 부터 스트라빈스키에 대한 경의를 드러내는 긴 에세이까지 다양하다. 『농담』에는 전체주의 체제 아래에서 왜곡된 민속음악에 대한 고찰이 보이고, 『견딜 수 없는 존재의 가벼움』에는 베토벤의 현악 사중주 16번 마지막 악장이 언급되어 있고 그것은 존재의 가벼움과 무거움에 대한 성찰과 연관되어 있다. 「작품과 거미」라는 긴 에세이 끝자락에서 쿤데라는 어릴 적 받은 음악 수업 때의 인상적인 경험담을 적고 있다.

열서너 살 때 쿤데라는 작곡에 대한 개인 레슨을 받은 적이 있다. 음악 신동이어서가 아니라 부친의 우정 때문이었다. 전시였던 당시 부친의 친구였던 유대인 작곡가가 누런 별표를 달고 다녀야 했고 사람들은 그를 피하기 시작하였다. 어떻게 유대감을 표시해야 할지 몰랐던 부친은 궁리 끝에 아들에게

루트비히 판 베토벤

레슨을 해 달라고 작곡가에게 부탁하였다. 유대인 아파트의 몰수가 계속되어 작곡가는 점점 더 작은 거처로 이사를 하지 않으면 안 되었다. 강제수용소로 끌려가기 직전에는 그야말로 옹색한 방에서 지내야 했는데 그동안 줄곧 조그만 피아노 앞에서 화음이나 대위법의 연습을 시켜 주었다. 협소한 공간에서 사람들이 분주하게 드나들어 주위는 어수선하였다. 그 작곡가에 대한 경의와 함께 몇몇 기억을 가지고 있는데 그중에서 특히 잊히지 않는 것이 있다. 레슨이 끝난 후 쿤데라를 배웅하더니 문가에 서서 갑자기 쿤데라에게 말하였다.

> 베토벤에게는 놀랄 만큼 취약한 대목이 많다. 그러나 강력한 대목을 돋보이게 하는 것은 바로 이 취약한 대목이다. 그것은 잔디밭과 같다. 만약 잔디밭이 없다면 거기 서 있는 아름다운 나무를 우리는 즐기지 못할 것이다.

얼마쯤 기묘한 생각이지만 작곡가의 이 말은 평생 그의 뇌리를 떠나지 않았다. 그 말을 옹호하기도 하고 그 말에 시비를 걸기도 하는데 결판을 내지 못하고 있으며 그런 말을 듣지 않았다면 「작품과 거미」라는 에세이는 쓰이지 않았을 것이라고까지 말하고 있다. 죽음의 수용소로 끌려가기 직전 어린애 앞에서 음악 작품의 작곡 문제를 "큰 소리로 생각한" 한 인물의 이미지가 더욱 소중하다는 것을 쿤데라는 첨가하고 있다. 쿤데라가 소설을 쓰는 한편으로 소설 쓰기에 관해서 끊임없이 사고하고 성찰하며 천착하였음을 드러내 주는 말이다.

바쇼에게는 『오쿠의 소롯길』이란 여행기가 있다. 이른바 "하이카이 여행"의 기행문이다. 산문으로 쓰였지만 여행 중에 얻은 하이쿠를 적어 놓고 있는데 모두 수작이라는 것이 중평이다. 그리 긴 기행문이 아니지만 4년간의 퇴고를 거쳐서 마무리 지었다고 하니 그가 얼마나 뜸을 들였는가를 알 수 있다. 바쇼 미학의 집대성이라는 평가를 받고 있는 이 기행문에 대한 주석서는 수백 권이 나왔다는데 아직도 난해한 책으로 남아 있다. 서구 전통에서는 적어도 산문의 모호성은 회피하는 것으로 되어 있는데 의도적으로 명쾌한 표현을 피하고 모호함에서 감칠맛을 찾는 하이쿠의 속성이 이입되어 있기 때문이다. 그런 모호성은 미덕이면 미덕이지 흠이 될 수 없다는 것이 숭배자들의 주장이기도 하다.

이 『오쿠의 소롯길』에 대해서 언급하는 것은 도널드 킨이 그의 『일본문학사 근세편 1』에서 가하고 있는 논평 때문이다. 도널드 킨은 『오쿠의 소롯길』이 걸작임을 누누이 강조하고 있는데 그러면서도 비교적 평범한 대목이 많다고 지적한다. 그러고 나서 평범한 대목은 격조 높은 대목을 돋보이게 하기 위해서는 불가결한 요소라고 해석하고 있다. (『일본문학사』 말고 다른 글에서도 언급한 것으로 기억한다.) 그 대목을 접하고 떠올린 것이 바로 쿤데라의 어릴 적 스승인 유대인 작곡가의 베토벤에 대한 언급이다. 장르가 다르고 시대가 다르고 전통이 다른 처지에서도 예술의 길로 정진하는 예술가 사이에는 공통적 구성 논리가 작동하는 것이 아닌가 생각된다. 그것은 자기 분야에서 도통한 사람들이 공유하고 있는 일종의 육체적 직관일지도 모른다.

근대의 단시형 서정시가 지향한 것은 느슨함과 안이함이 철저히 배재된 완벽성의 추구였다. 그러한 작품적 추구가 어느 정도 성취되었을 때 그러한 시편은 명시로 평가되었고 사실상 그러한 이름에 어울리는 균제감 있는 시편이 많은 것도 사실이다. 그러나 장시나 상당한 분량을 가진 시편에서는 완벽 추구의 긴장을 지속적으로 유지하기가 아주 어렵다. 따라서 얼마쯤 평범하거나 취약한 부분도 허용되는 것이 보통이다. 그러한 상대적 취약 부분이 사실은 보다 강력한 부분을 돋보이게 하는 상보작용을 한다는 것은 우리가 유념해야 할 구성 원리의 하나일지도 모른다.

사실상 완벽한 균제감을 전폭적으로 추구할 때 시인은 침묵으로 내몰릴 위험성에 노출되게 마련이다. 그래서 예술가의 완벽성 추구는 왕왕 자가당착적인 침묵으로 이어질 수가 있다. 베토벤의 서른두 개의 피아노 소나타 이후 어떻게 후속 소나타가 가능할 것인가 하고 젊은 날의 슈베르트는 체념의 탄식을 하였다. 바로 그러한 이유 때문에 피아노의 시인 쇼팽은 세 개의 피아노 소나타를 보여 주었을 뿐이다. 물량으로 이목을 끌려는 추세가 농후한 우리 시대에 자기 길에서 도통한 선인들의 선례에 대한 성찰은 우리에게 많은 것을 시사한다.

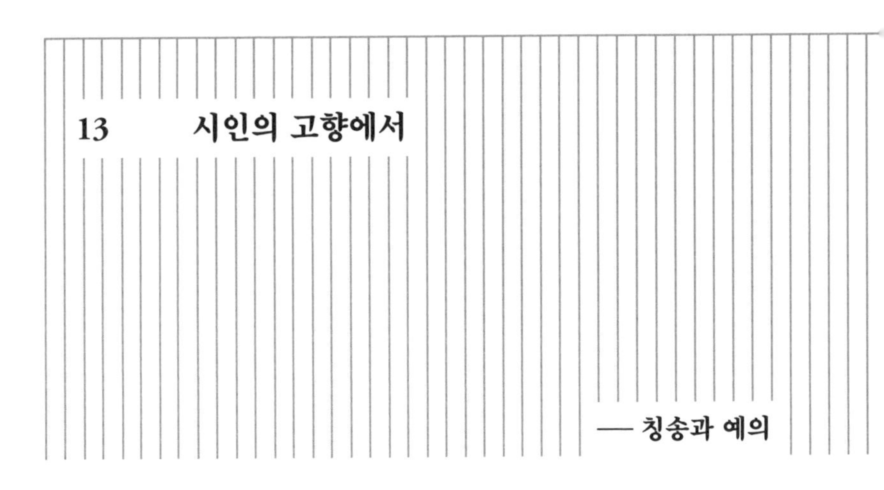

13 시인의 고향에서

— 칭송과 예의

근자에 처음으로 옥천의 지용문학관을 찾았다. 아직 가보지 못했다고 하자 그럴 수가 있느냐며 오랜 고향 친구인 이진환 충북대 명예교수가 날짜를 잡아 안내를 맡아 주었다. 남부터미널에서 서울 친구와 함께 북청주행 버스를 탔고 북청주터미널에서 대기하고 있던 고향 친구의 차로 옥천으로 향했다. 비룡소가 있는 보은은 몇 차례 가 보았지만 옥천 시내는 처음이었다. 옥천에 도착하자마자 '대박집'이란 향토 음식 전문을 자처하는 음식점에서 생선국수로 점심을 먹었다. 매운탕 국물에 국수를 만 것으로 맛은 그저 그랬지만 손님들은 제법 붐볐다.

옥천에서 우선 눈에 띄는 것은 '향수길'이란 거리 이름이다. 차를 타고 가다 보면 연거푸 '향수길'이란 표지가 눈에 띈다. 시인의 고향이기 때문에 그런 이름을 붙였겠지만 어쨌건

정지용은 이제 「향수」의 시인으로 굳어진 듯싶다. 시인은 작품을 통해 고향에 대한 최고의 헌사(獻詞)를 바쳤고 고향은 거리 이름으로 화답한 것이다. 세상에서 가장 아름다운 거래요 주고받기가 아닌가. 시인의 생가는 흔히 있는 시골의 일자집으로 강진의 김영랑 생가에 비해 초라하다는 느낌이었다. 옛날 시골 부잣집과 여느 민가의 차이가 느껴져 시인이 휘문 장학금으로 유학을 다녀온 사실을 새삼 상기하게 되었다. 정지용, 김기림, 백석, 윤석중 등 유수한 시인들이 식민지 시절에 장학금으로 유학을 다녀온 것은 우리 근대 문화사 속의 흔치 않은 미담일 것이다.

지용문학관에는 "현대시의 아버지 정지용"이란 글귀가

기둥에 적혀 있었다. 어디서 따온 것인지는 모르지만 나 자신 1962년 5월 《사상계》에 난 「현대시의 50년」이란 글에서 이렇게 적은 것만은 사실이다. "시란 언어로 만들어진다는 것쯤은 알고 있다고 자처하는 시인들은 많다. 그러나 한국시가 우리말로 만들어진다는 사실을 터득하고 있는 시인은 아직도 의외로 드물다. 정지용을 한국 현대시의 아버지라고 재강조하는 것은, 그러니까 과장도 반복도 아니리라." 우리말의 발굴과 조탁에 각별히 주력한 사실을 지적하고 나서 한 얘기다.

벌써 50년 전의 일이다. 6·25 이후 정지용의 이름 석 자를 쓰는 것은 금기였다. 대개 가운데를 복자(伏字)로 처리해서 "정×용" 하는 투로 적었다. 모르면 몰라도 6·25 이후 어떤 경위로 생긴 것인지 불분명한 관행을 깨고 눈에 띄는 인쇄 매체에 '鄭芝溶' 석 자를 한자로 제대로 적은 최초의 사례가 아닌가 생각된다. 처음으로 우리 시를 접하게 된 시절 정지용은 내게 있어 시인 중의 시인이었다. 그의 이름이 나오는 글은 모조리 찾아 읽었다. 어쩌다 '鄭芝溶'을 '鄭芝鎔'으로 적은 지면을 보면 그 글의 필자나 관계자가 무지막지한 폭력배로 느껴졌다. 그랬던 터이니 관행을 깨고 이름 석 자를 제대로 쓴 것이다. 그는 좌익 시인이 아니었고 또 그 글이 발표된 지면에 좌담 토론자로 참석한 조지훈, 박목월 등의 시인이 문제가 발생한다 하더라도 신원 보증인이 되어 주리라는 믿음이 있었기 때문이다.

휴일이 아닌데도 방문객이 끊이지 않고 드문드문 찾아오

는 지용문학관을 나서서 이번에는 멀지 않은 곳에 있는 육영수 여사 생가를 가 보았다. 한 고을에 하나 있을까 말까 한 엄청나게 크고 넓은 저택이었다. 터도 넓고 대문의 크기에서 시작해서 규모가 큰 독립된 별채가 수두룩하였다. 부리는 사람도 많았으리라는 생각이 났다. 처음부터 육씨네 소유가 아니라 어느 정승 집을 사들인 것이라는 얘기를 들었다. 생가 밖 주차장에는 관광버스가 두어 대 서 있었다.

회인(懷仁)의 오장환문학관 가는 길에 비림(碑林)박물관이란 곳엘 들렀다. 세상에는 별로 알려져 있지 않으나 초상화나 글씨를 새긴 비석을 모아 둔 곳이다. 이색적인데 터가 넓어 세워 놓은 비석도 많다. 방문객은 우리 일행밖에 없었다. 건물 안으로 들어가니 일본 관동군의 세균 무기 실험 혹은 조선족이나 만주족 노동자 사역 장면을 다룬 사진 등이 많이 전시되어 있었다. 아마 중국 쪽과 연결이 되어 그쪽에서 자료 제공을 받은 모양이다. 어느 방에는 중국 동북지방 거주 화가의 솜씨인 농우(農牛) 그림이 걸려 있었다. 흔히 볼 수 있는 견실하게 사실적인 그림인데 한동안 그 앞에 서 있었다. 참으로 반가운 황소 그림이었기 때문이다.

넓은 벌 동쪽 끝으로
옛 이야기 지줄대는 실개천이 휘돌아 나가고
얼룩백이 황소가

해설피 금빛 게으른 울음을 우는 곳

— 그곳이 참하 꿈엔들 잊힐리야.

말할 것도 없이 「향수」의 첫 연이다. 여기 나오는 얼룩백이 황소는 이제 우리 주위에서 좀처럼 볼 수 없게 된 칡소라는 게 정설이다. 칡소는 몸통에 흑갈색의 세로 줄무늬가 있고 입 주위가 하얗고 한우 황소에 비해 성장 속도가 느리다고 알려져 있다. 검정소나 누렁소와 함께 고구려 고분 벽화에도 나온다. 일제 때 한우의 털색을 황갈색으로 통일하는 정책을 써서 흑소나 칡소는 사라져 버린 것이라 한다. 군화나 배낭 등 군수물자를 조달하는 데 황소의 가죽이 좋다는 것이 이유였다. 현재 칡소는 토종 보존 차원에서 1000여 마리가 전국에 남아 있고 복원 사업도 진행되고 있다. 그러나 이러한 사실이 실증적으로 널리 알려진 것은 근래의 일이다. 그전에는 이런 사실을 모른 사람들이 많았을 것이요, 필자도 그중의 한 사람이었다.

어린 시절에 시골에서 보면 배나 옆구리의 피부가 부분적으로 하얗게 변색 혹은 탈색되어 얼룩진 소가 많았다. 요즘엔 좀처럼 볼 수 없는데 아마 일종의 피부병이 아니었나 생각한다. 따라서 얼룩백이 황소란 이렇게 피부가 부분적으로 하얗게 변한 소를 뜻하는 것이려니 하고 생각했다. 또 누가 물어오면 그렇게 말하기도 했다. 가끔 옛날 황소가 그렇지 않았냐고 동년배에게 물어보면 동의하는 이도 있고 잘 모르겠다는 이도 많다. 그런데 이 비림박물관 건물 내부에 있는 전시실에서 바로 어린 시절에 많이 보았던 그런 얼룩소를 보게 된 것이다. 배에서 옆구리까지 하얗게 탈색된 커다란 얼룩이 그려져 있었다. 어릴 적 친구라도 본 것처럼 반가웠다. 나의 생각이 틀린 것이 아니었구나!

물론 작품에 나오는 "얼룩백이 황소"가 칡소라는 것을 부인하는 것은 아니다. 칡소 말고도 얼룩소가 있다는 얘기일 뿐이다. 얼룩소는 수입 젖소에나 있었고 따라서 "얼룩백이 황소"가 나오는 고향의 정경에서 이질감을 느꼈다며 작품 「향수」를 현실감 없는 작품으로 보는 견해도 개진되어 있기 때문이다. 그 그림이 중국 거주자의 그림인 것으로 보아 그 소도 일종의 피부병에 걸려 그리된 것이 아닌가 생각되지만 이것은 추정에 지나지 않는다. 어쨌건 시인의 고향을 찾았다가 엉뚱한 곳에서 "얼룩백이 황소"를 보게 되니 그 우연의 일치가 신기하기도 하고 즐거웠다.

비림박물관을 나와 이번에는 회인에 있는 오장환문학관으로 향했다. 회인은 옛날 1951년 초 겨울 피란 때 지나간 적이 있다. 옥천군의 원남에서 얼마를 묵고 있다가 보은을 거쳐 청주로 향했다. 원남을 떠나 보은 가는 길에 질러간다며 소롯길로 가다가 회인이란 곳을 지나간 것을 기억하고 있다. 정지용문학관보다 규모는 작지만 아담한 건물 앞에는 공터가 있었는데 생가 터라 해서 비워 둔 것이라 한다. 방문객은 우리 일행뿐이었고 여러모로 정지용문학관보다는 적막한 분위기였다. 문학관 담당 여성의 안내를 받아 영사실에서 최두석, 도종환 두 시인이 등장하는 영상물을 보았다. 문학관 벽에는 오장환의 「고향 앞에서」 전문이 가로쓰기로 쓰인 현판이 걸려 있었다.

흙이 풀리는 내음새
강바람은
산짐승의 우는 소릴 불러
다 녹지 않은 얼음장 울명울명 떠나려간다.

진종일
나룻가에 서성거리다
행인의 손을 쥐면 따뜻하리라.

고향 가차운 주막에 들려
누구와 함께 지난날의 꿈을 얘기하랴.
양구비 끓여다 놓고
주인집 늙은이는 공연히 눈물지운다

간간이 잿내비 우는 산기슭에는
아즉도 무덤 속에 조상이 잠자고

설레는 바람이 가랑잎을 휩쓸어 간다.

예제로 떠도는 장꾼들이여!
상고(商賈)하며 오가는 길에
혹여나 보셨나이까

전나무 우거진 마을
집집마다 누룩을 디디는 소리, 누룩이 뜨는 내음새……

고향이니까 이 작품을 걸어 둔 것일 터이다. 그렇기도 하지만 이 작품이 오장환 최상의 작품 중 하나라는 것은 사실이다. 이 시편은 그의 시집 중 가장 성숙한 단계라고 생각되는 『나 사는 곳』에 실려 있다. 고향 앞까지 찾아왔으나 어쩐 일인지 고향에 성큼 들어서지 못하고 고향 가까운 주막에 들려 주인이 내놓은 양구비 다린 물을 마시는 청년이 화자로 되어 있다. 양구비는 물론 앵속이고 시골에서는 그 대를 삶아 마시는 관습이 있었다. 토사곽란에 좋고 당연히 진통 효과도 있다. 고향 가까이 왔지만 더불어 지난날의 꿈을 얘기할 사람은 없다는 함의가 있다. 이런 정황으로 보아 화자는 떠돌이이고 그럼에도 당당한 귀향자가 되지 못하는 처지다. 정신적 안주의 터전도 전념할 일터도 갖지 못한 채 방황하는 자의 회포가 주조로 되어 있다. 『나 사는 곳』에 실려 있는 「길손의 노래」, 「산협의 노래」와 같은 계열의 작품이라고 생각된다. 『성벽』, 『헌사』 수록 시편에 비해 한결 안정되어 있고 또 어휘 선택이나 언어 정련 면에서도 진경(進境)을 보여 주고 있다. 성큼 고향에 들어서지 못하는 화자가 집집마다 누룩 뜨는 냄새가 나는 전나무 우거진 고향 마을을 그리는 심정도 쉬 공감이 된다.

이 절창 시편에는 그러나 소홀치 않은 흠이 있다. "간간이 잿내비 우는 산기슭"이 들어 있는 4연이다. 시인은 분명 잿내비를 산새 정도로 알고 있지 않았나 생각한다. 누구나 알다시피 잿내비는 원숭이이고 그것은 잿내비띠라는 말에서도 분명한데 원숭이는 이 땅에 없다. 동물원에나 있는 이 잿내비가 시인의 고향 부근의 산기슭에서 운다고 했으니 작품의 진정성이 많이 훼손된다. 이것은 인유(引喩)라는 의견이 있다는 말도 들었다. 직접 들어 보지 않아서 세목을 알 수 없지만 정당화될 수 없는 해괴한 소리다.

오장환문학관에 근무하는 여성은 우리 일행에게 손수 커피 대접을 해 주었다. 많지 않은 문학관 방문객을 충심으로 환영하고 고마워하는 기색이어서 우리 편에서도 송구스런 느낌이었다. 그 여성은 방문객 중 어느 교수가 들려주었다는 시 해설 내용을 전해 주었다. 옛날 장터에는 원숭이를 데리고 다니면서 재주를 보여 주고 구경꾼을 유인해서 물건을 파는 경우가 있었는데 「고향 앞에서」의 마지막 대목은 그러한 장터나 장꾼과 연관된다는 상황 설명이었다 한다. 역시 직접 들은 바가 아니요 또 문학관 담당자의 전언이 어느 정도 충실한 것인지도 가늠할 수 없는 처지다. 그러나 아무리 호의적으로 이해한다 하더라도 작품 내용과는 아무런 연관이 없는 호사취미(好事趣味)의 군더더기 설명이다. 잣나무 임자가 수확 철에 잣 따기가 어렵고 또 인건비도 많이 들어 인건비 절약 차원에서 원숭이를 수입해 들여와 잣 따기 훈련을 시도했으나 완전 실패했다는 얘기를 들은 적은 있다. 그러나 원숭이를 활용한 시골 장터에서의 호객 행위는 금시초문이다. 설사 그런 일이 곳에 따라 드물게 있었다 하더라도 그것과 시편의 마지막 대목과는 아무런 연관성이 없다. 문학관 담당 여성의 성의나 역할을 보아서도 무어라고 반론하고 싶은 생각은 들지 않았다.

오장환은 회인에서 태어나 초등학교 저학년까지 그곳 학교를 다니다가 경기도 안성으로 이사했다 한다. 안성에는 해주 오씨의 집성촌이 있었다. 필자는 1950년대 말에 충주사범학교에서 근무한 적이 있다. 당시 체육 담당 교사의 이름이 시인과 똑같았다. 한자가 모두 같았고 안성이 고향이어서 자주 드나들었는데 그는 동명이인의 시인이 있다는 것을 전혀 모르고 있었다. 그분은 나중 외국어대학에서 오래 가르쳤고 요절한 시인과는 달리 여든 가까운 연세지만 지금도 정정하시다. 그런데 오장환에게는 「다시 미당리(美堂里)」라는 시편이 있다.

돌아온 탕아라 할까

여기에 비하긴
늙으신 홀어머니 너무나 가난하시어

돌아온 자식의 상머리에는
지나치게 큰 냄비에
닭이 한 마리

아즉도 어머니 가슴에
또 내 가슴에
남은 것은 무엇이냐.

서슴없이 고깃점을 베어 물다가
여기에 다만 헛되이 울렁이는 내 가슴
여기 그냥 뉘우침에 앞을 서는 내 눈물

조용한 슬픔은 알련만
아 내게 있는 모든 것은
당신에게 바치었음을……

크나큰 사랑이여
어머니 같으신
바치옴이여!

그러나 당신은
언제든 괴로움에 못 이기는 내 말을 막고
이냥 넓이 없는 눈물로 싸 주시어라.

고향에 돌아간 화자가 어머니가 차려 준 백숙을 베어 물며 뉘우침에 눈물이 난다. 만감이 교차하는데 어머니는 당신도 눈물을 흘리며 모든 것을 감싸 주는 정황이 노래되어 있다. 따라서 표제에 나오는 미당리는 분명 시인의 고향이자 모친이 살고 있는 곳일 터이다. 그런데 회인이나 안성 근처에서 미당리라는 동네 이름은 찾아지지 않는다. 지도상으로 그런데 실증적 연구에 정진해 온 김학동 서강대 명예교수도 찾지 못했다고 토로하는 것을 들은 적이 있다. 오장환 쪽의 착오나 의도적 호도가 있었는지도 모르지만 그럴 개연성은 매우 희박하다. 어쨌든 하나의 수수께끼다.

「다시 미당리(美堂里)」는 "불효자는 웁니다" 모티프 시편이다. 모든 시인들이 빼놓지 않고 노래한 모티프는 어머니다. 그렇긴 하지만 오장환처럼 직설적으로 어머니를 노래한 경우는 흔하지 않다. 처녀시집 『성벽(城壁)』에는 「향수」라는 시편이 수록돼 있다. 그 후반부에 다음과 같은 대목이 보인다.

어메야! 오륙년이 넘두락 일자소식이 없는 이 불효한 자식의

편지를, 너는 무슨 손꼽아 기두르는 것이냐. 나는 틈틈이 생각해
본다. 너의 눈물을…… 오 어메는 무엇이었었느냐! 너의 눈물은
몇 차례나 나의 불평과 결심을 죽여 버렸고, 우는 듯, 웃는 듯, 나
타나는 너의 환상에 나는 지금까지도 설운 마음을 끓이지는 못
하여 왔다. 편지라는 서로이 서러움을 하소하는 풍습이려니, 어
메는 행방도 모르는 자식의 안재(安在)를 믿음이 좋다.

모친을 그리며 편지하는 형식의 시 제목이 「향수」라는 것은 이색적이다. 그에게 고향은 모친이 있는 곳이다. 늙은 어머니는 대개 불효자의 어머니이기가 십상이다. 어머니의 기대를 어기지 않은 자식이 어디 있을 것인가. "불효자는 웁니다."의 모티프는 대중가요에도 나오지만 그만큼 보편적인 인간 감정이다. 자식을 위해 모든 것을 희생하는 것이 선(善)으로 통하는 우리 사회의 기풍 때문에 더욱 그러하다. 그것을 정공적(正攻的)으로 노래한 것은 오장환 시편 이외에는 별로 없다. 어머니 앞에서 씩씩한 대장부로 시종하기는 어렵다. 그러나 어머니 앞에서 각별히 심약해지는 것은 모친의 특수한 개인사와 연관된 것인지도 모른다.

두 문학관을 둘러보고 시인들이 작고 후에 호강을 한다는 느낌이 들었다. 뒤늦게나마 고향에서 대접을 받는다는 것은 흐뭇한 일이다. 자고로 시인이나 예언자는 고향에서 알아주지 않는다. 흰자위나 굴리기가 일쑤다. 「고향 앞에서」의 화자가 성큼

고향으로 다가가지 못하는 것도 불효자이기 때문이기도 하지만 그와 연관된 것인지도 모른다. 일본 시인 하기와라 사쿠타로에게 「공원 의자」란 작품이 있다. 일본 근대시에서 구어체의 완성자라는 평가를 받고 있는 그가 문어체(文語體)로 쓴 작품이다. 그만큼 격한 어조가 느껴진다.

인적 없는 공원 의자에 기대어
내 떠올리는 생각은 오늘도 격하여라.
어찌하여 고향 사람들은 내게 야속하게
슬픈 자두 씨를 씹으라 하는가.
멀리 에치고(越後)산에 눈 반짝이고
보리마저 남의 분노에 부들대며 떨고 있느뇨.
날 조롱하여 웃는 소리 산과 들에 가득하고
고뇌의 울부짖음은 심장을 에어 찢었어라.
이토록
매정한 것들에의 집착을 떠나라.
아아 태어난 고향 땅을 물러서라.
난 손끝에 날카롭게 간 칼을 품고
벚나무 잎 돋을 무렵
쓸쓸한 의자에 '복수'의 두 자를 새기었어라. (임용택 역)

젊은 날의 하기와라가 '복수'란 글자를 새겼던 의자가 있던 공원에는 현재 그의 시비(詩碑)가 서 있다. 그는 복수에 성공한 것이다. "젊은 날의 꿈이 늘그막에 이루어진다 — 그것이 아름다운 인생이다."라고 괴테는 말했다. 젊은 날의 꿈이 세상을 뜬 후에야 이루어진다면 그 삶은 무어라고 해야 할 것인가? 문학관을 세워 기리는 것은 물론 좋은 일이다. 그러나 시인의 작품을 제대로 즐기고 이해하고 탄복하는 것이야말로 시인에게 바치는 최고의 찬사이자 예의가 아닐까? 그것 없이 새 건물이나 시비로 경의를 표하는 것은 고인들에게는 곤혹스러운 호의가 아닐까? 우리 주변에는 시인의 작품에 대한 터무니없는 잡설이나 카더라 통신이 너무나 무성하다. 도무지 텍스트에 대한 경의가 없고 기본이 안 돼 있다. 한심한 일이다.

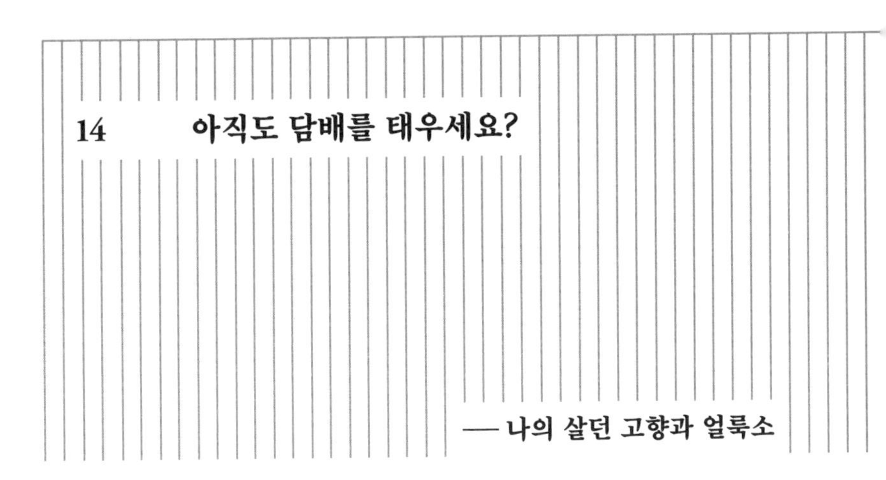

14 아직도 담배를 태우세요?

— 나의 살던 고향과 얼룩소

담배가 몸에 해롭다는 것은 이제 천하 공지 사실이 되었다. 해로운 정도가 아니라 치명적일 수 있다는 게 정설이다. 또 가지고 있는 질병을 악화시키는 데에도 결정적 역할을 하는 것으로 알려져 있다. 그럼에도 담배를 피우는 담대한 청춘과 신사 숙녀들이 계시다. 그래서 "아직도 담배를 태우세요?"라는 인사말이 생겨났다. "담배를 끊는 것처럼 쉬운 일은 없다. 나는 벌써 수십 번을 끊었다."라고 마크 트웨인은 말했는데 담배 끊기가 얼마나 어려운 것인가를 반어적으로 보여 준다.

나의 살던 고향은

잘못된 것임이 판명된 사실임에도 불구하고 여전히 잘못된 생각이나 믿음을 버리지 못하는 경우도 세상에는 많다. 그런 경우에도 우리는 "아직도 담배를 태우세요?"라고 말하고 싶은 유혹을 받는다. 가령 한국인이면 모르는 사람이 없는 동요에 「고향의 봄」이 있다. 한반도의 남북에서 공히 불리는 동요 명곡이다. 혹 제목을 모르는 경우에도 "나의 살던 고향은 꽃 피는 산골"이란 노랫말을 들으면 누구나 고개를 끄떡일 것이다. 그런데 이 "나의 살던 고향"이 일본어 어법이기 때문에 "내가 살던 고향"으로 해야 옳다고 주장하는 이들이 있다. 해방 전만 하더라도 "내가 살던 고향"이 틀린 것은 아니겠지만 별로 쓰이지 않았다. "나의 살던 고향"이 많이 쓰였다. 그것이 조금 어색하게 느껴진 것은 영어 학습자가 많아지면서부터라고 생각된다. 가령 우리 연배는 어릴 적에 "책 본다." "신문 본다."고 했다. 부모 세대들이 "나가 놀지만 말고 책 좀 보아라."라는 투로 말했기 때문이다. 그것이 중학교에서 영어 학습하는 과정에 read란 동사를 "읽다."로 번역함으로써 "책 읽다." 혹은 "책 읽기"로 굳어진 것이다. 비슷한 경로를 통해 "나의 살던 고향"이 어색하고 "내가 살던 고향"으로 해야 된다는 생각이 퍼진 것이 아닌가 생각된다.

중세(15세기) 국어에서는 현대 한국어와는 반대로 주격조사

'-이'보다 관형격 조사 '-의'가 더 일반적으로 쓰였다. 즉 "나의 살던 고향"은 아주 우리말다운 어엿한 우리말 어법이다. 필자는 2002년에 상자한 『다시 읽는 한국시인』에서 임화 시를 언급하면서 그것을 지적한 바가 있다. "너의 사랑하는 그 귀중한 사내" 같은 임화의 대목을 두고 일본어의 영향이라고 지적한 신승엽 편의 『현해탄』 주석을 교정하기 위해서였다. 그리고 "인욕태자(忍辱太子)의 일우신 약(藥)이다."란 《월인석보》(21:18)의 예문 등을 적시한 바 있다. 그리고 2009년에 상재한 《시와 말과 사회사》에서 다시 벽초의 『임거정』을 위시한 해방 전 소설이나 수필에서 관형격 조사가 쓰인 예를 다수 적시하였다. 우리말 구사에서 뛰어난 당대 유수 시인 작가의 글에서 인용한 것들이다. 벽초 홍명희는 우리말 어휘가 가장 풍부한 문인으로 알려져 있고 『임거정』은 우리말의 보물 창고다. 가람 이병기나 상허 이태준도 순종 우리말 발굴과 세련에 앞장선 이들인데 그들의 글에서 실례를 들었다. "나의 살던 고향"이 정말 일본어 어법의 채용이라면 아마도 이런 분들이 앞장서서 진작 그 시정에 나섰을 것이다. 1947년에 발표한 이산 김광섭의 애국시편 가운데 「나의 사랑하는 나라」란 것이 있다.

> 지상(地上)에 내가 사랑하는 마을이 있으니
> 이는 내가 사랑하는 한 나라이러라

세계에 무수한 나라가 큰 별처럼 빛날지라도
내가 살고 내가 사랑하는 나라는 오직 하나뿐

재미있는 것은 표제는 「나의 사랑하는 나라」로 되어 있고 시에서는 “내가 사랑하는 나라”로 되어 있다는 것이다. 시인은 우리말 어법에 맞게 두 갈래로 쓴 것이다. 아마 같은 꼴 반복을 피하기 위한 조처였다고 생각된다. 다만 영어 학습 경험이 많은 요즘 젊은이들 사이에서는 후자가 더 자연스럽게 느껴지리라 생각된다.

언젠가 사석에서 이 얘기를 한 적이 있다. 그러자 김기택 시인은 이오덕 글쓰기 책에 일본어 어법이라는 말이 나오는데 그 책이 많이 읽혀서 그 영향이 큰 것일 게라고 일러 주었다. 그 후에 주요 일간지의 기명 칼럼 필자인 어느 법조인이 일본어 어법이라며 작자 이원수 선생도 만년에 그 사실에 대해 참괴하는 말을 했다고 쓴 것을 보고 놀란 적이 있다. 그분은 전직 법원장으로 악단 지휘도 하는 다재다능한 인사로 알려져 있다. 그러나 우리말에 대한 일가견을 피력하려면 최소한 『임거정』 한 권쯤은 읽어 보았어야 하지 않는가 하는 생각이 든 것은 굳이 숨길 필요를 느끼지 않는다. 작사자가 만년에 참괴하는 말을 했다면 조금 정신이 혼미해진 결과이거나 그렇지 않으면 일제 영향에 대해 전투적으로 부정적인 풍토에서 부지중 위축되었기 때문일 것이다. 민족주의 감정의 오용이요 잘못된 응용이라 하지 않을 수 없다.

일본어에 비슷한 어법이 있는 것은 사실이다. 그들의 경우는 당초 종속절에 한해서 그러한 어법을 쓰다가 나중에 주절에도 쓰게 되었다. 현재로서는 이 어법에 관한 한 두 언어 사이의 영향관계는 확인되지 않고 있다. 분명한 것은 "나의 살던 고향"이 극히 우리말다운 전통적 우리말 어법이라는 사실이다. 다시 그쪽으로 돌아가자는 얘기가 아니다. 사실 확인만은 분명히 해두자는 것이다. 아직도 일본 어법의 차용이라고 주장하고 그렇게 믿는 이가 있다는 것은 정보 교환이나 확산이 신속한 시대에서 하나의 이변이다. "아직도 담배를 태우세요."라는 말을 던지고 싶은 유혹을 떨쳐 내기가 어렵다.

꿈엔들 잊힐리야

정지용의 「향수」가 요절한 미국 고전학자인 트럼블 스티크니의 「추억; 므네모시네」를 모방한 모작이라는 논평이 인터넷 공간에서 난무한다는 얘기를 학생들에게 듣고 별소리가 다 있다는 정도로 흘려버렸다. 그러다가 모작설에 동조적인 염무웅 교수의 글을 읽고 모작설의 연원이 된 것으로 보이는 조재훈 교수의 「모방과 창조」를 구해 읽었다. 터무니없는 그야말로 낭설이었다. 스티크니 「추억」의 1950년대 번역자가 「향수」에 등장하는 어휘를 다수 차용한 결과 마치 정지용이 모작품을 산출한 것 같은 착시 경험을 한 것임이 분명했다. 스티크니 원시와 이에 대한 충실한 번역을 같이 적어서 독자들의 판단에 도움이 되도록 한 「사철 발 벗은 아내가-정지용의 「향수」가 모작인가?」라는 글을 2010년에 《현대문학》에 발표하였고 그것은 그 이듬해에 나온 책 『과거라는 이름의 외국』에 수록한 바 있다.

나에겐 너무나 명명백백한 사실이지만 모작설의 기초가 된 것으로 착각한 모든 사실을 일일이 검토하고 분석하였으며 명품을 찾아내는 것과 함께 명품을 지키는 것도 비평의 소임이라고 적었다. 애써 온건 화법으로 일관하였고 어조를 낮추어서 시행(詩行) 분석과 검토에 집중하였다. 흔히들 하듯이 상대를 무안하게 하는 과격한 언사로 한 건(件) 올리려 했다면 식은 죽 먹기처럼 쉬웠을 것이다. 그런데 그 글을 읽은 독자 사이에 그렇듯 저자세와 온건한 어조로 얘기하는 것으로 보아 혹 켕기는 구석이 있어서 그런 것 아니냐 하는 반응이 있었다는 얘기를 들었다. "우둔함과 대적하면 신들도 대책이 없다."는 실러의 대목이 떠올라 고소를 금치 못했다. 시 한 편을 두고 그렇듯 상세한 비교와 분석을 시도한 텍스트 비평은 찾아보기 힘들다고 자부하고 있다. 그 점에 대해선 추호의 회의도 양보도 있을 수 없다.

그런데 「향수」 모작설을 곧이듣고 그것을 당연시하는 듯한 글을 몇 번인가 접한 적이 있다. 그럴 때마다 "아직도 담배를 태우세요?"란 말을 하고 싶은 충동이 생긴다. 문학지에 발표한 나의 반론을 모든 문학도가 읽었으리라 생각하는 과대망상은 가지고 있지 않다. 그러나 20세기 중요 시인의 대표작의 하나에 대해서라면 새로운 정보를 교환하는 것이 바른 태도가 아닐까 하는 생각이 드는 것은 어쩔 수 없다. 어쨌건 한번 유포된 낭설이나 속설은 좀처럼 불식되기가 어렵다는 것은 확실하다.

나의 반론이 발표되기 이전에 가령 김욱동 교수는 국제비교한국학회의 기관지에 「정지용의 「향수」와 스티크니의 「므네모시네」」란 글을 발표하고 있다. 그는 몇몇 논평가의 표절설이나 모작설에 대해 적정하게 반론을 제기하면서도 "물론 정지용이 스티크니의 「므네모시네」를 읽고 시적 영감을 받고 몇몇 시어를 빌려 온 것은 부정할 수 없는 사실이다."라고 적고 있다. 많은 문학도들이 이런 입장을 지지하는 것으로 보인다. 그러나 사실 정지용이 스티크니의 작품을 읽었을 개연성은 전혀 없다. 스티크니는 촉망받는 고전학자였으나 서른 살에 뇌종양으로 사망했다. 생전에 『극시』를 상재했으나 문제된 「므네모시네」가 수록된 시집은 사후 1년째인 1905년에 친구들의 노력으로 상재되었다.(여기서 일본 근대시에 많은 영향을 끼쳤고 김안서의 『오뇌의 무도』가 많은 빚을 지고 있는 우에다 빈(上田敏)의 역시집 『해조음(海潮音)』이 나온 것이 1905년임을 상기하는 것은 역사적 맥락을 이해하는 데 도움이 될 것이다.)

위의 작품이 처음으로 사화집에 실린 것은 1929년 '모던 라이브러리'판으로 나온 콘래드 에이킨의 『미국 선시집(A

Comprehensive Anthology of American Poetry)』에서였다. 요컨대 그는 미국에서도 전혀 무명 시인이었다. 「향수」는 1927년에 발표되었으나 실제 쓰인 것은 그보다 앞선다. 미국 무명 시인의 시집이 일본 대학의 도서관에 비치되었을 리가 없다. 비치되었다 하더라고 학생 정지용이 열람했을 개연성 또한 전혀 없다.

일본이 외국 문학 번역에 매우 탐욕스러운 것은 사실이나 1920년대라면 미국에서 정평 있는 휘트먼이나 에드거 앨런 포의 시를 번역했을 정도다. 일본에 윌리엄 블레이크를 소개한 야나기 무네요시(柳宗悅)가 『윌리엄 블레이크: 생애와 제작 그리고 그 사상』이란 책을 낸 것은 1914년이고, 그가 블레이크 작고 100년 기념 전람회를 교토에서 연 것은 1927년의 일이다. 이 전람회 개최에 참여한 주가쿠 분쇼(壽岳文章)가 블레이크 역시집 『무염(無染)의 노래』를 상재한 것은 1932년의 일이다. 블레이크 정도의 큰 시인도 이러한데 무명 시인의 유고(遺稿)시편을 일본에서 1920년대 이전에 번역한다는 것은 전혀 있을 수 없는 일이다. 또 희귀본 유고시집을 일본 대학 도서관에서 구입해서 열람 가능하게 했을 개연성도 전혀 없다.

스티크니의 「므네모시네」는 널리 교과서로 쓰인 『노튼 사화집』에도 수록되어 있지 않고 뒤늦게 2004년에 나온 해럴드 블룸 편집의 950쪽짜리 『영어 최고시편』에 수록되어 있다. 엘리엇 숭상에 거부감을 느끼는 한편으로 낭만주의 시인들을 재평가한 블룸의 개인적 성향과 안목이 반영된 것이라 할 수 있다. 1955년에 나온 국내 번역서 『20세기 미국시론』에는 「므네모시네」가 「추억」으로 번역되어 있다. 이 역시를 작고한 김현승 시인이 1959년에 발표한 「가을에 생각나는 시」에 인용하였다. 이를 본 「모방과 창조」의 필자가 모작설을 제기하고 장기간에 걸처 대학 강단에서 그것을 유포한 것이다. 이 엽기적이고 황당무계한 낭설은 우선 번역시에 나오는 정지용의 「향수」 어휘에 현혹되어 원시를 꼼꼼히 읽고 검토하는 일차적 기초 작업을 소홀히한 데서 유래한 것이다. 또 수용어(受容語) 사용 사회의 외국문학 수용 상황에 대한 검토라는 또 하나의 기초 작업을 이행하지 않은 데서 빚어지고 확대 재생산된 것이다.

작품에 대한 반응은 사람마다 다를 수 있고 거기에 토를 달 필요는 없다. 그러나 1920년대에 「향수」 같은 작품이 나온 것은 기적에 가까운 경이에 속한다고 나는 생각한다. 나라의 보배를 국보라 하고 그 으뜸가는 보배가 국보 제1호다. 국보 제1호를 태워 먹고도 계속 비슷한 대형 참사를 내는 사회에 상부하는 모작설을 믿는 사람이 많다는 것은 개탄스러운 일이다. 그것도 시를 전문적으로 가르치고 실천하는 사람들 사이에서 그렇다는 것이 민망하다. 아직도 담배를 태운다는 것은 피우는 사람의 사적인 선택이니 본인을 위해 염려는 되나 내정 간섭까지 할 필요는 없다. 그러나 우리 문학의 정전에 대한 낭설은 조속히 불식되기를 바란다.

1950년 9월 소요산 근처에서 미군 폭격으로 사망했다는 정지용 최후에 관한 낭설 또한 조속히 종식되기 바란다. 북에서 의도적으로 유포시킨 것으로 보이는 이 낭설을 정면 부인하는 객관적 정황이 전직 의원인 계광순(桂珖淳)의 자서전에 나온다. 그는 1950년 가을 평양 감옥에서 이광수와 정지용을 수감 동료로 만났다는 사실을 구체적으로 적고 있다. 그리고 이 대목은 김학동의 『정지용 연구』에 길게 인용되어 있다. 시 독자라면 그런 정도의 정보는 주고받아야 할 것이 아닌가? 또 시인이나 국문학 교수라면 그런 것쯤은 마땅히 알고 있어야 할 것이다.

황소와 칡소

정지용을 처음 대하던 소년 시절 「향수」 첫머리에 나오는 "얼룩배기 황소"에 대해서 별 의문을 갖지 않았다. 우리 어린 시절엔 피부병인지 소의 몸에 허옇게 탈색된 부분이 더러 있었고 그런 소가 아주 많았다. 그런 소를 두고 "얼룩배기 황소"라 한 것이라 여겼고 오랫동안 그렇게 읽었다. 그러나 나중에 칡소를 뜻하는 것이란 고증이 여러 경로로 나오고 그것이 대세를 이루어 「사철 발 벗은 아내가」를 썼을 때 그것을 따랐다. 칡소설(說)은 얼룩배기 황소를 시골에서 본 일이 없다며 강력히 이의를 제기한 「모방과 창조」 등에 대한 반론으로 제기된 것이며 설득력이 있는 것은 사실이다. 그러나 다른 글에서 밝힌 바 있지만 충북 보은의 오장환문학관과 근거리에 있는 비림박물관에서 배에서 옆구리까지 하얗게 탈색된 소 그림을 보고 나서 생각이 조금 달라지기 시작했다. 그것은 재중국 교포 화가가 그린 그림인데 어린 시절에 많이 본 그 얼룩소가 아닌가!

정지용은 시어 하나하나를 엄밀하고 정확하게 쓴 시인이다. "얼룩배기 황소"가 정말 칡소라면 "얼룩배기 칡소"라 할 것이지 왜 황소라 했겠는가. 황소는 커다란 수소 혹은 털빛이 누런 수소라고 사전에 풀이되어 있다. 칡소란 말은 드물고 낯선 만큼 시어로서는 매력이 있다. 그럼에도 황소라 한 것은 칡소가 아니고 황소이기 때문일 것이라는 게 나의 요즘 생각이다. 우리 동년배 사이엔 하얗게 탈색된 얼룩이 있는 황소가 흔했다는 사실을 기억하는 이들이 많다. 칡소든 황소든 큰 상관은 없지만 아무리 사소한 사안이라도 사실에 맞게 해석하고 인지하는 것이 도리다. 많은 시 독자들의 검토가 있기를 바란다.

3부

15 서정적 변모의 궤적

— 박목월의 시적 역정

서정시인은 대체로 세 가지 유형으로 나눌 수 있다고 생각한다. 어디까지나 근사치로 얘기하는 것이고 또 중첩되는 경우가 많지만 일단 분류해 보는 것이 시인 이해를 위해 도움이 될 것이다. 시편을 통해 구체적으로 검토해 보기로 한다.

> 梨花에 月白하고 銀漢은 三更인제
>
> 一枝 春心을 子規야 알랴마는
>
> 多情도 病인 양하여 잠 못 이뤄 하노라
>
> — 이조년

— 그대는 누구를 가장 사랑하는가? 수수께끼 같은 사내여, 아버지인가, 어머니인가, 누이인가, 아니면 아우인가?

— 내게는 아버지도 어머니도 누이도 아우도 없다.

— 친구는?

— 그대는 지금껏 내가 그 뜻도 모르는 말을 쓰고 있다.

— 조국은?

— 내 조국이 어느 위도 아래 있는지조차 모른다.

— 미인(美人)은?

— 불멸의 여신이라면 기꺼이 사랑하겠다.

— 황금은?

— 그대가 신을 증오하듯이 난 그것을 증오한다.

— 그렇다면 그대는 무엇을 사랑하는가? 불가사의한 이방인이여?

— 난 구름을 사랑한다…… 저기 저 지나가는 구름을…… 저 신묘한 구름을!

— 샤를 보들레르, 「이방인」 전문

나의 시에 운을 맞춘다면 그것은
내게 거의 오만처럼 생각된다.
꽃 피는 사과나무에 대한 감동과
엉터리 환쟁이에 대한 경악이
나의 가슴속에서 다투고 있다.
그러나 바로 두 번째 것이
나로 하여금 시를 쓰게 한다.

— 베르톨트 브레히트, 「서정시를 쓰기 힘든 시대」에서

이조년의 시조는 우리 고전 시조 가운데 빼어난 수작이라고 생각한다. 초장과 중장의 경우 한시(漢詩)에 토를 달아 놓은 감도 없지 않으나 그것이 흠결이 되어 있는 것은 아니다. 종장에서 그러한 혐의를 깨끗이 벗어 던지고 독자에게 호소한다. 황진이의 몇 편과 대조를 이루면서 옛 시조의 절창을 이루고 있는데 이 시조의 화자는 다정다감한 서정시인의 한 원형이 되어 있다. 대개 동서고금의 서정시인은 계절의 추이와 같은 조그만 일에도 민감하게 반응하며 “다정도 병인 양 잠 못 이루며” 시를 쓰는 사람이라 할 수 있다. 특히 이백(李白)을 비롯하여 동양 전통을 형성하고 있는 시인들이 대부분 이 부류에 속한다고 할 수 있다. 음풍영월(吟風詠月)이라고 간혹 핀잔을 받기도 하지만 말놀이로 그치거나 서투른 수준에 머물러 있을 때에나 해당되는 핀잔이다. 서정시란 원래 음풍농월의 세계요 경지다.

보들레르의 「이방인」은 유미주의적인 근대 유럽 시인의 전형을 보여 주고 있다고 할 수 있다. 그의 관심 사항은 가족도 조국도 황금도 아니다. 세속의 중요 표방 가치를 외면하고 아름다움과 지나가는 구름의 자유 방랑을 사랑하는 이 이방인은 종교를 대체하는 미(美)의 추구에 전념하는 근대 시인의 초상이기도 하다.

브레히트가 보여 주는 시인은 사과나무의 아름다움에 마

음이 닫혀 있는 것은 아니나 무엇보다도 히틀러 같은 정치적 괴물이 조성하는 사회 현실에 대한 경악과 노여움에서 시적 충동을 얻는다. 아름다움보다도 사회악의 고발과 정의를 추구한다. 20세기의 현실주의 시인이나 저항시인이 이 범주에 속한다. 지사비추(志士悲秋)의 강개(慷慨)를 한쪽에 담고 있는 두보(杜甫)는 이조년의 다정다감한 시인과 브레히트의 시인을 겸비한 시인이라 할 수 있겠다. 20세기 한국 시인 가운데 가령 김수영도 브레히트의 시인을 닮고 있는 양수겸장에 근접한 시인이라 할 수 있다.

박목월(朴木月)은 이조년이 보여 주는 다정다감한 서정시인으로 일관한 20세기 한국 시인이다. 그를 앞선 김소월도 동일한 유형이지만 너무 일찍 요절하여 시 쓰기가 평생 경영이 되지는 못하였다. 박목월은 서정성 추구를 일관되게 실천하면서 탈선과 일탈에서 자유로웠고 소재에 어울리는 언어 정련에서도 시종 긴장을 유지하였다. 또 산문으로의 안이한 경사가 돌림병처럼 퍼지는 풍조 속에서 시 고유의 내재율과 리듬 조성에 주력한 시인이다. 그러나 그의 서정성 추구는 많은 시도와 함께 변모를 보여 준다. 아래에서 그 변모의 궤적을 살펴보기로 한다.

배제의 시학

박목월, 조지훈, 박두진의 연기명(連記名) 명성을 정착시킨 『청록집』에는 박목월 시편 열다섯 편이 수록되어 있다. 높낮이의 들쭉날쭉 없이 고른 균질감와 함께 고전적 간결성을 갖추고 있는 시편들은 모두 배제와 집중의 시학에 기초를 두고 있다. 효과의 극대화를 위해 상극되는 요소를 철저히 배제하고 소재에 걸맞은 요소만을 배타적으로 조직하여 하나의 별세계를 형성하고 있다. 이미지의 환정적 선택을 통해서 성취된 서경(敍景)은 마음의 상태를 나타내면서 서정성의 극점을 보여 주는데 이때 화자는 시 속에 모습을 드러내지 않는다. 말로써 그림을 보여 줄 뿐이다. 「윤사월」, 「삼월」, 「청노루」, 「가을 어스름」 등의 명편들이 이 유형에 속하지만 대표적인 것으로는 역시 「나그네」를 지목하는 것이 편리할 것이다.

강나루 건너서
밀밭 길을

구름에 달 가듯이
가는 나그네.

길은 외줄기

南道 三百里

술 익는 마을마다
타는 저녁놀

구름에 달 가듯이
가는 나그네.

—「나그네」 전문

그런가 하면 화자가 직접 작품 속에 모습을 드러내는 내면 토로의 서정시편이 있다. 어느 특권적 순간을 선택해서 마음을 드러내는데 막연한 이성에의 그리움, 고독한 마음의 동정, 고색창연한 산촌의 유혹 등이 배타적으로 토로된다. 「갑사댕기」, 「박꽃」, 「달무리」, 「귀밑 사마귀」, 「산이 날 에워싸고」, 「춘일(春日)」 등이 이런 계열에 속한다 할 수 있겠다. 첫머리를 장식하는 「임」도 이 계열이지만 상대적 난해성 때문에 별로 거론되는 법이 없었다고 생각된다.

내사 애달픈 꿈꾸는 사람
내사 어리석은 꿈꾸는 사람

밤마다 홀로

눈물로 가는 바위가 있기로

기인 한 밤을
눈물로 가는 바위가 있기로

어느 날에사
어둡고 아득한 바위에
절로 임과 하늘이 비치리오

—「임」 전문

"눈물로 가는 바위"에서 "가는"의 원형은 "옥을 갈다."의 "갈다."이다. 이를 모르고 "길을 가다"의 "가다."로 읽으면 해독 불가능한 대목이 된다. 그래서 이 시편은 오랫동안 논평 없는 시편이 돼 버렸다고 생각한다. 이 밖에 「산그늘」, 「연륜(年輪)」 등은 그 혼합형이라고 말할 수 있다.

이러한 초기 시편들은 제자리에 놓여 대체가 불가능한 적정어의 엄정한 배열, 최소한의 어휘 동원을 통한 최대 효과의 조성, 쉽게 기억되어 리듬이 하나의 강제임을 실감케 하는 운율적 지복(至福), 사회 현실과의 거리를 통해 이룩한 별세계의 매혹을 통해 작품들을 일거에 현대 고전의 반열에 오르게 했다. 이러한 여러 요인은 박목월 시편을 시 애호가의 애송시로 만들어 주었지만 한편으로 시인에게 큰 부담이 될 수밖에 없었다. 그것은 반복적 생산이 극히 곤란한 고도로 세련된 세계였고 세련됨은 때때로 생명력 쇠약의 징후이기도 하다. 너무 일찍이 도달한 소품적(小品的) 완벽성 때문에 가령 첫 단독시집 『산도화』에는 『청록집』 수록 시편 외에는 이렇다 하게 눈에 띄는 작품이 없다. 엇비슷한 시편들이 청록집 시편의 수준에 이르지 못하여 시집 전체의 격과 수준을 격하시키고 있기까지 하다. 유일한 예외가 그 나름의 소품적 완성도를 보이고 있어 쉽게 기억되는 「임에게2」라 생각된다.

안타까운
마음은

은은히 흔들리는
강 나룻배

누구를 사모하는
까닭도 없이

문득 흔들리는
강 나룻배.

—「임에게 2」 전문

생활 속의 적요감

자연에 대해 열려 있고 계절의 변화에 민감하게 반응하는 동양의 전통적 서정시는 앞서도 말했듯이 음풍영월의 성격을 띠고 있는 게 사실이다. 그러나 그것을 한량들의 사치스럽고 무책임한 말놀이로 타박하는 것은 적정치 않다. 가령 박목월의 초기 시편에 보이는 언어 구사에서의 엄격성이나 적정성 탐구는 그것 자체가 삶에 대한 기율의 반영이기도 하다. 또 일상을 넘어서는 초속적(超俗的)인 서경(敍景)도 삶에서 추구하는 어떤 조화의 이상을 담고 있기도 하다. 그러나 우리가 발 디디고 살고 있는 일상에서 희귀한 특권적 순간을 포착한 것이기 때문에 생활 세계가 배제되어 있다는 느낌을 주게 마련이다.

시인이 사회 현실의 질서에서 먼 별세계에서 노래하고 있는 게 아니냐는 의혹이 생기는 것도 무리가 아니다. 시인 자신도 특권적 순간의 배타적 조직이 생활 현장에서 너무나 동떨어져 있음에 대한 성찰을 갖게 되기 마련이다. 서정시가 대체로 청년기의 소산이라는 것은 이러한 맥락에서 중요하다. 성년의 시인은 생활인으로서 여러 가지 의무과 책임을 떠맡게 마련이고 그것은 그의 삶에 적지 않은 부담이 된다. 서정시인도 일상생활에 초연할 수도 무심할 수 없게 된다.

호구책(糊口策)을 마련하기 위하여

하루 종일 거리를 서성거렸고

(……)

밤이 되면

어디서나 나는

원효로행(元曉路行) 버스를 기다린다.

이 갸륵하고 측은한 회귀심(回歸心).

원효로(元曉路)에는

종점 가까이

가족이 있다.

서로 등을 붙이고

하룻밤을 지내는 측은한 화목(和睦)들

—「회귀심(回歸心)」에서

목월의 생활시편에서는 호구지책을 위한 잡일이나 가족이 전경화된다. 또 생활인으로서 느끼게 되는 비감이나 허무감이 전경화되고 고향 마을 생활인들의 삶이 전경화된다. 이런 경우에도 그의 시가 무미건조해진다거나 투박해지는 법은 없다. 현실 소재를 충실하게 반영한다는 구실 아래 비시적(非詩的)이고 산문적인 처리를 정당화하는 일을 하지 않는다. 그리하여 생활시편의 도정(道程)에서 램프에 의탁해서 인간의 본원적 고독을 노래한 최상 시편의 하나를 보여 준다.

이제 나는 단념(斷念)했다.

나의 자는 얼굴을 지켜 줄

측은하게 어진 신부가

이 세상에 없음을 알았기 때문이다.

그렇다.

그의 고독(孤獨)은 그의 것.

나의 외로운 얼굴을 하고

자다 깨다 혼자서

지낼 만큼 지내다 가는 것이다.

나의 침상(枕上)의 허전한 자리는

태어나는 그날부터 나의 것.

램프여

누구로 말미암은 것은 아니다.

—「침상(枕上)」에서

「난(蘭)·기타(其他)」, 「청담(晴曇)」 등에 수록된 생활시편을 일관하는 서정적 주조는 적요감(寂寥感)이라 할 수 있다. 하숙방에 기거하면서 혹은 뻐꾸기 소리를 들으면서도 시인이 감득하는 것은 항상적인 적요감이다. 그 연장선상에서 위에 적은 「침상(枕上)」 같은 작품이 나온 것이다. 목월 시편에서 고독감과 적요감은 동전의 안팎을 이루고 있다. 작고 10년 전인 1968년에 상재한 후기 시집 『경상도의 가랑잎』에 수록되어 있는 「잔설」

을 보더라도 생애의 어느 시기에서나 목월시의 서정성이 적요감을 주로로 하고 있음을 다시 확인하게 된다.

잔설(殘雪)만 얼어서 으스스한 산 모롱이
모퉁이를 돌면
오늘은
보은(報恩)장
부옇게 추운 얼굴들이
마른 미역오리 명태마리
본목필을 교환하는
가난한 그들의 교역(交易)
얼어서 애처러운 닭벼살
적막하구나
적막하구나
이백리(二百里) 삼백리(三百里)를 달려도
팔방은 눈으로 덮히고
등 붙일 한 치의 땅이 없는
속리산(俗離山)

—「잔설」에서

『청록집』 이후 가장 많은 작품을 담고 있는 시집 『경상도(慶尙道)의 가랑잎』에는 후기의 수작들을 포함해서 많은 실험적인 작품이 수록되어 있다. 우리가 주목하는 것은 그의 실험이 실험으로 느껴지지 않는다는 것이다. 그것은 그의 온건한 새로운 시도가 성공을 거두었기 때문일 것이다. 대개 우리가 실험적이라고 할 때 새로운 시도이기는 하나 만족할 만한 성취를 이루지 못하는 것을 가리키는 경우가 많다. 사실 초기 배제의 시학에 기초한 고전적 간결성을 염두에 둘 때 후기시편은 대체로 유장하고 상대적으로 장거리 시행으로 구성되어 있다. 시집 「난·기타」에도 벌써 「치모(致母)」, 「눌담(訥談)」 같은 실험적인 작품이 보이고 그 나름의 성공을 거두고 있다. 『경상도의 가랑잎』으로 오면 새로운 시도가 보다 본격적으로 전개된다.

고향 사람 이웃 사람

다정도 병인 양 하여 잠 못 이루는 서정시인의 작품에서 대체로 시의 화자와 시인은 일치한다. 또 거기서의 일인칭이 시인을 가리킨다고 생각해도 틀림은 없다. 『경상도의 가랑잎』에는 화자와 시인이 일치하지 않는 시편이 많다. 그것은 시세계가 넓어졌음을 보여 준다. 시인은 즐겨 고향 사람이나 이웃 사람을 화자로 설정하여 그들의 삶과 삶의 대한 태도를 보여 준다. 「기계(杞溪)장날」, 「한탄조」, 「천수답(天水畓)」, 「귓밥」, 「도포 한 자락」, 「피지(皮紙)」 등이 그것인데 「만술 아비의 축문(祝

文)」을 보기로 한다.

아베요 아베요
내 눈이 티눈인 걸
아베도 알지러요.
등잔불도 없는 제사상에
축문이 당한기요.
눌러 눌러
소금에 밥이나마 많이 묵고 가이소.
윤사월 보리고개
아베도 알지러요.
간고등어 한손이믄
아베 소원 풀어드리련만
저승길 배고플라요
소금에 밥이나마 많이 묵고 묵고 가이소.

아비 제사상에 바치는 축문 형식으로 되어 있는 이 시의 화자는 문맹의 아들이다. 경상도 사투리를 써서 가난문화에서의 가족 정의(情誼)를 과장 없이 유머러스하게 보여 준다. 여기 드러나는 것은 농촌 기층민의 가난의 실상이다. 제사나 명절날이야 겨우 고기라도 맛본다는 것은 그래도 나은 편이다. 간고등어 한 손도 먹지 못하는 것이 그들의 생활 수준이었다. 이런 고향 사람들에 대한 은근한 애정이 감겨 있다. 이 시집에서 또 주목할 것은 여성을 다루거나 여성이 화자가 되어 있는 작품이 보인다는 것이다. 가부장적 구질서가 지배하는 고향의 습속으로 볼 때 얼마쯤 이색적인 것이다. 「달빛」, 「송가(頌歌)」, 「청하(淸河)」, 「무내마을 과수댁」, 「부름」, 「푸성귀」 등이 그런 계열인데 여기서는 「노래」를 보기로 한다.

고모요
고모집 울타리에
유달리 기름진 경상도의 뽕잎,
그 뽕잎에 달빛.
가난이 죄라지만
육십 평생을,
삼십리(三十里) 밖을 모르고
살림에만 쪼들린,
손님 상에
모지러진 숟갈,
고모요,
칠칠한 그 솜씨로도
못 휘어잡은 가난을
산천(山川)은 어쩌자고
저리도 기름지고

쑥꾹새는 아침부터
저리도 우능기요.

고모와 모지러진 숟갈이 연결되어 있다. 가난하게 산 여성에 대한 위로의 헌사(獻詞)인 이 작품을 접하고 아무리 가난해도 삼십리 밖으로 나가 보지 못한 일이 있을 수 있을까, 하고 의심하는 젊은 독자들이 있을지도 모른다. 그러나 그것은 한 세대 전만 하더라도 드문 일이 아니었다. 기차를 타 본 적이 없다는 아주머니를 보고 놀란 것은 1960년대 중반의 일이다. 조금도 놀랄 일이 아니었고 그것이 지난날 우리들의 가난문화의 실체였다.

여성은 그 가난문화에서 가장 밑바닥의 희생자였다. 그들의 삶을 포한의 일생으로 다루지 않고 "사람 평생/ 잘 살믄 별난기요/ 그렁/ 저렁/ 살믄 사는 보람도 서고/ 아들이 컸잖는기요." 하고 위로하는 것은 그대로 인정의 발로이다. 이러한 가난문화를 노래할 때도 적요의 주선율은 변화하지 않는다. 새로운 소재를 새롭게 접근한 작품을 주로 검토해 보았지만 그렇다고 『경상도의 가랑잎』이 새로운 시도로 일관되어 있는 것은 아니다. 시인과 화자가 일치하는 박목월 본연의 서정적 자아의 심경 토로도 일관된 연속성을 보여 준다. 「백국(白菊)」, 「하선(夏蟬)」, 「산」, 「시월 상순(上旬)」, 「논두렁길 」 등이 대표적이지만 「왕십리」는 소품적 완성의 또 하나의 전범을 보여 준다.

내일 모레가 육십(六十)인데

나는 너무 무겁다.

나는 너무 느리다.

나는 외도(外道)가 지나쳤다.

가도

가도

바람이 입을 막는 왕십리.

—「왕십리」 전문

일터인 성동구 행당동의 대학을 왕복하며 늘 유서 깊은 왕십리를 거쳤을 것이다. 지천명(知天命)의 나이를 넘기고 나서의 짤막한 참회지만 여기서의 외도는 시와 직접 연관되지 않는 호구지책 관련사항 등을 가리키는 것이리라. 시인으로서의 자아비판으로 읽으면서 독자들은 그가 천성의 시인임을 다시 확인하게 된다.

만년 시편

작고하기 2년 전에 상재한 시집 『무순(無順)』에는 만년의 소작들이 수록되어 있다. 서정적 자아의 일상이나 심경 토로는 이 시집에서도 중요한 시의 모티프가 되어 있다. 이렇다 할 일탈이나 패착을 보임이 없이 대부분 고른 수준을 유지하고 있는 것도 눈에 띈다. 그것은 담백한 수채화를 연상케 한다. 말끔하고 정갈하고 단아하다.

> 마른 보리빵 부스러기를 씹으며
> 올겨울에는
> 두 손으로 싸락눈을 받으며
> 지냈다.
> 올겨울의 눈도
> 이제 마지막일 것이다.
> 구름 아래서는
> 이런 것으로 위안을 얻거나
> 이런 기회에
> 화해하지 않으면
> 다른 도리가 없는 것이다.
>
> —「겨우살이」에서

그러나 시편에는 다가오는 죽음의 예감과 죽음에 대한 상념이 보인다. 사후의 무덤을 마련하기 위해 출타한 경험을 다루고 있는 것으로 보이는「용인행(龍仁行)」이나 입원 경험을 다루고 있는「승천(昇天)」에서 그것은 서슴없이 전경화되어 있다. 메릴린 먼로의 삶을 다루고 있는「얼굴」, "나일강처럼 심각한/

암스트롱의 얼굴도/ 하나의 가랑잎이다."라고 적고 있는 「조가(弔歌)」도 이들의 죽음을 접하고 촉발된 상념을 적은 것이다. 그리고 그것은 온천지 여행을 다루고 있는 「첫날밤」에서도 은은하나 분명한 배경이자 심층이 되어 있다.

관목(棺木)으로 쓰기에는
어린 나무들,
모든 등성이는
남향으로 둘러앉아
묘(墓)자리로
어느 것도 쓸 만하고
어느 것도
마음에 집히지 않는
안마을의 개 짖는 소리가
앞 골짜기에 컹컹 울렸다.

죽음을 예감하는 노년의 심경은 무엇이며 이에 대해 어떻게 대처하는 것일까? 우리의 근대시는 노년 고유의 만년(晩年) 시편을 갖지 못했다. 한때 시인들은 너무나 일찍 세상을 떴다. 삼십 대에 세상을 버린 김소월에게 「돈타령」은 있어도 나이타령은 있을 수 없었다. 애석하게도 육십 대 초에 세상을 뜬 목월에 와서 비로소 노년의 일상과 감회를 적은, 그러면서도 긴장

해이에서 자유로운 만년시편을 대하게 되는 것이다. 그런 의미에서 시집 『무순(無順)』은 독특한 의미를 가지고 있다. 우리에게 극히 희소한 노년 경험의 시적 형상화를 여러 각도에서 보여 주고 있다는 점에서 그러하다.

타오르는 성냥 한 까치의
마른 불길.
모든 것은
잠깐이었다.
사람을 사모한 것도
새벽에 일어나 목 놓아 운 것도
경주(慶州)서 출발하여
서울에 머문 것도
타오르는 한 까치의 성냥불.

— 「잠깐」에서

옛사람들이 말한 일장춘몽은 이제 규격화된 상투 어구가 되어서 아무런 감흥도 일으키지 않는다. 도리어 삶의 진실한 감개를 지우거나 추문화한다. 그러나 지나 놓고 보니 삶이 수유였다는 감회는 누구에게나 추정 가능하다. 위의 목월 시편은 성냥 한 까치의 불길로 지나간 삶을 비유한다. 그러한 은유의 적정성은 사람을 사모하고 고향을 떠나 서울서 유했던 것 같은 경험 세목의 구체에 의해서 보장된다. 사색한다는 것은 죽음에 대비하는 것일 따름이라는 키케로의 말을 이어받아 죽음을 두려워하지 않도록 가르쳐 주는 것이야말로 지혜의 핵심이라고 몽테뉴는 말하고 있다. 박목월 만년시편에는 심층적 차원에서 죽음 길들이기의 요소가 곳곳에 보인다. 가령 녹다 남은 눈을 두고 이렇게 적을 때 그것은 만년의 의식이 촉발하는 자기 설득의 소리일 것이다.

> 고독한 응결, 한 덩이의 눈.
> 내일이면 사라진다.
> 사라질 때까지의
> 허락받은 시간을
> 어린것들의 부르짖음 같은 눈.
> 오늘을 더럽히지 말라.
>
> —「시간」에서

모든 시는 타자의 설득이면서 동시에 시적 자아의 자기 설득이기도 하다. 위의 대목에 보이는 것은 임박한 최후에 앞서 "허락받은 시간"의 그 순간에서도 순결을 유지하려는 정신의 항상적 지향이다. 그것은 시인이 말한 대로 어린이의 부르짖음 같이 연약하되 간절하다. 죽음은 허락된 시간이 많지 않은 생자에게 많은 것을 생각하게 한다. 목월 만년의 시는 죽음의 상기가 촉발하는 여러 가지 상념을 보여 주는데 이에 따라 시편이 대체로 건조해지고 정감의 축축함에서 멀어져 있는 것이 눈길을 끈다.

인간의 심성은
섬유질이다.
가늘게 올이 번쳐
죽음을 자각하는 자만이
참된 삶을 깨닫는다.

—「간밤의 페가사스」에서

그런 맥락에서 시편에 나오는 "마른빵 부스러기"는 만년 시편의 한 모서리를 대변해 주는 이미지라 할 것이다. 그러나 상대적으로 건조한 만년 시편에서도 세목의 서정적 처리는 여전히 목월의 특기로 남아 있다. 구접스러운 세목이 나열되어 있는 속에서도 그의 눈길은 삶의 적막을 찾아내어 그것을 건조하나 진실 되게 울려 준다.

울려줌으로서 울리게 되는
악기(樂器)의 침묵(沈黙).
누구나 한번은
악기에 매혹된다.

피아노의 장엄한 소리나
첼로의 남성적 트레모르나
달밤의 하모니카나
사랑이나 죽음이나.
결국 그것은
망각되어진다.

—「악기(樂器)」에서

20세기의 많은 시인들이 정치적 상황으로 말미암아 시를 중도이폐(中途而廢)하거나 절필하는 경우가 많았다. 시작을 계속하는 경우에도 그것이 지속적인 상승 곡선을 보이는 경우는 희귀하였다. 대개 매너리즘에 빠져 초기 작품의 아류로 떨어지는 경우가 흔했다. 그런 가운데 박목월은 이유 있는 변모를 계속적으로 보이면서 꾸준한 진전의 궤적을 보여 준 희유한 시인의 한 분이었다. 서정시의 본령을 유지하여 그 위엄을 격조 있게 지켰다. 900쪽에 이르는 시 전집에 안이한 반복은 찾아지지 않는다. 서정시의 고유성에 충실하였던 그의 시편은 서정시에 대한 간구가 사라지지 않는 한 한국어로 된 최상의 사례의 하나로 오랫동안 기억될 것임에 틀림없다.

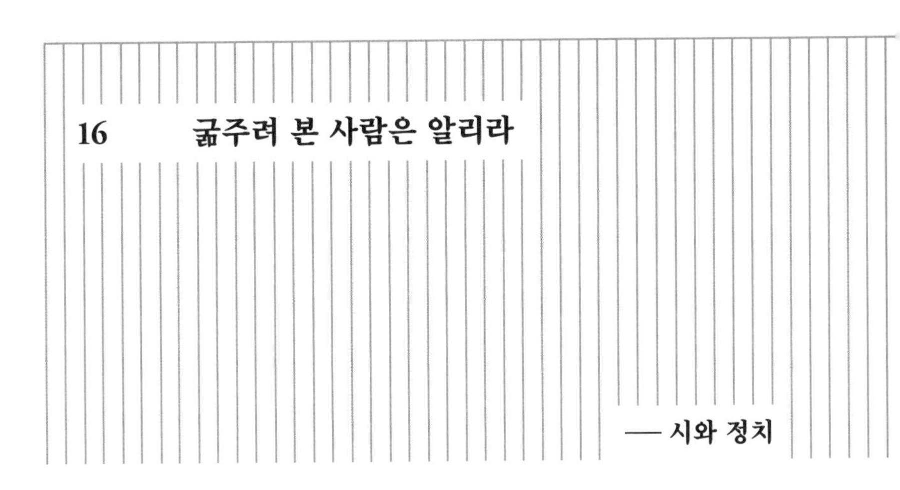

16 굶주려 본 사람은 알리라

— 시와 정치

1999년 4월 신동엽 작고 30년을 맞아 세종문화회관에서 심포지엄이 있었다. 민족문학작가회의와 대산문화재단이 공동 주최한 기념행사에서 필자는 「뒤돌아보는 예언자」란 표제로 시인의 시적 업적에 대한 소견을 발표했다. 그의 많은 단시(短詩)가 고스란히 혹은 변형된 채 수용되어 있는 4800행의 장시 『금강』을 검토한 글이다. 그의 호소력 있는 간결직절한 시행이 임화의 선행 시도를 딛고 있으며 자질구레한 불찰에도 불구하고 신동엽은 『금강』을 통해서 우리 현실주의 시의 정점을 보여 주었다고 지적했다, 그 끝자락에 다음 대목이 첨가되어 있다.

> 그는 뒤돌아보는 예언자로 임했지만 많은 동시대인들과 같이 역사의 행방을 전혀 알아차리지 못했다. 그가 통탄해 마지않았

던 반 조각 조국이 한 세대 동안에 농경사회에서 세계자본이 지배하는 산업사회로 변모하리라는 것을 예측하지 못하였다. 외세를 물리치고 농본주의적 전원국가를 건설하려던다는 동남아시아 약소국의 혁명적 실험이 참담하고 황당한 인간 도살극으로 끝나는 것을 다행히도 그는 보지 못하였다.

그 후 유네스코 한국위원회에서 발간하는 《코리아 저널》 1999년 겨울 호에 이 글이 번역 게재되었다. 한국문학 특집호로 구상되어 실린 일곱 편의 논문 중 하나였다. 그런데 위의 밑줄 친 부분은 영어로 다음과 같이 되어 있었다.

Fortunately, he never had to witness the horrible and absurd drama of human slaughter that followed the revolutionary experiments in certain Southeast Asian countries which sought to drive out foreign influence and construct autonomous, agrarian, and pastoral states unpolluted by capital.

밑줄 친 부분의 "동남아 약소국"은 캄보디아를 지칭한 것이다. 그런데 영문에서는 "동남아시아 제국(諸國)"이라 복수가 되어 있어 지칭 대상이 모호하다. 이것은 분명히 중대한 오역이다. 번역 과정에 대해 전혀 모르고 있었던 필자는 《코리아 저널》 편집부에 전화를 걸어 인쇄 회부 전에 필자에게 보여 주었으면 좋았을 것이라고 유감을 표시했다. 그러자 번역자가 박사 과정을 마친 원어민이란 반응이었고 문제 된 사안에 대해서는 관심을 보이지 않았다. 동포 필자보다도 영어 원어민을 신용하고 숭상하는 듯한 전도된 태도에 입맛이 떨어져 전화를 끊었다.

그 후 어떤 학회 모임에서 우연히 번역자인 원어민 청년을 볼 기회가 있었다. 앉아서 길게 얘기를 나눌 계제는 아니었지만 신동엽론 번역에 오류가 있다는 것을 얘기했다. 한국어와 한국문화 공부를 하는 당사자에게 도움이 될까 하는 심정이 중요 동기였지 수정 불가능한 기정사실에 대해 불만을 토로한 것은 아니었다. 청년은 대수롭지 않다는 듯 시큰둥한 반응을 보이더니 이내 자리를 떴다. 자기 자신에게 충실하면서 매사에 엄밀성을 추구하는 연구자라면 취할 수 없는 태도다. 적어도 어디가 문제인가는 알아보려고 했어야 마땅하다. 구미 원어민에게 흔히 보여 주는 우리 쪽 과공과 우대로 말미암은 무자각의 비례(非禮)라 생각되어 그의 장래를 축복하고 싶은 심정은 아니었다. 연구 대상이 되는 문화에 대한 감정 이입적 경의나 강렬한 지적 호기심 없이 보람 있는 일을 성취하기는 어려울 것이다.

1975년부터 1979년까지 크메르 루즈가 지배한 캄보디아에서 국민 다수가 희생된 것으로 알려졌다. 외세를 배제하고 농본주의적 전원국가를 건설하련다는 혁명적 실험을 한 동남아시아 약소국이 어디냐 하는 것은 자명한 것이다. 인도네시아를 약소국이라 할 수는 없을 터요, 베트남이나 라오스에서 혁명적 실험으로 대량 학살을 했다는 얘기는 없었다. 그럼에도 "동남아시아 제국에서의 혁명적 실험들"이라고 복수로 해 놓으면 식민지에서 해방된 모든 동남아 국가가 두루 인간 도살을 자행한 것으로 되지 않는가? 그렇게 허술한 진술이 들어 있는 글을 외국인 독자가 어떻게 믿을 수 있을 것인가? 그게 꺼림칙스러웠고 지금도 그렇다. 그 독자가 열 손가락에 미치지 못한 다손 치더라도 말이다.

전투적 민족주의와 평등주의 지향이 전편에 스며 있는 『금강』은 동학운동에 대한 칭송을 담은 애도가이자 민족주의와 평등주의 실현을 위한 혁명을 기리며 간구하고 있는 혁명대망의 시편이기도 하다. 시인의 분신이자 대변자로 나오는 신하늬가 구상하는 이상사회는 농본주의적 아나키즘으로 요약할 수 있다. 시인은 타락하기 이전의 원격 과거에서 있어야 할 우리의 근접 미래를 본다.

> 지주(地主)도 없었고
> 관리도, 은행주(銀行主)도,
> 특권층도 없었다.
> 반도는,
> 평등한 노동과 평등한 분배,
> 능력에 따라 일하고

필요에 따라 분배,

그 위에 백성들의

축제가 자라났다.

— 6장에서

이상화된 과거에 대해 굳이 이의 제기를 할 필요는 없다. 당장의 맥락에서 중요한 것은 시인이 통렬하게 거부하는 현재와 간곡하게 희구하는 미래상이다. "능력에 따라 일하고 필요에 따라 분배"하는 평등 시대를 기약하는 최초의 역사 동력을 시인은 동학운동에서 찾는다. 그것은 "언제 끝날지 모르는 농민혁명이 반도에 그 첫 보습을 댄 서곡"이었다.

기록에 의하면

갑오(甲午)년서 다음 해 봄까지 사이

전국에 5십만 명의 농민이 봉기,

싸웠다.

그리고 십만 명이 죽고

다치고 집을 잃었다.

— 23장에서

1919년 3월과 1960년 4월의 궐기는 면면히 이어지는 혁명적 동력의 고비들이다. 이러한 역사적 과정을 거쳐 시인이 기대하는 것은 혁명의 완수다.

우리 사랑밭에
우리 두렛마을 심을, 아
찬란한 혁명의 날은
오리라

— 후화(後話) 1에서

시인이 원격 과거와 근접 미래를 말하면서 강렬하게 거부하고 성토한 것은 시가 쓰인 20세기 중반의 사회 현실이다. 그것은 시편 도처에 드러나 있지만 가령 다음 대목을 통해서도 분명하게 엿볼 수 있다.

도둑질 약탈, 정권만능
노동착취,
부정이 분수 없이 자유로운
버려진 시대

반도의
등을 덮은 철조망
논밭 위 심어 놓은 타국의 기지.

그걸 보고도
우리들은, 꿀 먹은 벙어리
눈은 반쯤 감고, 월급의
행복에 젖어
하루를 산다.

— 13장에서

"오늘 얼마나 달라졌는가."라는 수사적 질문을 통해서 시의 화자는 갑오년의 그날과 오늘이 크게 달라진 것이 없다는 독자의 반응을 유도한다. 그리고 꿀 먹은 벙어리가 되어 "월급의 행복에 젖어 하루를 사는" 소시민적 생활인을 질타한다. 그리고 소망스러운 사회를 다음과 같은 말로 반복적으로 환기시킨다.

반도는
평화한 두레와 평등한 분배의
무정부 마을
능력에 따라 일하고
필요에 따라 분배

— 6장에서

단순화해서 말해 본다면 『금강』이 그리는 이상사회는 성공적인 농민혁명 후에 건설될 외세가 배제되고 은행과 관리와 특권층이 없는 평등주의적이고 농본주의적인 자치 공동체다. 모든 권력이 배제된 아나키스트 상상력이 구상한 두레 공동체다. 1960년대라는 시점에서 그것은 대담하고도 도전적인 미래상의 제시였고 혁명적 낙관주의의 구현이었다. 『금강』이 상재된 후 이태 만인 1969년에 시인은 우리 나이 마흔에 세상을 뜨게 된다. 요즘 기준으로 보면 애석하기 짝이 없는 청춘의 연치였다. 시인 작고 후 얼마 안 되어 장기간의 전쟁을 끝낸 베트남은 통일을 이루게 된다. 그것은 사회주의 진영 역사의 최고 순간이었다는 평가를 받기에 충분하다. 곧이어 중국의 베트남 침공과 캄보디아의 대량 학살극이 보도되었고 마침내 동구권 와해와 소련의 붕괴로 이어지는 사태가 전개되기 때문이다. 걷잡을 수 없는 사회주의 진영의 검은 눈사태였다.

1975년 4월 17일 캄보디아의 붉은 군대 크메르 루즈가 수도 프놈펜으로 진주해 간다. 새 권력은 처음 미군의 공습에 대비한다는 명목 아래 모든 시민에게 수도를 비롯한 도시에서 퇴거할 것을 명했다. 모든 국민이 농업에 종사하기를 바랐던 크메르 루즈가 수도 프놈펜을 "메콩의 매춘부"라고 불렀다는 것은 징후적이다. 1976년 1월 발족한 "민주 캄푸치아" 정부는 종교, 화폐, 사유재산권, 가족관계를 금하였다. 그들이 구상한 것은 은행과 같은 공적 기관이 없고 종교와 근대적 과학기술이 배제된 사상 초유의 자립적 농경적 공산사회다. 그 성취를 위해 일정 시한을 설정한 후 그들의 사회 이상에 적합하지 않은 국민은 처단하였다. 수도 밖의 지역에서 국민들은 하루 열네 시간 노동을 강요당했고, 많은 사람들이 질병, 영양실조, 처형으로 희생되었고 이들의 집단 매장지가 뒷날 발견되어 '킬링 필드'란 호칭을 얻게 된다.

소위 "민주 캄푸치아" 정권의 농경적 공산주의 이상은 총리 폴 포트와 그 휘하의 "앙카"라는 정책 수립자들이 입안한 것으로 알려져 있다. 명목상 국가원수였던 키우 삼판이 폴 포트 정권의 중요 이론가로 비쳐져 서방 관측자들은 그가 1959년에 파리대학교에서 취득한 박사 학위 논문 「캄보디아 경제와 산업 발전」이 캄보디아 공산당 경제정책의 청사진일 게라고 추측하기도 했다. 그러나 키우 삼판이 공산당에 가입한 것은 1971년의 일이고 논문이 평화롭고 민주적인 사회경제적 변화를 통한 사회변혁을 거론하고 있어 그런 추측은 배제되었다. 논문은 캄보디아가 산업화되지 않은 이유에 대한 설명을 시도하고 있으며 다분히 "종속이론"에 의존하고 있고 또 종속이론가 사미르 아민의 지도를 받은 것으로 되어 있다.

청사진을 제공한 것은 아니나 키우 삼판의 논문은 캄보디아 사회의 농업적 특성을 강조하고 있어 폴 포트 정권의 농경적 공산사회 건설목표 설정에 어떤 방식으로든 기여했을 가능성이 크다. 악명 높은 학살 피해자의 정확한 숫자는 확인될 수 없는 성질의 것이다. 폴 포트 정권은 관영방송을 통해 새 공산주의 유토피아를 건설하는 데 100만이나 200만 명이면 족하고 나머지는 "살려 두어도 득이 되지 않고 죽어도 손해가 되지 않는다."고 떠벌렸다. 국제 앰너스티 본부는 약 140만 명, 예일대학교 조사팀은 170만 명으로 추산하고 있다. 2만 개의 집단 매장지를 조사한 조사팀은 137만 6734명의 해골 수를 확인했다고 한다. 이보다 엄청나게 많은 숫자를 제시하는 추산도 허다하다. 그러나 사실 얼마쯤의 숫자 차이는 아무래도 좋은 것이다. 아사자와 영양실조로 말미암은 병사자를 포함한 숫자이기 때문에 처형에 의한 사망자를 정확히 가려낼 수도 없다. 그러나 전통적 소승(小乘)불교 숭상국에서 4년간에 이루어진 참혹한 죽음의 기록은 20세기가 역사상 가장 끔찍한 세기라는 주장에 부가적인 힘을 실어 주고 있다.

『금강』이 그리고 있는 평등하고 착취 없는 전원(田園)국가의 이상은 "문명의 불만"을 앓고 있는 현대인에게 매혹적으로 다가온다. 그러나 일국(一國)사회주의가 어렵듯이 근대 기술문명이 배제된 농경적 전원국가의 존립은 더욱 어려울 것이다. 시가 표방하는 이상을 현실로의 번역 가능성으로 판단하는 것은 현명하지 않다. 『금강』의 혁명적 낙관주의가 독자의 작품 향수를 방해하는 것도 아니다. 『금강』을 읽고 나서 동남아 약소국의 혁명적 실험을 거론하는 것은 작품을 폄훼하자는 것이 아니다. 스스로 구상한 농경적 유토피아와 유사한 농경적 공산주의 사회를 건설하려다는 혁명실험이 참혹한 인간도살극으로 끝났다는 사실을 모르고 간 것이 시인으로선 다행이라는 것을 다시 한번 말하고 싶었을 따름이다.

가난을 노래한 여러 대목은 『금강』에서 가장 성공적인 부위의 하나일 것이다. 장시가 불가피하게 갖게 되는 곳곳의 허술함을 벌충하고 작품에 직접성의 예기를 부여하면서 독자에게 호소한다.

굶주려 본 사람은 알리라,
하루 이틀도 아니고
한 해 두 해도 아니고
철들면서부터
그 지루한
30년, 50년을
굶주려 본 사람은 알리라,

굶주린 아들 딸애들의
그, 흰 죽사발 같은
눈동자를,
죄지은 사람처럼
기껏 속으로나 눈물 흘리며
바라본 적이 있은
사람은 알리라.

— 7장에서

이러한 가난이 『금강』의 정신적 원풍경(原風景)이요 또 시인의 원체험일 것이다. 절실한 것은 응축된 표현으로 이어진다. 가난은 오랫동안 보편적 현상이요 경험이었다. 그러한 맥락에서 문학 외적으로 떠오르는 사안이 있다.

땀을 흘려라!
돌아가는 기계 소리를
노래로 듣고
(……)
2등 객차에
프랑스 시집을 읽는
소녀야,
나는, 고운
네
손이 밉더라.

작자의 이름을 가린 채 시 텍스트를 제시하고 논평을 구하는 과제를 과한 뒤 그 결과를 검토해서 적정한 반응의 장애 요소를 검토한 것이 I. A. 리처즈의 『실제비평』의 방법이자 내용이다. 요즘 별로 찾는 이 없는 옛 책이다. 이름을 가린 것은 선입견이나 기성 의견으로부터 자유롭게 하기 위한 조처였다. 기본적인 감식력을 알아보는 데는 매우 효과적인 방법이다. 작자를 밝히지 않은 위의 텍스트를 읽으면 어떻게 될까? 우선 우리는 능란하지는 않으나 그렇다고 아주 졸렬한 것도 아닌 아마추어의 풋솜씨를 느끼게 된다. 소박한 생각이 직설적으로 토로되어 있기 때문이다. 도입부의 명령조에 약간의 거부감을 느낄 수도 있을 것이요, 후반에서는 옛 프롤레타리아 시인의 대목이 연상되기도 할 것이다. 위의 텍스트 뒤로는 다음과 같은 산문이 이어진다.

> 우리는 일을 하여야 한다. 고운 손으로는 살 수 없다. 고운 손아, 너로 말미암아 우리는 그만큼 못살게 되었고, 빼앗기고 살아왔다. 소녀의 손이 고운 것은 미울 리 없겠지만, 전체 국민의 1퍼센트 내외의 저 특권 지배층의 손을 보았는가. 고운 손은 우리의 적이다. 보드라운 손결이 얼마나 우리의 마음을 할퀴고 살을 앗아 간 것인가.

어디서 많이 들어 본 소리 같을 것이다. "전체 국민의 1퍼센트 내외의 저 특권 지배층"이란 대목은 "1퍼센트 대 99퍼센트"란 최신 유행어를 상기시킨다. 대체 누구의 글인가. 사전 지식이 없는 독자라면 박정희 전 대통령의 것임을 알고 뜻밖이라며 놀라워할 것이다. "프랑스 시집을 읽는 소녀"가 나오는 대목을 『금강』 속에 적절히 끼워 놓으면 어떻게 될까?

냇가에선
수십 명의 수건 두른
부인들이
모래를 일는다,
탄피, 소총알,
날품값 보리 두 되 값이라던가,

2등 객차에
프랑스 시집을 읽는
소녀야,
나는, 고운
네
손이 밉더라.

『금강』 19장에 보이는 신동엽 시행 바로 뒤에 이렇게 박정희 시행을 이어 놓아도 아무런 위화감이나 불협화음은 생기지 않는다. 불협화음은커녕 완벽한 예정조화의 세계가 출현한다. 갑작스러운 장면 변화와 대비가 참신하기까지 하다. 인용된 박정희 산문과 운문은 신동엽의 것이라 해도 무방할 정도로 상동적 정체성이 보인다. 기이한 상봉처럼 보이지만 캐고 보면 그리 놀랄 일이 아니다. 절박한 가난 체험은 박정희의 경우에도 정신적 외상 경험에 맞먹는 원체험이었기 때문이다. 대구사범학교 시절의 소년 박정희는 금강산 수학여행 때 "국토는 더없이 아름다운데 왜 우리는 가난하기만 한가."란 취지의 감상을 적어 놓았다.

그의 부친은 동학에 가입했다가 사형을 당할 뻔했고 그 때문에 가문에서 쫓겨나 처가의 묘지기로 살았다. 임신 후 모친이 지독한 방식의 낙태를 시도했으나 실패해서 그를 낳았다. 대구사범학교 입학 후에도 식대를 못 내 매년 40여 일씩 결석했고 그 때문에 일흔 명 중 69등으로 졸업했다 한다. 그는 "빈곤이 나의 스승"이라고 말하곤 했다. 남로당 가입이나 경제성장에의 집념이 가난이란 원체험과 밀접히 연관되어 있다고 생각된다. 지독한 가난의 원체험이 신동엽 시와 박정희 정치의 원동력을 이루고 있다고 해서 기이할 것은 없다. 원체험을 공유하고 있는 두 사람은 서로 다른 길을 가서 대척점에 서게 된다. 이것은 어디까지나 사실의 서술이여 가치판단과는 무관하다. 같은 지점에서 출발해서 제각기 다른 길을 간 것이다.

1963년 선거 당시 공화당 선거 광고에 들어 있는 "2등 객차에 프랑스 시집을 읽는 소녀야" 대목을 보았다. 흡사 옛 프롤레타리아 시를 읽는 듯한 느낌이었다. 근자에 확인을 위해서 당시 신문을 뒤져 보기도 했으나 찾지 못했다. 얘기를 들은 어느 학생이 그건 『국가와 혁명과 나』에 나오는 대목이라며 책을 구해 주었다. 그러지 않았다면 이 책을 펴 볼 기회는 없었을 것이다.

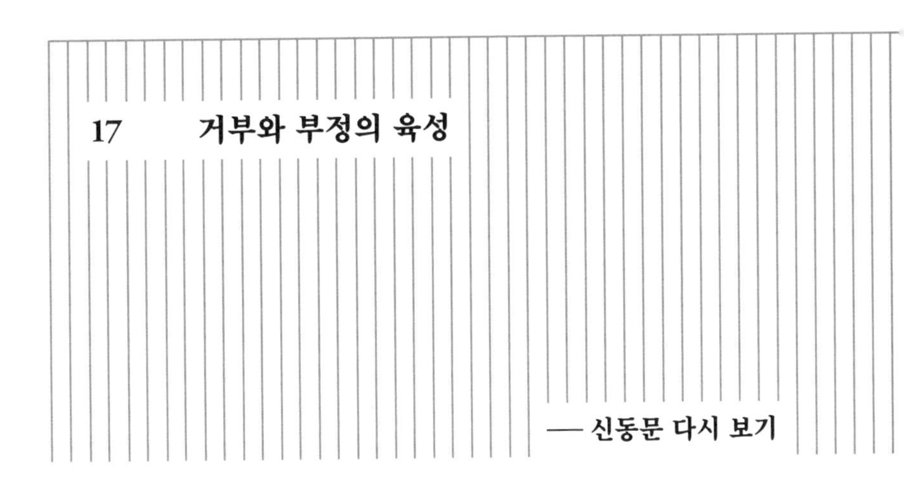

17 거부와 부정의 육성

— 신동문 다시 보기

경판본 『홍길동전』에 따르면 홍길동은 일흔두 살에 세상을 뜬다. 축지법과 둔갑술을 구사했던 이 슈퍼맨도 세월과 죽음 앞에서는 장사일 수가 없었다. 작자로서는 아무리 초능력을 갖춘 인물이라도 "인생칠십고래희"라는 세상 이치를 어기면서 장수를 누리게 하기는 어려웠을 것이다. 그래서 두 해를 더 살게 한 것이리라. 20세기 후반의 산업화가 야기한 생활 수준의 현저한 향상의 결과 우리 사회의 노년층은 대체로 홍길동보다도 장수한다는 복을 누리게 되었다. 젊은 시절엔 감히 상상하지도 못했던 망외(望外)의 복을 누리며 이 글을 쓰고 있다.

시인 신동문은 이 장수시대에 고희에 한참 미치지 못하는 예순여섯 살로 세상을 떴다. 그리고 근 쉰 편에 이르는 시와 산문집 한 권을 남겼다. 일제 치하 구차한 시대에 한 시인이 쉰

편의 시편을 남겼다면 결코 적은 수효가 아니다. 그러나 마흔에 사실상 절필했다는 사정을 감안하더라도 이 장수와 대량 생산의 시대에 "시 쉰 편"은 아무래도 안타까운 수치라 하지 않을 수 없다. 비록 낱낱의 시편이 일당백(一當百)의 예기와 울림을 가지고 있다 치더라도 사정은 변하지 않는다.

생전의 시인을 마지막으로 대한 것은 1992년 8월 29일이다. 10시 30분쯤 강서구청 오른쪽 골목에 있는 화곡동 자택에 들렸다. "마침 산책을 나가셨다."고 알려 주는 부인의 권고로 거실에 앉아 둘러보니 벽에는 창작과비평사에서 헌정한 기념패만이 덜렁 걸려 있었다. 내 비망록에는 그 적막함이 기록되어 있다. 한참 만에 잎사귀 달린 생나무 지팡이를 짚고 시인이 돌아왔다. 몹시 힘들어하는 표정이 역력해서 입원 당시 여의도 성모병원에서 대했을 때와는 사뭇 다르다는 느낌이었다. 바로 전날 의사에게서 암이라는 것과 6개월이 지나 봐야 안다는 말을 들었다는 것을 토로하는 시인의 목소리에는 힘이 없었다. 시인이 잠시 자리를 뜬 사이 부인은 의사가 공연한 말을 해 준 것 같다, 선고를 듣고 나서 맥이 빠진 것 같다고 일러 주었다. 수술 당시에는 환자에게 사실을 알리지 않았던 것이다. 약도 제대로 없던 시절 무서운 폐결핵을 이겨 낸 분이니 이겨 내지 않겠느냐고 위로가 될 수 없는 말을 했다. 자기도 먹어야 한다면서 자장면을 주문해서 함께 들었다. 관심을 돌리기 위해 내 편에서 이런저런 화제를 올렸는데 아무개가 예술원 들어간 것은 좋게 보이지 않는다는 것과 퇴근 무렵 신구문화사에 죽치고 앉아 있는 아무개 아무개를 그냥 가게 할 수 없어서 덩달아 술을 많이 마셨노라고 한 시인의 말이 특히 기억에 남아 있다. "기운 내세요. 우리 함께 오래 살아서 통일은 보고 가야 할 것 아닙니까."라는 말에 시인은 한숨을 쉬었다. 동구권 붕괴 직후여서 조기 통일 가능성이 거론되고 있던 참이었다. 가을 학기를 도쿄에서 보내기로 되어 있던 처지여서 반년 후에 뵙겠다는 말을 하기가 정말 어려웠다. 이듬해 돌아와서도 통화 한 번 후에 차일피일하다가 1993년 10월 1일 여의도 성모병원 영결식장에 서게 되었다.

9시 35분쯤 고향의 후배 작가 김문수 사회로 영결식이 시작되었다. 구상의 추모사, 김문수의 약력 보고, 박재삼의 조시 낭독, 이호철의 조사 낭독 끝에 필자의 신동문 시세계에 대한 짤막한 조명이 있었다. 조객 명부에는 남재희, 고은, 김윤수, 백낙청, 박영수, 최창희, 신상웅을 비롯한 100여 명의 서명이 보였다. 10시 30분쯤 버스가 벽제로 향발했는데 도중 교통 혼잡으로 12시쯤에야 당도했다. 화장장 16번 창구에서 분향하며 마지막을 빌었는데 벽제까지 따라간 이는 구상, 김문수, 정해렴, 채현국, 민영, 박이엽, 신기선, 구중서, 정공채, 조장희, 그리고 청주 동향인과 단양의 이웃 주민들이었다.

옛 비망록을 되짚어 보는 것은 도대체 신뢰할 만한 기록이 없는 우리 사회에서 한 개성적인 시인의 최후를 간소하게나마 기록에 남겨 두고 싶어서다. 자기 과시나 이미지 관리나 근사한 자화상을 위해 살을 붙인 게 역력한 사실과 먼 회고적인 글이 창궐하는 우리 터전에서 사실에 충실한 기록을 남기는 것도 사소한 대로 공정과 진실과 역사에 대한 모래알만 한 기여라고 생각되기 때문이다.

기다림

서정시는 대체로 삶에서의 순간적 감개나 상념의 언어조직인 경우가 많다. 물론 삶이란 큰 흐름의 일환인 이상 짤막한 순간도 삶 전체를 반영하게 마련이라는 것은 부정하기 어렵다. 그러나 세칭 영감이나 통찰 경험이란 특권적 순간의 경험 조직을 근거로 해서 시인의 삶이나 문학을 대표하게 한다는 것은 적정하지 않을 수도 있다. 개인사의 특정 시기 특정 정황 속에서 시인이 토로한, 가령 슬픔의 표현을 그가 평생 동안 유지했던 일관된 삶의 태도라고 한다면 어폐가 없다 할 수 없다. 작품 속에 되풀이 나타나는 모티프를 통해서 한 시인을 정의하려는 접근법이 설득력을 갖게 되는 것은 이러한 성찰의 맥락에서다. 공군 사병으로서의 전시 경험을 엮은 신동문의 처녀작 「풍선기」는 그때까지의 우리 현대시에서 전혀 낯선 새로운 세계를 보여 주고 있다. 전시 청춘의 삭막한 내면 풍경의 전개는 전혀 새로운 소재요 음역(音域)이어서 공감하기 어려운 부분도 있다. 그러나 가령 다음과 같은 대목이 친근하게 다가오는 것은 독자들의 공통 경험일 것이다.

> 오늘 나는 무엇을 믿어야 하느냐? 무엇을 기다려야 하느냐? 이젠 습성처럼 풍선을 띄우며 보람을 걸어보며 내일을 꿈꾸어 보나 우리에겐 아무도 내일이 없다. 그래도 그것을 기다릴 나겠지만 기다려주지 않을 것은 나의 수명이리라. 기다리다 남을 것은 하늘뿐이고 '푸ㅇ'하고 터져 버릴 풍선의 운명을 깨친 현기증 때문에 나는 어지러이 비실댈 따름인가? 비실대며 비실대며 어떻게 나는 오늘을 견뎌야 하느냐?
>
> —「풍선기 11호」 전문

전쟁은 물리적 파괴를 야기할 뿐만 아니라 인간의 내면도 파괴한다. 인간과 사회에 대한 믿음도 파괴한다. 그러기 때문에 "오늘 나는 무엇을 믿어야 하느냐."는 소리는 결코 과장이 아니다. 믿음이 파괴된 자리에서 보람을 찾기도 어렵고 내일에 대한 꿈을 갖기도 어렵다. 우리에겐 내일이 없다는 전망이나 피해의식은 전시 청춘에겐 불가피하게 보편적인 것이었다. 그래도 내일을 꿈꾸며 기다리려 하지만 이번엔 새로운 불안이 엄습한다. 과연 그때까지 살아남을 수 있을까? 남는 것은 자연을 구성하는 하늘뿐이 아닐까? 공중에서 터져 버리는 풍선은 청년

세대 앞날의 표상이 아닌가? 그러니 현기증을 느끼면서 맥없이 비틀거리며 견딜 수밖에 없지 않는가? 그 견딤과 기다림이 과연 보람이 있기는 한 것인가?

기다리다 못하여
한숨짓는 사람과
기다리다 못하여
울고있는 사람과
기다리다 못하여
미쳐버린 사람과
기다리다 못하여
죽어버린 사람과
(……)
기다리다 못하면
기다리다 못하면
어찌해야 하는가

—「부호?」에서

"인생은 환자들이 제가끔 침대를 바꿔 눕고 싶어 하는 욕망에 들린 하나의 병원이다." 보들레르는 「이 세상 밖이라면 어느 곳에나」란 산문시를 이렇게 시작하고 있다. 세계는 사람들이 무엇인가를 기다리고 또 기다리는 대기소라고 신동문은 말하고 있는 것으로 보인다. 간이역 대합실, 장정 대기소, 공중 병원 진찰실, 귀향 열차 매표소를 위시해서 한시적 보리빵 배급소 앞의 대열에 끼어서 기다린 시간의 누계와 총화는 얼마나 될 것인가? 그것은 이 땅의 한 많은 노년층의 불행 지수만큼이나 엄청난 수치가 될 터이다. 그렇더라도 이러한 기다림은 구체적인 목표가 있는 한시적, 한정적 기다림이다. 「부호?」 시편에 나오는 기다림의 세목을 우리는 알지 못한다. 그것은 일시적인 것도 아니고 구체적인 목표가 있는 것도 아니다. 그들이 기다리는 것은 희소식이기도 하고 송금 우체환이기도 하고 떠나간 사람이기도 하고 행복이기도 할 것이다. 그러나 어쨌건 사람들은 기다리다 못하여 울기도 하고 졸기도 하고 미치기도 한다. 「풍선기 11호」에서 기다림은 전시라는 특정 상황에서 젊은 병사가 기다리는 내일이요 믿음의 회복이요 정상적 삶으로의 복귀일 것이다. 그러나 「부호?」의 기다림은 좀처럼 충족되지 않는 "존재의 결여"이며 그러한 한에서는 항상적인 인간 조건으로 제시되어 있다. 얼핏 4·3조 옛투로 보이는 정형적 시행의 되풀이가 독특한 긴박감으로 다가오는 것은 시에 나오는 기다림에 지친 사람 속에서 독자가 자신의 자화상을 발견하기 때문일 것이다. 쉼표나 마침표가 없는 것도 간곡함과 절박함을 숨 가쁘게 표출하기 위한 수사적 조처였을 것이다. 이 시가 발표된 것은 1958년이다. 1953년에 상연된 『고도를 기다리며』가 채 소개되기도 전에 쓰인 이 신동문 시편은 짤막하게 축약된 우리들의 『고도를 기다리며』라 불러도 틀리지 않을 것이다. 그가 삶을 기다림의 연속으로 경험하고 정의하고 있는 것은 일상을 다룬 시편에서도 엿볼 수 있다.

> 표백되어가는 표정과
> 빈혈되어가는 감정으로
> 오늘도 진종일 무엇을 기다릴
> 나 같은 사람들.
>
> —「절망을 커피처럼」에서

아니다!

강력한 현상 부정과 거부를 뜻하는 "아니다."의 되풀이 발성도 주요한 모티프의 하나가 된다. 그런 의미에서 「아니다의 주정」은 「내 노동으로」와 함께 신동문의 시세계를 드러내면서 강렬한 직접성과 진정성의 자장(磁場)을 내장하고 있는 대표작이라고 해야 할 것이다. 짤막한 시행이 발산하는 기총소사(機銃掃射) 같은 긴박한 속도와 박력은 압도적이어서 독자를 숨 가쁘게 한다.

> 한국, 한국은 참말로

그런 것이 아니다

더구나

나, 나는 이런 것이 아니다

사랑!

이런 것이 아니다

생활!

이런 것이 아니다

오늘!

이런 것이 아니다

한국도 나도 사랑도 생활도 오늘도 마땅히 그렇게 있어야 할 당위로부터 한참 떨어져 있다는 비판적 자의식의 육성이다. 나라도 나도 생활도 오늘도 하나같이 탁락하고 오염되고 추악하고 병들고 누추하고 남루하다는 것이다. 오늘의 현실만이 못생긴 것이 아니다. 우리가 향수하고 수용하는 예술도 문학도 우리를 달래 주지 못하며 우리의 타락과 질병에 대해 위안도 해독제도 되지 못한다. 청년들이 익히기 시작한 서구 근대음악도 우리의 갈증이나 슬픔을 달래 주지 못한다. 한갓 저들 이방(異邦)의 풍악일 뿐이다. 청년들이 좇아 가는 실존주의 문학도 지겨운 악몽 같은 카프카의 문학도 우리에게 도움이 되지 못하는 저들 이방의 사투리요 소음일 뿐이다. 그 추종도 추악하다.

이런 것이 아니다

이런 것이 아니다

쇼팽

베토벤

혹은 카프카, 사르트르

또 그 누구누구

너희들 다

그런 것이 아니다

싼 술 몇 잔의

주정 속에선

아니다 아니다의

노래라도 하지만

맑은 생시의

속 깊은 슬픔은

어떻게 무엇으로 어떻게 달래나

명동에서 혹은 종로에서 술에 취해 이렇게 방언하고 방가(放歌)하지만 맨정신일 때는 이 타락한 오늘과 현실과 나 자신이 너무 슬퍼서 달랠 길이 없다는 것이다. 시의 화자는 강대국을 향해서도 no와 니에트라며 질타와 부정과 거부의 취중 골담을 퍼붓고 뜸배질을 감행하는 굴레 벗은 아나키스트이다. 그의 전면적 부정과 거부의 함의는 무엇인가? 그것은 모두가 모두 뒤집고 뒤엎어야 할 전복과 혁파의 대상이라는 것이다. 화자가 구체적인 프로그램을 가지고 있거나 현실적 대안을 가지고 있는 것은 아니다. 분명한 것은 이대로는 안 되고 전복은 절박하게 필요하다는 것이다. 구체적 대안 구상도 방책도 보이지 않고 우선 당장 전복의 필요를 외치기 때문에 아나키스트 상상력의 소산이라 하는 것이다. 바둑을 두면서도 "아니다."를 연발하는 것은 부정과 거부와 전복의 정신이 비근한 일상에서 항상적인 주조음(主調音)을 이루며 잠복해 있기 때문일 것이다.

어제 나는 할 수 없이
막걸리로 주정을 했지만
이런 게 아니라는
내 마음속의 생각은
바둑을 두면서도
농부가 부러웠고
막걸리를 마시면서
홍경래를 생각했다.

—「바둑과 홍경래(洪景來)」에서

오늘의 전면적 부정과 상상적 전복을 지향하는 화자는 그러나 필경 나약한 의식의 청년이다. 부정과 거부의 정신은 내부와 외부 양방향으로 향한다. 내부로 향할 때 그것은 자기파괴 충동으로 이어진다. 하고 싶은 일 두 가지를 적은 「이 해의 잡념」이란 매우 이색적인 시는 이러한 맥락에서 우리의 눈길을 끈다.

> 아니면 이 세상에 꼭 있을 듯싶은
> 무슨 원수 같은 놈이나 만나
> 사지 마디마디 힘줄이
> 사개가 퉁기도록 악을 쓰며
> 몇 날 몇 밤이고 격투를 하다
> 힘 모자라 밟혀 죽어버리는 것과
>
> ―「이 해의 잡념」에서

이것은 자기검열 없는 자기파괴 충동의 토로다. 원수 같은 인간을 만나 격투를 벌이다가 밟혀 죽고 싶다는 끔찍한 자학적인 바람은 당초 외부를 향하다가 진로 전환한 재귀적 공격성이 그만큼 강렬함을 말해 준다. 그다음 소망이라고 적은 은둔 지향도 사실은 의식의 수준에서 순치시킨 공격성의 발로로 자기파괴의 순화된 형태일 따름이다. 이러한 공격성이 모든 것을 부정하고 전복을 꿈꾸는 "아니다."의 모태를 이루고 있다. 소망이라 하지 않고 '잡념"이라 한 것은 공격성에 대해 그만큼 거리를 두었다는 것을 뜻하고 작품 제작이 사실은 그 초월의 한 방식이었음을 말해 주기도 한다.

어디 깊은 외딴 산골
폐사(廢寺) 같은 델 찾아
보리 말이나 짊어지고 가
한 대여섯 달 또 몇 해
입도 떼잖고 생각도 말고
죽은 듯이 누워 있든지
아니면 병원 구석진 방 속에서
유폐된 런던탑의 종신수(終身囚)처럼
육신도 사상도 포기하고
전 생애가 호흡이나 하는 건 듯
청춘을 정양(靜養)하고 나왔으면 하는데

이 해에 하고픈 건
이 둘 중에 하난데

—「이 해의 잡념」에서

신동문의 대표작일 뿐 아니라 20세기 한국시의 정상 시편의 하나인 「내 노동으로」는 "기다림"과 "아니다."란 모티프의 연장선상에서 당위에서 멀리 떨어져 있는 자신을 노래한 한 시대의 절창이다. 얼핏 표제만으로 보면 1980년대에 떨치던 전투적 민중시나 노동시를 연상하게 되지만 잃어버린 청춘과 전반생(前半生)에 대한 통렬한 자아비판이 담긴 회한의 고백시편이요 신앙 없는 참회시편이다. 자아비판의 모태를 이루는 것은 “사랑! 이런 것이 아니다/ 생활!/ 이런 것이 아니다/ 오늘!/ 이런 것이 아니다”에 보이는 부정과 거부의 정신이다. 부정과 번복의 외적 지향이 일련의 참여시 혹은 정치적 비판시편을 낳은 데 반해서 그 내적 지향이 이 숨 가쁜 41행의 작품으로 집약된 것이다.

내 노동으로
오늘을 살자고
결심을 한 것이 언제인가.
머슴살이하듯이
바친 청춘은
다 무엇인가
돌이킬 수 없는
젊은 날의 실수들은
다 무엇인가.

—「내 노동으로」에서

시인이 의식했건 안 했건 이 작품은 인간은 노동을 통해서 비로소 인간으로서의 객관적인 실현이 가능해진다는 명제를 딛고 있다. 내 노동으로 살겠다는 것은 노동을 통한 확실한 자아실현을 도모하겠다는 것이다. 그러나 화자의 삶은 아니 적어도 전반생은 이러한 주체로의 길에서 멀리 떨어져 있다. 청춘을 머슴살이하듯 바쳤다는 것은 내가 내 삶의 주인이 되지 못했다는 것이고 그것은 내가 내 노동으로 살지 못했다는 자의식에서 비롯된 자아비판이다. 공군 사병으로서 풍선으로 날려 보낸 시간이나 번잡한 일터에서 머슴살이 하고 살았다는 개인사적 사실에 뒷받침을 받고 있기도 하지만 근본적으로는 자신의 열망이나 야망과 조화를 이룰 수 없는 삶이라는 소외의 자각이 그 모태요 뿌리다. 그런 맥락에서 소외란 개념에서 핵심적인 주체 상실의 구체적 표현이요 그 서정적 처리다. 소외의 자각은 그 극복과 초월이 '내 노동으로' 이루어지지 않는 한 어리석음의 반추로 그치고 말 것이다. 그것은 다음과 같은 대목에서 자각적으로 절실하게 드러난다.

절반을 살고도
절반을 다 못 깨친
이 답답한 목숨의 미련
미련을 되씹는
이 어리석음은
다 무엇인가.

—「내 노동으로」에서

지금의 존재의 결여를 충족하려는 염원이 기다림이요, 거부와 부정이 그 "지금"에 대한 거부와 부정이기 때문에 "기다림"과 "아니다."는 바로 동전의 안팎을 이루고 있다. 자신을 향해 내린 "아니다."란 거부 선고가 「내 노동으로」에서 극적 표현을 얻었다면 앞서도 말했듯이 사회 현실을 향해 내린 선고는 일련의 정치 상황 시편에서 구체적 세목을 획득하게 된다. 인구에 회자되는 「아! 신화같이 다비데(群)들」을 위시해서 「아아 내 조국」, 「반도 호텔 포치」, 「비닐 우산」 등이 그것이다. 이들 상황 시편도 짤막한 시행을 통해 특유의 예기(銳氣)를 내뿜고 있다.

더더구나 밤낮 없이
'앞으로 갓'
'뒤로 갓'
사슬보다 무거운
호령이 뒤바뀌는데
너는 답답치도 않으냐
내 조국아

—「아아 내 조국」에서

어깨도 넓게
구두 소리 가볍게
저 문을 들어가면

우월한 보람에

피부색도 희어지는

배고픈 삼천 리 그중에서도

이 서울 삼백만 그중에서도

몇 백 안 되게 뽑힌 그 사람들

—「반도 호텔 포치」에서

절필의 앞뒤

1967년 12월에 「내 노동으로」를 발표한 이후 이 뛰어난 전후 시인은 시작을 보여 주지 않게 된다. 친구에게 써 준 것으로 알려진 1973년 소작의 「노석창포시(老石菖蒲詩)」가 최후의 작품이지만 「내 노동으로」 이후 그는 시를 발표하지 않았고 자기 희화적인 "왕년 문인"을 자처하는 것으로 작품 주문에 대처하였다. 절필에 대해서는 외압설을 위시해 이런저런 얘기가 돌고 있는 게 사실이요 모두 일리가 있다. 그러나 시의 화자가 시인과 거의 완전히 일치하는 신동문의 경우 그가 절필에 이르는 경위는 시에 분명히 나타나 있다. 가령 1962년에 발표한 일상 시편 「연령」에는 "오늘은 아침 양치질 때 칫솔에 묻은 피를 보며 노후의 독신(獨身)을 공상해 봤다."란 대목이 보인다. 시인은 1963년에 결혼하는데 우리는 노후의 독신에 대한 공상과 무관하지 않다고 생각하게 된다. 내 노동으로 살겠다고 결심한 시인은 시를 버리고 평소에 염원하던 귀농을 실천하게 된 것이라고 이해하는 것이 온당할 것이다. 소문이나 추측보다도 작품이 가장 정직하게 시인을 드러낸다. 농부가 부럽다는 대목은 「바둑과 홍경래(洪景來)」에도 나오지만 「산문(散文) 또는 생산(生産)」에는 평소의 염원이 가감 없이 간곡하게 토로되어 있다.

> 나는 요새 이상한 생각이 자꾸만 나서 큰일이다. 밤에 혼자서 시를 쓴다든가 엘리엇을 읽는다든다 할 것이 아니라 어디 시골이나 가서 한 열 평 밭뙈기라도 장만하여, 남들이 잘 안 하는 미나리 농사나 왕골 농사를 개량재배해서 미끈한 줄거리로 자라나게 한다든가, 토란이나 우엉 같은 것을 연구적으로 가꾸어서 알찬 뿌리가 앉게 하는 생산에 골몰하고 밤에는 피로한 몸이 푹 — 풀리도록 일찍부터 잠 아니 자면, 릴케 같은 내면성의 광도(光度)는 없어도 그런대로 보람도 있고, 시를 우수하게 쓰는 것처럼 자랑스럽지는 않지만 그러나 재미있는 일이 아닐까 하는 생각이다.
>
> 그러면 필시 친구들은 현실도피니 시정신의 고갈이니 하면서 무척 서운한 듯 또는 얕보는 듯한 얼굴들을 하고 담배연기 자욱한 다방에 모여 딜런 토마스니 메타포니, 혹은 레지스탕스니 아니면 무슨 문학상이니 하는 중대한 문제들을 토론하겠지만 나는 내식의 생산과 현실을 그다지 부끄러워할 줄도 모르는 그런 속물이

되고만 싶다는 생각이 날이 갈수록 자꾸만 늘어서 큰일이다.

—「산문(散文) 또는 생산(生産)」 전문

이 산문시에서 주목할 것은 후반에 보이는 "중대한 문제들"에 대한 거리감이다. 화자는 친구들의 중대사가 중대사로 보이지 않고 차라리 농업 생산을 그리워한다. 그리하여 마침내 생산을 위해 시와 친구와 도시를 버리는 것이다.

시를 위시한 문학 창작에는 일종의 생산적 나태가 필요하다고 생각한다. 느긋하게 책을 읽고 상념에 잠기기도 하고 사람과 교섭하며 세상을 관조하는 생산적 나태가 필요하다. 이러한 생산적 나태가 최대한으로 보장된 삶을 누린 이들이 옛날의 복 많은 한량들이다. 조선조의 양반이 귀양 터에서 시조 시인이 된다든가 우리의 20세기 시인 중 승려 혹은 절반 승려 출신의 시인이 많다는 것도 그들이 비교적 생산적 나태를 향유할 수 있었던 사정과 연관된다고 생각한다. 어중간한 것에 만족하지 않는 완벽주의와 쉽게 타협하지 못하는 결벽증에다 자기 직무에 몰두하는 성품의 신동문은 생산적 나태를 허용치 않는 번잡한 격무의 직장에서 창작과 생활의 조화로운 양립을 도모할 수 없었다고 생각한다. 그리고 농업 종사 역시 생산적 나태를 허용치 않는 여가 없는 사시장철의 격무일 터이다. 주경야독(晝耕夜讀)이란 처음부터 구시대의 목가적 허위이며 부자들의 자기 미화적 부업(副業) 이데올로기에 지나지 않는다. 절필은 귀농 구상과 노동 실천의 필연적 결과였고 그것은 한 시적 재능의 실종을 수반한 문학사적 상실로 귀결되었다. 40년이 흐른 지금에도 그 상실의 허전함은 하나의 공백이 되어 우리의 뻥 뚫린 가슴속에 남아 있다. 두 권의 전집을 남겼다는 것이 우리의 상실감을 달래 주면서 양보다 질이라는 문학 속의 유서 깊은 우선순위야말로 제1원리임을 재확인하게 한다. (2013년 9월)

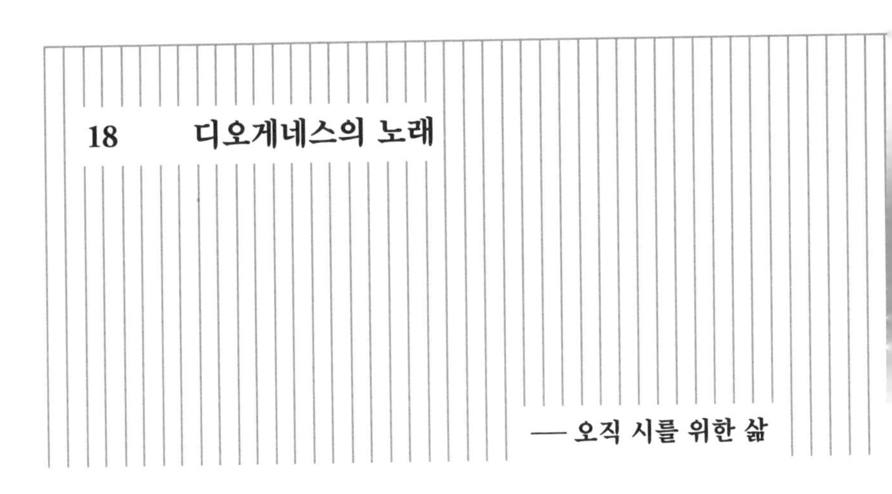

18 디오게네스의 노래

— 오직 시를 위한 삶

우선순위 제1호

2015년 봄 향년 여든다섯 살로 작고한 수연(水然) 박희진(朴喜璡) 사백(詞伯)은 생전에 서른다섯 권의 시집을 내었다. 그는 1961년 시 동인지 《육십년대사화집》을 내 12호로 종간할 때까지 동인지 발간을 주도하였다. 1979년엔 구상, 성찬경과 함께 '공간시낭독회'를 창립하여 정기적인 시 낭독회를 역시 주도적으로 끌어갔다. 《육십년대사화집》의 동인이자 박희진을 두고 「은둔의 성에 사는 시인」이란 실명 소설을 쓴 바 있는 후배 호영송은 "여든다섯 살에도 시를 한 편 쓰면 자랑스러웠다네."라고 추도시에 적고 있다. 젊은 날에 낸 수연 시집 『실내악』과 『청동시대』를 관심 있게 읽었으나 주요 관심이 시를 떠나 있어서 그 후의 시집들은 상대적으로 소홀히 한 셈이다. 불행히도 그의 시 애독자가 되지 못한 나는 그의 시집을 보면서 시를 위한 순교 같은 그의 생활에 안타까운 심정이 되고는 하였던 것을 기억한다.

박희진은 젊어서부터 시인 됨을 천직으로 알고 시작을 삶의 우선순위 제1호로 책정한 뒤 시종일관 스스로 부과한 지령에 충실하였다. 젊은 날의 구상이나 포부를 자발적 혹은 피동적으로 수정하면서 당초의 출발점에서 멀리 떨어져 나가는 것이 보통사람들의 삶이 아닌가? 그러한 일탈에서 철저히 자유로운 것이 수연의 일생이었다고 생각한다. 내가 아는 한 그의 행동반경은 극히 제한되어 있었다. 그의 중학 시절 스승으로서 첫 시집을 헌정하고 있는 김규영, 그리고 동기생인 성찬경과 함께 불변의 삼각형을 형성하고 그 삼각형의 수정이나 확대를 시도하는 법은 없었다. 이 삼각형은 국외자의 눈으로 보자면 견고한 상호 존중과 친선의 동맹 관계였다. 그 안에서의 충고나 비판이나 소통이 어떠한 것이든지 간에 제삼자의 눈에는 그렇게 비쳤다. 생계 유지를 위한 교직 취직을 제외하고선 오로지 시작만이 그의 목표요 존재 이유였다. 첫 시집에 실린 작품에는 다음과 같은 대목이 보인다.

> 당신 앞에선 말을 잃습니다
>
> 미(美)란 사람을 절망케 하는 것
>
> 이제 마음 놓고 죽어가는 사람처럼

절로 쉬어지는 한숨이 있을 따름입니다

관세음보살
당신의 모습을 저만치 보노라면
어느 명공(名工)의 솜씨인고 하는 건 통
떠오르지 않습니다

다만 어리석게 허나 간절히 바라게 되는 것은
저도 그처럼 당신을 기리는 단 한 편의
완미(完美)한 시를 쓰고 싶은 것입니다 구구절절이
당신의 지극히 높으신 덕과 고요와 평화와
미(美)가 어리어서 한 궁궐의 무게를 지니도록
그리하여 저의 하찮은 이름 석 자를 붙이기엔
너무도 아득하게 영묘한 시를

—「관세음상에게」에서

이것은 수연의 시적 메니페스토이자 인생 설계의 요약이다. 단 한 편의 완미한 시를 쓰기 위해 삶을 바치겠다는 것이다. 이러한 시와 미에 대한 충성의 전범은 내 보기에는 프랑스 상징파 시인이 아니었나 생각한다. 시세계의 전범이 아니라 시인으로서의 삶의 전범이 프랑스 상징파 시인이라는 뜻이다. 위 대목에는 "미(美)란 사람을 절망케 하는 것"이란 생각이 보인다. 이것은 프랑스 시인 발레리의 미의 정의다. 그리고 발레리는 「보들레르의 위치」란 글에서 "상징주의는 음악으로부터 자기들의 부(富)를 탈환하려는 시인들의 기도 속에서 극히 간결하게 요약된다."고 적고 있다. 수연이 첫 시집의 표제를 「실내악」이라 한 것도 조이스의 선례를 따른 것이라 보기보다 상징주의 시인의 음악 지향에서 영향을 받은 것이라 생각한다. 수연의 시세계가 많은 변화를 보이면서도 또 크게 보면 큰 변모를 보이지 않는 것은 그가 너무 일찌감치 "완미한 시"를 위해 생활을 국지적으로 한정시킨 것과 연관되어 있다고 생각한다. 가령 그가 가정을 갖고 가장으로서의 책무에 시달리고 세속으로 뛰어들었다면 도리어 그의 시가 풍부해지지 않았을까 하는 안타까운 생각을 금할 수 없다. 앙드레 지드는 소설 『사전(私錢)장이』의 한 작중인물을 통해 상징파를 이렇게 비판하고 있다.

"내 말을 들어 보게. 상징파의 최대 약점은 단 한 가지 미학밖에 야기시키지 못했다는 점에 있네. 모든 위대한 유파는 새로운 스타일과 함께 새로운 윤리, 새로운 명세서, 새로운 도표, 사물을 바라보는 새로운 방식, 사랑에 대한 새로운 생각, 인생에 대한 새로운 대처법을 가져왔었네. 그러나 상징주의자들은 지극히 간단해. 그들은 인생에 대해서 대처한 바가 없었네. 그들은 그것을 이해하려고 들질 않았어. 그것을 부정하고 거기에서 등을 돌렸어."

시 쓰기란 우선순위 제1호의 목표를 위해 생활을 축소시킨 것이 시인으로서의 한계를 가져온 것이 아니냐 하는 의구심이 생긴다는 말이다. 성년기의 그는 소설 같은 것도 거의 읽지 않았고 그런 점에서 시인 됨의 긍지를 느낀 것으로 알고 있다. 삶에 대해서 대처한 바가 없다는 비판은 그에게도 해당되는 것이 아닌가, 하고 생각하게 된다.

시인의 삶 속에서

수연(水然) 박희진(朴喜璡)을 알게 된 것은, 아니 정확히 말해서 그의 이름을 처음으로 알게 된 것은 중학 시절이었다. 당시 우리 집에서는 중도 우파 성향의 《경향신문》을 구독하고 있었다. 시인 정지용이 주간으로 있었던 이 신문 문화면에는 특히 좋은 시가 많이 실렸다. 윤동주의 시를 처음으로 소개하고 연달아 지면에 선보인 것도 《경향신문》 문화면이었다. 청록파 시인이나 유치환, 이한직, 김춘수의 시편도 실렸다. 정지용이 주간 자리를 그만둔 뒤에도 문화면을 뛰어난 문인들의 글로 채운다는 전통만은 6·25 전까지 계속 유지되지 않았나 싶다. 이 《경향신문》 문화면의 학생시란에서 어느 날 보성(普成)중학생 박희진의 「그의 시」란 시를 접하게 되었다. 학생시란은 고정적으로 정해져 있는 것이 아니라 간헐적으로 선보인 것이라고 생각한다.

그의 시를 읽으면 무엇하리
그의 시를 읽어도 모르거늘
그의 시도 한때에는 생명을 가졌으리
그의 시도 한때에는 좋아라 읽었으리
그러나 세월은 흘러
바위엔 제멋대로 푸른 이끼가 끼고
돋아나는 햇살은 여전히 빛나건만
그의 시는 못되게 썩었더라
그의 시는 못되게 굳었더라

아아 으슥한 달밤
산새는 구슬피 울음 울건만
푸른 달빛 아래 창백히 비최이는
저 외로운 묘표(墓標)
보라 그의 시가
후폐(朽廢)한 묘표 속에
파아란 시구(詩句)의 나열(羅列)
그의 시를 읽으면 무엇하리
그의 시를 읽어도 모르거늘 —

굉장히 이색적인 시였다. 한때 읽혔으나 이제 호소력도 없고 이해받지도 못하는 시를 두고 쓴 것이라 생각되는데 도대체 누구의 시를 두고 하는 소리인가, 하는 궁금증이 생겼다. 읽어도 모르겠다고 한 것으로 보아 혹시 난해한 것으로 생각되는 모더니스트 시인의 시를 두고 한 것인가 하는 생각도 들었다. 이 작품과 박희진의 이름을 각별히 기억하게 된 것은 김동석 평론집 『뿌르조아의 인간상』에 수록된 글 때문이었다. 이 평론집에는 시인 김광균을 다룬 「시인의 위기」란 시인론이 들어 있다. 이 글에서 김동석은 김광균의 첫 시집 『와사등』을 읽고 한 중학생이 「그의 시」를 썼다는 것으로 적고 있다. 그러니까 중학생조차 굳고 썩었다고 평가하는 김광균의 시는 완전히 시대에 뒤떨어진 시라는 것이다. 김동석의 글에는 박희진의 이름은 거명되어 있지 않으며 다만 어느 중학생이라고만 되어 있다. 당시 나는 김광균의 시도 많은 다른 시인들의 시와 함께 좋아하고 있던 터여서 "그의 시를 읽어도 모르거늘"이란 한 대목이 도무지 이해가 되지 않았다. 모두 쉽게 이해되고 공감되는 시들이요, 이른바 난해시와는 멀어도 한참 먼 것이 김광균 시였기 때문이다.

그 후 1950년대 후반 대학에 다닐 때 수연을 처음으로 만나 보게 되었다. 당시 그는 월간문학지 《문학예술》에 조지훈 추천으로 등단한 촉망받는 신예 시인이었다. 서기원, 성찬경 등 그의 주변 친구들과 함께 어울린 자리에서였다. 만나자마자 나는 「그의 시」를 화제에 올렸다. 그는 중학생 때 발표했던 자기 시와 자기 이름을 기억해 준 나와의 만남을 몹시 반가워하였다. 내가 김동석의 김광균론을 얘기하자 그는 정색하고 자기가 김광균의 시를 두고 쓴 것이 결코 아니라며 정말로 황당한 아전인수(我田引水)라고 말하였다. 그리고 김동석이 그렇게 쓴 것을 보고 무책임한 사람이라고 느꼈다고 토로하였다. 그러면서 자기도 김광균의 시는 좋아하는 편이라고 못 박았다. 나로서도 오랜 의문이 풀린 순간이었다. 그러고 보면 김동석은 논리 전개나 논지 강화를 위해서 괴변이나 강변을 서슴지 않는 논객이었다. 가령 정지용의 「가페 프란스」에 나오는 "이국종 강아지"가 일본인 여급이라고 눈 하나 깜짝하지 않고 고집을 피웠다. 그의 언어 감정이나 감식안으로 보아 강아지가 어디까지나 강아지임을 알고 있으면서도 필요에 따라 우긴 것이라고 지금도 생각하고 있다.

그 무렵의 수연은 미목이 수려한 미남 청년이었다. 경기도 연천 명문가의 장남으로 태어난 그는 귀공자다운 풍모와 거동으로 누구에게나 신망을 받았다. 전쟁 직후의 황량한 풍토에서 그의 여유 있는 언동은 적지 아니 이색적이었다. 중고등학교에서 교편을 잡고 있어 동년배 가운데 여유 있는 편이었던 탓인지 커피 값을 도맡아 치르곤 했던 것이 기억난다. 각박하고 구차한 시절이어서 그러는 그가 늘 돋보이었다. 지금 생각해 보면 그것은 호주머니 사정이 비교적 든든했다는 사실에서 오는 것이 아니라 그의 인품에서 오는 것이었다. 비슷한 처지에 있으면서 한 번도 여유라곤 보여 주지 않는 사례가 많았으니 말이다.

오늘은 왜 이리 기분이 좋은가
이 햇빛과
바람에 설레이는 푸른 그늘과
나무통만 있으면
나는 행복한 디오게네스

—「디오게네스의 노래」에서

첫 시집 『실내악』이 나왔을 때 그를 발굴한 시인 조지훈은 "이 시집은 잘 짜인 음악이다. 이름하여 '실내악!' 나는 여기 모은 시편들을 거의 다 작자 자신의 목청으로 읊는 것을 들은 바 있다. 고요하고 슬픈 것이든 격렬하고 어두운 것이든 듣고 나면 모두 다 즐거워야 한다. 좋은 시는 기쁨을 준다. 즐겁지 않고 어찌하랴? 박희진의 첫 시집 「실내악」을 읽으며 문득 시를 보는 나의 눈이 흐리지 않았음을 느끼고 스스로 축배를 들고 싶었다."고 서문에서 적고 있는데 많은 독자들이 공명하였던 터였다.

처녀작에는 작가의 미래가 응축되어 있다는 말이 있다. 박희진 사백의 첫 시집 중에서도 초기에 속하는 「디오게네스의 노래」, 「관세음상에게」 속에는 시인 박희진의 미래와 명운이 그대로 응축되어 드러나 있다는 회포를 금할 수 없다. 그의 삶은 "햇빛과 바람에 설레이는 푸른 그늘과 나무통만 있으면 행복한" 그러한 삶이었다. 그런 맥락에서 그는 "정말 이렇게 푸른 하늘 아래 사는 무리들이 왜 모두 이렇게 욕심이 많을까." 하고 탄식한 디오게네스의 삶을 구현하였다. 그러면서 "단 한 편의 완미한 시"를 추구하여 자기의 삶을 거기에 걸었다. 세속을 거부하는 반속(反俗)에 투철한 20세기의 디오게네스요, 단 한 편의 완미한 시편을 위해 생활 세계를 바친 문학지상주의 시인이기도 하였다. 초기시편을 읽으면 그런 생각을 다시 하게 된다.

청년기의 그는 주위의 간곡한 주선에도 불구하고 또 열의 있는 여성의 추종에도 불구하고 끝내 혼담을 사절하고 독신으로 일관하였다. 옆에서 보기에는 불가사의한 국면으로 비치기도 하였다. 그러나 그것은 모두 시에 전념하고 전신투구하려는 문학적 자세에서 나온 것이어서 우리를 숙연케 한다. 이십 대에 낙향하고 사십 대 초에 겨우 서울에서 살게 된 나는 오랫동안 그와 떨어져 살았다. 자연 왕래도 드물었고 깊이 얘기를 나눌 기회도 겨를도 없었다. 다난한 세월이었다.

그가 재직하고 있던 직장에서 퇴직하고 나서 그를 우연히 만나 본 적이 있다. 남보다 일찍 퇴직한 사유가 궁금해서 물어보았다. 그는 남의 말 하듯이 빨리 나오고 싶어서 나왔을 뿐이라고 대답하였다. 아무리 그의 반속적 자세를 감안하더라도 납

득이 가지 않는 부분이 있어 끈질기게 물어보았다. 마지못해 그가 들려준 얘기의 세목은 지금 기억에 없다. 다만 그가 있던 직장의 수장이 가하는 지속적 압력에 지쳐서 조기 퇴직하고 나왔다는 것만은 분명하였다. 그것이 사실상의 강압이라고 생각되고 부당 해고를 당한 것 아니냐는 심정이 들었다. 덩달아 억울해진 나는 민주 인사로 널리 알려진 그 계통의 수장에게 호소해서 부당한 인권 침해에 항거했어야 하지 않느냐고 말하였다. 그러자 그는 허탈한 웃음을 지으며 자기에게 압력을 가한 직장 수장이 사실은 저명한 민주 인사의 각별한 신임과 총애를 받는 이였다고 남의 말 하듯이 덧붙였다. 나는 더 할 말을 찾지 못했다.

만년의 수연이 몸이 좀 불편한 것은 잘 알고 있었다. 그러나 이 핑계 저 핑계로 가 본다던 우이동 아트빌도 가 보지 못했는데 그의 부음을 듣고 말았다. 순간 그의 빈소가 몹시 쓸쓸하리라는 생각이 들었다. 결혼도 하지 않고 또 교제가 넓지 않은 터에 만년엔 몸도 불편해서 칩거한 형편이었기 때문이다. 그러나 빈소를 찾아간 나는 나의 예견이 잘못된 것임을 알고 적지 아니 놀랍기도 하고 진정 반갑기도 하였다. 나도 모르게 안도의 한숨이 나왔다. 단정한 상복 차림의 그의 제자들이 다수 그의 빈소를 지키면서 문상객을 맞고 있었기 때문이다. 그것은 근자에 내가 목격한 가장 흐뭇하고 아름다운 광경의 하나이기도 하였다. 스승을 따르고 경애하는 수다한 시인의 제자들이 있어 그는 결코 외롭지도 적막하지도 않았던 것이다! 뿐만 아니라 그의 시를 높이 평가하여 사재를 털어서 호화판 전집을 내 준 애독자도 있었으니 그는 고독하나 행복한 시인이었다고 할 수 있다. 아마도 그런 사례는 달리 찾아볼 수 없다고 생각한다.

주변의 혼담도 마다하고 끝내 독신으로 일관한 그를 두고 사랑의 경험이 없기 때문이 아니냐는 의견도 있었다. 그러나 그것은 당찮은 소리일 것이다. 그의 첫 시집에는 「슬픈 연가(戀歌)」라는 시편이 있고 거기 이런 대목이 보인다.

> 언제인가 나는 단 한 번
> 네 입술에 입술을 대었던 기억을 갖는다.
> 어둠이 밀물처럼 우리를 휩싸고 우리의 안에서도
> 또한 갈증이 어두움처럼 밀물져 나갔었다.
> 살은 살을 불렀고, 살 속의 뼈가 서걱일세라
> 손은 손끼리 더듬다 못해 피가 입술로
> 망울져 오자 두 개의 입술은 타는 철죽으로
> 맞붙은 것이었다. 비록 아무도 볼 수는 없지만
> 안으로 터지는 진홍의 기쁨. 그때사 순간은
> 영원이 되고 영원은 순간으로 몸서리치는 것.
> 허나 우리는 헤져야 했었단다.

설마 허구적 독백 시편은 아닐 것이다. 뿐만 아니라 "한때의 연인이 지금은 남의/ 청순한 아내. 이만치에서/ 난 '사슴'의 자연(紫煙)을 피우다가/ 까아만 머리 아래 까아만 비로오드/ 뒷모습만 보인다."란 대목이 보인다. 그는 시를 위해 사랑에도 등을 돌린 것이다.

19 가난문화의 시적 성찰

—『질마재 신화』 다시 보기

미당의 제9시집 『학이 울고 간 날들의 시』는 대체로 삼국시대의 고사(故事)를 소재로 한 시편들을 수록하고 있다. 그전에도 이미 신라시편을 보여 준 바 있지만 이제 본격적으로 신라를 천착함으로써 그 나름의 "전통 발명"을 시도한 것이라 할 수 있다. 이 시집에 수록된 시편들은 대체로 『삼국사기』, 『삼국유사』를 전거로 삼고 있다. 『삼국사기』가 정사(正史)임에 반해서 『삼국유사』는 정사가 아닐뿐더러 그 성격이 모호하고, 그러기 때문에 더욱 매력 있는 책이 되어 있다. 전설에서 시작해 자의적 해석을 곁들인 역사적 사실에 이르는 다양한 성격의 옛일이 적혀 있어 흥미 있고 귀중한 민족지(民族誌) 가 되어 있다. 그것은 정사와 달리 우리의 상상력을 충전시켜 준다.

시인 갑년에 제6시집으로 상재한 『질마재 신화』는 사실상

『삼국유사』의 본을 따서 시인 고향의 전설이나 소문이나 일화나 어릴 적 경험을 다룬 산문시를 모은 책이다. 표제에 들어 있는 "신화"에 대한 설득력 없이 장황한 해석의 시도가 있는 것도 사실이다. 그러나 그 말이 특별한 의미를 가지고 있는 것은 아닌 것으로 생각된다. 『질마재 유사(遺事)』라고 하면 내용을 가장 잘 드러내겠지만 바로 그러한 이유로 약간 윤색해서 업그레이드하고 멋을 부려 본 것으로 생각하면 될 것이다. 작품 지문에 나오는 신화란 말이 "눈들 영감"을 신화적 인물로 승화시켜 주지 못한다는 사실은 음미에 값한다.

가난의 구체

『질마재 신화』는 시인 고향의 기층민의 삶과 문화를 다루고 있는 향토 민족지로서 인류학적, 민속학적 자료로서도 일품이다. 여기서 부락 공동체의 삶은 마르크스가 "농촌 생활의 무지(rural idiocy)"란 말로 선명하게 일괄 처리한 부정적 특성을 가지고 있다. 이 농촌생활의 무지의 물질적 기반이 되어 있는 것은 말할 것도 없이 가난이다. 가난의 문화는 가난의 항상적인 재생산을 그 특징으로 하고 있다. 그 나름의 문제성을 내포하고 있는 우리의 근대화는 가난 재생산이란 악순환의 고리를 타파하기 위한 노력의 일환이었다. 근대화에 따른 부락 공동체

해체 이전의 문화와 삶의 세목이 구체적, 사실적으로 그려져 있다는 점에서 『질마재 신화』는 독보적이면서 전무후무한 시적 증언이기도 하다.

가난을 우리는 어떻게 정의할 것인가? 최소한의 생계 비용은 시대와 장소에 따라 다르게 마련이다. 그러나 특정 시대나 장소에서 그것은 대충 측정될 수 있다. 그러므로 특정 시대 특정 사회에서 최소한의 생계 비용에 미치지 못하는 소득을 올리는 사회 구성원의 상태를 가난이라고 할 수 있다는 것이 폴 수위지와 폴 바란의 『독점자본』이 내린 정의다. 이러한 정의를 기준으로 해서 이 책은 1959년 현재 미국 자본주의 사회의 기준에 따라 미국 국민의 약 절반이 가난 속에 살고 있다는 결론을 내리고 있다. 그들이 미국 사회에서의 최저 생계비라고 할 때 그것은 우리가 말하는 최소한의 의식주 향유를 의미한다. 당시 그들이 가까스로 웬만한 생계비로 산출한 것은 가정 당 휴스턴 5370달러, 시카고 6567달러였다. 그러니까 대도시에서는 이에 미치지 못하는 가정은 가난 속에 살고 있다는 뜻이 된다.

그러나 서울 인구가 310만으로 나오는 1965년의 유엔 연감에 따르면 당시 한국의 국민소득은 약 100달러로 나온다. 그러므로 우리는 같은 가난이란 말이 실질적으로 의미하는 바는 천양지차라는 것을 알게 된다. 근대화 노력이 시작될 무렵부터 절대 빈곤이란 말이 흔히 쓰여 왔다. 다분히 정치적 맥락에서 쓰인 이 말이 뜻하는 것은 기아선상에 놓여 있어 사람다운 삶을 영위할 꿈도 꾸지 못하는 절망적인 가난이란 함의를 가지고 있다. 그러니까 『질마재 신화』에 반영되어 있는 가난은 절대 빈곤이라고 말할 수 있다.

절대 빈곤에 익숙지 않은 세대들은 가난하면 대체로 제대로 먹지 못하는 것 정도를 연상하게 마련이다. 그러나 가령 끼니를 제대로 먹지 못할 때 어떤 연쇄효과가 나오는가에 대해서는 생각을 하지 못한다. 절대 빈곤을 실감케 하는 사례를 들어 보자. 내가 아끼는 책에 『조선의 자연과 생활』이란 일어로 된 책이 있다. 1944년 10월에 나온 책으로 저자는 당시 서울대 의대의 전신인 경성의전의 약리학 교수로 있던 하사마 후미카즈(挾間文一)다. 해방 1년 전 물자 부족이 심했던 전시에 나온 책이어서 지질도 나쁘고 체재도 초라하다. 그러나 6·25 어려운 시절에 읽고 정이 들어 지금껏 보관하고 있다. 이 책에는 "반도의 눈병 애기"라는 제목의 글이 있다. 이 글에 따르면 당시 한국에는 약 2만 명의 실명한 시각장애인이 있었다. 이에 반해 안과 전문의는 스무 명에 지나지 않고 그중 여덟 명이 서울에 살고 있었다.

안과 전문의가 적으니 적정한 치료를 받지 못한 면도 있을 것이나 이렇게 실명자가 많은 것은 영양부족 때문이었다. 비타민 A 부족 때문에 각막연화증(角膜軟化症)에 걸리고 그것이 계기가 되어 실명에 이른다는 것이다. 어른인 경우엔 야맹증에 걸리어 치료받을 기회가 있지만 유아에게 생기면 대개 기회를 놓쳐서 불행한 결과를 맞게 된다는 것이다. 대체로 조선 농민의 먹을거리를 보면 단백질이나 지방이 극히 적은데 김치나 깍두기에 넣어 먹는 새우가 유일한 단백질과 지방의 공급원이라고 지적하고 있다. 그러면서 개구리, 메뚜기, 물고기를 잡아먹어서 단백질과 지방을 보충해야 한다고 말하고 있다. 절대 빈곤이 영양 부족과 실명으로 이어지는 것을 이해하는 데는 상상력이 필요하다. 영양 부족은 또 폐결핵으로 인한 요절로 이어진다. 나도향, 이상화, 김유정, 이상과 같은 문인들이 모두 폐결핵으로 세상을 떴다.

1931년 9월 18일 자 《동아일보》의 사설은 「퇴학생 8만 명」이란 표제를 달고 있다. 사설은 "작년도에 관공사립 보통학교에서 퇴학한 자가 8만 4007명이라고 한다."는 문장으로 시작하고 있다. 민생 피폐로 학교를 중퇴한다는 것이다. 이 사설은 "더욱이 조선의 의사 말을 따르면 조선 소학생은 생활난으로 8할 내지 9할 2분이 영양불량에 빠져 있다고 한다."는 취지의 저들 국회의원의 질문 내용을 담고 있다. 절대 빈곤의 실상을 짐작게 하는 문서 증언이다.

가난문화가 낳은 비참한 불행의 세목을 열거하면 한량이 없다. 임화 시편 「네거리의 순이」에는 "너와 나는 지나간 꽃 피는 봄에 사랑하는 한 어머니를/ 눈물 나는 가난 속에서 여의었지!"라는 대목이 있다. 임화는 당대의 절대 빈곤을 "눈물 나는 가난"이라 했지만 눈물도 말라 버리게 하는 것이 실상이었을 것이다. 위에서 가난문화라고 했을 때 그것은 경제적 빈곤에서 야기되는 습성, 질병, 마음 상태를 포함해서 모든 생활 방식의 국면을 뜻한다. 그리고 가난의 악순환적 재생산이야말로 가난 문화의 특성임을 함의한다.

> "눈들 영감 마른 명태 자시듯"이란 말이 또 질마재 마을에 있는데요. 참, 용해요. 그 딴딴히 마른 뼈다귀가 억센 명태를 어떻게 그렇게는 머리끝에서 꼬리끝까지 죄끔도 안 남기고 목구멍 속으로 모조리 다 우물거려 넘기시는지, 우아랫니 하나도 없는 여든살짜리 늙은 할아버지가 정말 참 용해요. 하루 몇십 리씩의 지게 소금장수인 이 집 손자가 꿈속의 어쩌다가의 떡처럼 한 마리씩 사다 주는 거니까 맛도 무척 좋을 테지만, 그 사나운 뼈다귀들을 다 어떻게 속에다 따 담는지 그건 용해요.
>
> 이것도 아마 이 하늘 밑에서는 거의 없는 일일 테니 불가불 할 수없이 신화(神話)의 일종이겠읍죠? 그래 그런지 아닌게 아니라 이 영감의 머리에는 꼭 귀신의 것 같은 낡고 낡은 탕건이 하나 얹히어 있었습니다. 똥구녁께는 얼마나 많이 말라 째져 있었는지, 들여다보질 못해서 거까지는 모르지만…….
>
> —「눈들 영감의 마른 명태」 전문

좁은 마을에서는 뉘 집에 숟가락이 몇 개 있는지도 다 안다. 그러니 마을에서 별난 재주나 버릇을 가지고 있는 사람은 곧 마을의 명물이 되고 그의 언행은 곧잘 마을 사람들의 입에 오르내리게 마련이다. 이 시편은 지게 소금장수 손자가 아주 드물게 사다 주는 마른 명태를 흔적도 남기지 않고 먹어 치우는 눈들 영감의 묘기를 다루고 있다. 재주라면 재주지만 가난과 궁핍에서 빚어진 재주다.

미국 태생의 일본 문학 연구가인 도널드 킨은 2차 세계대전 종전 후 얼마 되지 않아 장학금으로 영국 케임브리지대학교에서 공부하게 된다. 당시 영국은 배급제여서 음식 같은 것도 풍부하지 못했다. 긴 나무 식탁에서 식사를 하는데 영국인 학생들의 식사 속도에 놀라지 않을 수 없었다. 번갯불에 콩 구워 먹듯이 후닥닥 먹어 치우고 즉각 자리를 뜨는데 경악하였다. 그런데 더욱 놀란 것은 그들의 접시에 음식 남아 있는 것이 전혀 없었다는 사실이었다. 깨끗이 비우는 것인데 전쟁 중에 성장한 학생들에겐 음식이 너무나 소중해서 깡그리 먹어 치운 것이었다. 그때까지 음식 남기는 것이 예사였던 도널드 킨은 그 후부터 그 버릇을 없앴고 영국에서 고친 버릇은 여든이 넘어서도 계속되고 있다고 회고록에 적고 있다.

영국은 섬나라여서 3주간만 해상 봉쇄를 하면 식량 공급이 끊긴다는 얘기가 있었다. 그러니 전쟁기의 내핍 생활이 어떤 것인가를 추측할 수 있다. 절대 빈곤을 살아온 질마재 토박이를 위시해서 우리들은 항상적인 극단적 내핍 생활을 강요당했다고 할 수 있다. 그러한 결핍과 결여 상태에서 자연 발생적으로 개발되고 연마된 것이 눈들 영감의 흔적 없는 건명태 흡수 기술이다. 사실 우리 어릴 적만 하더라도 밥풀을 흘리거나 음식을 버리는 것은 철저한 금기(禁忌)사항이었다. 그러한 금기 문화 속 소영웅의 한 사람이 눈들 영감이다. 눈들 영감의 삽화는 음식 찌꺼기가 막대한 양에 이른다는 오늘의 우리쪽 관행에 대한 하나의 비판이 되어 있다.

> 흉년(凶年)의 봄 굶주림이 마을을 휩쓸어서 우리 식구(食口)들이 쑥버물이에 밀껍질 남은 것을 으깨 넣어 익혀 먹고 앉았는 저녁이면 할머님은 우리를 달래시느라고 입만 남은 입속을 열어 웃어 보이면서 우리들 보고 알아들으라고 그분의 더 심했던 대흉년(大凶年)의 경험을 말씀하셨습니다.
>
> "밀껍질이라도 아직은 좀 남었으니 부자 같구나. 을미년(乙巳年) 무렵 어느 해 봄이던가, 나와 너의 할아버지는 이 쑥버물이에 아무것도 곡기(穀氣) 넣을 게 없어서 못자리의 흙은 집어다 넣어 끄니를 에우기도 했었느니라. 그래도 우리는 씻나락까지는 먹어 치우지는 안했다. 새 가을 새 추수(秋收)를 기대려 본 것이지…… 그런데 요샛것들은 기대릴 줄을 모른다. 씻나락도 먹어 치우는 것들이 있으니, 그것들이 그리 살다 죽으면 귀신도 그때는 씻나락 까먹는 소리를 낼 것이고, 그런 귀신 섬기는 새 것들이 나와 놀면 어찌 될 것인고……"
>
> —「대흉년(大凶年)」 전문

이밥에 소고깃국이 부자들의 밥상이라면 보통사람들의 밥상은 보리밥이나 조밥이 보통이었다. 이밥에 소고깃국이 보통사람들의 밥상에 오른다면 그것은 잔칫날이나 생일날에나 있는 일이었다. 보통사람들도 어려울 땐 꽁보리밥이나 깡조밥을 먹는다. 그런데 춘궁기나 흉년이 들었을 때 빈민들은 위 대목에서 보듯이 쑥버무리에 밀 껍질 같은 것을 넣어 익혀 먹었다. 혹은 소나무 속껍질에 밀가루를 넣어 묽게 쑤는 송기죽을 쑤어 먹기도 했다. 또 술도가에서 술지게미를 구해 끼니를 때우기도 했다.

1936년 3월 12일 자《동아일보》사설은「춘궁완화에 총동원하라」는 제목에 곁들여 “마산 세무서의 해괴한 처사”란 부제가 달려 있다. 그 가운데 이런 대목이 있다. “최근 마산통신에 의하면 술지게미로 주린 배를 채우고자 하는 그 일대 주민은 매일 양조장 문전에 저자를 이루는 상태였는데 마산세무서에서는 술지게미 판매가 밀주의 우려가 있다 해서 ‘겨’를 섞어서 팔도록 하였다. 그리하여 술지게미로 연명할 길조차 빼앗고 말았다는 것이니 이 얼마나 각박 잔인한 일이냐. 이것은 차라리 폭행이라 하여야 마땅할 것이다.“

「대흉년」은 쑥버무리에 밀 껍질을 넣어 익혀 먹었다는 세목을 보여 주는 것으로 그치지 않는다. 최악이라고 말할 수 있는 동안은 아직 최악의 상황은 아니라는 말이 있다. 어려운 비상시에는 그보다 더 어려운 상황을 상기함으로써 그것을 이겨

내는 서민의 감내 방법을 보여 주고 있다는 것이 중요하다. 이러한 감내 방법이 최고령 경험자의 입을 통해서 토로되고 있음은 당연하지만 바로 그러한 국면이 경로 감정의 바탕이 되고 있음도 간과해서는 안 된다. 이가 빠진 상태를 "입만 남은 입속"이라 한 것도 미당이기 때문에 가능한 말법이다. 이러한 말법 때문에 작품의 리얼리티가 단단해지는 것은 물론이고 그것은 "요샛것"들이 대체로 외면하는 국면이기도 하다.

홀어미와 딴손

알뫼라는 마을에서 시집와서 아무것도 없는 홀어미가 되어 버린 알묏댁은 보름사리 그뜩한 바닷물 우에 보름달이 뜰 무렵이면 행실이 궂어져서 서방질을 한다는 소문이 퍼져, 마을 사람들은 그네에게서 외면을 하고 지냈습니다만, 하늘에 달이 없는 그믐께에는 사정은 그와 아주 딴판이 되었습니다.

음(陰) 스무날 무렵부터 다음 달 열흘까지 그네가 만든 개피떡 광주리를 안고 마을을 돌며 팔러 다닐 때에는 "떡맛하고 떡 맵시사 역시 알묏집네를 당할 사람이 없지" 모두 다 흡족해서, 기름기로 번즈레한 그네 눈망울과 머리털과 손끝을 보며 찬양하였습니다. 손가락을 식칼로 잘라 흐르는 피로 죽어가는 남편의 목을 추기었다는 이 마을 제일의 열녀(烈女) 할머니도 그건 그랬었습니다.

달 좋은 보름 동안은 외면(外面)당했다가도 달 안 좋은 보름 동안은 또 그렇게 이해되는 것이었지요. 앞니가 분명히 한 개 빠져서까지 그네는 달 안 좋은 보름 동안을 떡 장사를 다녔는데, 그동안엔 어떻게나 이빨을 희게 잘 닦는 것인지, 앞니 한 개 없는 것도 아무 상관없이 달 좋은 보름 동안의 연애의 소문은 여전히 마을에 파다하였습니다.

방 한 개 부엌 한 개의 그네 집을 마을 사람들은 속속들이 다 잘 알지만, 별다른 연장도 없었던 것인데, 무슨 딴손이 있어서 그 개피떡은 누구 눈에나 들도록 그리도 이쁘게 만든 것인지, 빠진 이빨 사이를 사내들이 통 못 볼 정도로 그 이빨들은 그렇게도 이뻐게 했던 것인지, 머리털이나 눈은 또 어떻게 늘 그렇게 깨끗하게 번즈레하게 이뻐게 해낸 것인지 참 묘한 일이었습니다.

—「알묏집 개피떡」 전문

알뫼라는 마을에서 시집왔다 해서 알묏댁이란 호칭을 얻게 된 여인은 홀어미가 되고 가진 것이라고는 아무것도 없는 처지가 되었다. 이때 그녀가 할 수 있는 일은 무엇인가? 먹고살기 위해서 할 수 있는 일은 무엇일까? 인류 사회에서 가장 오래된 장사라 하는 매춘이 가능하다. 그러나 좁은 고을에서 고객 확보도 어렵고 또 딱지가 붙으면 버티어 내기도 어렵다. 알묏댁은 자신의 솜씨를 발휘해서 맵시 좋고 맛 좋은 개피떡을 만들어 그것을 마을을 돌며 팔아서 생계를 유지한다. 그런데 떡장수를 할 때 그녀는 유난히 흰 치아를 잘 닦고 머리털이나 눈을 번즈레하게 하고 이쁘게 해서 사람들의 호감과 칭찬을 받게 된다. 즉 깨끗하고 예쁜 치아나 눈이나 머리털을 거역할 길 없는 개피떡 판촉 장치로 삼은 것이다. 그래서 그녀의 행실을 두고 외면하고 거부 반응을 보이던 사람들도 개피떡 고객이 되고 그것을 맛보면서 알뫼댁에 대한 도덕적 지탄을 유보하고 그 솜씨를 상찬하게 된다.

어떤 의미에서 알뫼댁은 질마재의 예술가이기도 하다. 알뫼댁은 몸치장에서나 개피떡 만드는 일에서나 비범한 능력이 있는데 그것은 별개의 능력이 아니다. 비범한 능력이 제삼자에게 수수께끼로 보이는 것은 당연하다. 개피떡은 단순한 식품임을 넘어서 맵시와 맛이 돋보이며 시각적, 미각적으로 뛰어난 '작품'이기도 하다. 그리고 알뫼집의 예쁜 눈이나 머리털이나 치아는 작품의 판촉 장치로서 "알뫼집 개피떡"이란 브랜드를 부각시켜 준다. 여기서 흥미 있는 것은 마을 사람들이 도덕과 작품, 윤리와 예술가를 분리시켜 생각한다는 점이다. 비록 윤리적으로 하자가 있는 이의 것이라 하더라도 시각과 미각과 심미안을 충족시켜 주는 '작품'을 상찬과 함께 음미하고 소비하는 것으로 드러난다. 마을 제일의 열녀조차 그러하다. 그런 의미에서 질마재 사람들은 명분을 거부하고 실리를 선택한다. 도덕적 거부와 심미적, 실리적 수용을 통해서 하자 없는 자기 정체성을 유지한다. 혹 도덕적 하자가 있는 생산자의 작품을 수용하지 않는 마을 주민이 있을지도 모른다. 그러나 그건 예외적인 경우이고 다수파는 양자를 구분함으로써 생산자 비판과 작품 수용을 동시에 이행한다.

달이 있을 때와 달이 없을 때를 구분하는 것은 태음력을 사용하는 농경사회에서 보편적인 현상이다. 성과 생리를 달과 연결시키는 것은 우리와 다른 문화권에서도 볼 수 있는 일이다. 이 작품에서 알몃댁의 성적 동정은 '서방질'과 '연애'로 기술되어 있다. 하나의 현상이 이렇게 상반되는 함축의 말로 표기될 수 있다는 것을 보여 줌으로써 모든 현상이 사실은 해석된 현상임을 함의하기도 한다.

그러나 그것은 동시에 떡장수 알몃댁이 '사랑'을 하는 경우도 있고 매춘을 하는 경우도 있다는 것의 함의라고도 볼 수 있다. 질마재 같은 절대 빈곤의 가난문화에서도 전통적 가족 체제를 위해 간헐적인 성적 일탈은 허용될 수 있고 그러한 간헐적 성적 일탈을 위해 알몃댁은 질마재의 묵인된 공창이기도 할 것이다. 그녀의 떡 맵시와 떡 맛을 상찬하는 남성 고객 가운데 상당수의 성적 고객도 포함되어 있다는 개연성을 우리는 배제할 수 없다.

어떤 여자의 일생

『질마재 신화』를 우리네 가난문화의 탐구로 접근할 때 우리는 그 문화 속에서의 여성의 삶과 역할에 주목하지 않을 수 없다. 우리가 이왕에 읽어 본 「대흉년」에서 할머니는 사회적 기억의 보유자로서 대흉년 때의 경험을 들려준다. 그것은 흉년을 맞아 쑥 버무리에 밀 껍질을 으깨어 익혀 먹고 있는 슬하 식구들을 위로하고 격려하기 위한 역사 들려주기다. 지금보다 더 혹독한 시련을 겪으면서 살아 냈다고 말하는 흉년 비교우위론이라 할 수 있다. 전통 사회에서 이러한 사회적 기억의 전수는 노인 특히 할머니들이 담당하는 경우가 많다. 할머니가 손주한테 들려주는 얘기를 통해서 전래적 세계 이해의 한 국면이 전수되는 것이다. 『질마재 신화』가 「신부(新婦)」로 시작하는 것은 우연이 아니다. 남존여비의 전통 사회에서도 여성은 어머니 대지의 분신으로서 완강한 생명력과 지구력을 상징하면서 물밑 숭상을 받아 왔다.

> 신부(新婦)는 초록 저고리 다홍치마로 겨우 귀밑머리만 풀리운 채 신랑하고 첫날밤을 아직 앉아 있었는데, 신랑이 그만 오줌이 급해져서 냉큼 일어나 달려가는 바람에 옷자락이 문돌쩌귀에 걸렸습니다. 그것을 신랑은 생각이 또 급해서 제 신부가 음탕해서 그 새를 못 참아서 뒤에서 손으로 잡아 다리는 거라고, 그렇게만

알곤 뒤도 안 돌아보고 나가 버렸습니다. 문돌쩌귀에 걸린 옷자락이 찢어진 채로 오줌 누곤 못 쓰겠다며 달아나 버렸습니다.

그러고 나서 사십년인가 오십년이 지나간 뒤에 뜻밖에 딴 볼일이 생겨 이 신부네 집 옆을 지나가다가 그래도 잠시 궁금해져 신부방 문을 열고 들여다보니 신부는 귀밑머리만 풀린 첫날밤 모양 그대로 초록 저고리 다홍치마로 아직도 고스란히 앉아 있었습니다. 안스러운 생각이 들어 그 어깨를 가서 어루만지니 그때서야 매운재가 되어 폭삭 내려앉아 버렸습니다. 초록 재와 다홍 재로 내려앉아 버렸습니다.

—「신부」 전문

그 옛날 칠거지악이란 것이 있었다. 유교에서 아내를 내칠 수 있는 조건으로 든 일곱 가지를 말한다. 시부모에게 불순함, 자식 없음, 음탕함, 투기함, 악질(惡疾) 있음, 말이 많음, 도둑질이 그것이다. 위의 작품에 나오는 오십년 신부는 성급한 못난이 신랑에게 음탕한 여성이라는 오해를 받고 첫날밤에 버림을 받았다. 몸을 섞기도 전의 일이었다. 신랑이 집을 나갔지만 신부는 그 자리에서 꼼짝 않고 신랑을 기다렸다. 40년인가 50년 후에 볼일로 신부네 집 옆을 지나가다가 이제는 늙은이가 되었을 옛날의 못난이 신랑은 초록 저고리와 다홍치마를 입은 옛 각시를 발견한다. 어깨를 어루만지자 매운재가 되어 폭삭 내려앉아 버렸다.

민담이나 민화(民話)에서는 세목의 반(反)리얼리즘이 도리어 매력이 된다. 50년이나 된 시체가 썩지도 않고 매운재로 내려앉는다는 것은 요즘 말로 하면 대단한 '구라'다. 그러나 따지고 보면 이러한 '구라'야말로 민화의 불가결한 요소다. 뿐만 아니라 재미있는 얘기는 대체로 허풍과 과장과 얼마쯤의 거짓이 구성 요소라 할 수 있다. 몇 해 전에 고인이 된 권옥연(權玉淵) 화백은 화단의 상가수이기도 했지만 구수한 화술로 늘 좌중을 즐겁게 해 주는 얘기꾼이었다.

함흥 갑부 집안에서 태어난 그가 들려주는 청년기의 경험담은 모두 주옥같은 장편(掌篇)이었다. 그중의 걸작은 개와 금고에 관한 얘기다. 집에는 오랫동안 기르던 번견이 있었는데 어느 때는 대문 앞을 줄곧 왔다 갔다 하는 경우가 있었고 어느 때는 아주 낮잠을 자거나 조는 경우도 있었다. 부친의 금고가 차 있으면 번견이 망을 보고 비어 있으면 아예 낮잠을 잔다는 것을 나중에 알게 되었다. 거기서 그는 얘기를 끝내고 더 이상 번견에 관해서 얘기하는 법이 없었다. 믿거나 말거나 해석은 청자의 상상력에 맡기는 것이다.

반리얼리즘의 구라를 청자들은 좋아한다. 중국의 이른바 전기(傳奇)소설의 매력은 민화와 마찬가지로 세목에서의 반리얼리즘 구라의 매력이었다고 할 수 있다. 20세기 후반에 많은 독자를 모았던 가르시아 마르케스의 매력도 특유한 구라에서 나왔다. 가지를 잘리고 피를 철철 흘리는 수목, 젊은 유혹자의 몸을 싸고 심상치 않게 덤벼드는 누런 나비 떼, 근친상간으로 태어난 돼지꼬리가 달린 갓난이, 당신 때문에 22년 동안 울었다고 실토하는 하녀의 삽화 등은 모두 작가의 구라다. 그의 문학을 가리켜 마술적 리얼리즘이라 했는데 그의 구라가 생생한 구체적 사회 현실의 맥락에서 적정한 세목 구실을 했기 때문에 그런 역설적인 정의가 생겨난 것이리라.

「신부」는 전해 오는 민화에 시인이 적정한 세목을 첨가해서 마련한 것일 터이다. 언뜻 황당무계한 듯이 보이는 민화를 시인의 언어 마술사 솜씨가 어엿한 산문시로 변개해 놓고 있다. 발터 베냐민이 말한 대로, 진정한 얘기는 드러난 형태로든 숨겨진 형태로든 유용한 어떤 것을 내포하고 있고 얘기꾼이란 얘기를 듣는 사람에게 조언을 해 줄 줄 아는 사람이다. 이 작품의 밑그림이 되어 있는 민화가 전해 주는 조언이란 어떤 것일까? 까닭 모르게 방을 나가 돌아오지 않는 신랑을 무한정 기다리고 앉아 있는 순종과 정절을 일변 기리면서 일변 권면하는 것이 당초의 의도일지도 모른다. 그러나 칠거지악에 대해 유권해석을 내리는 것은 가부장적 질서의 구체제에서 남성이었다. 자식 없음이나 도둑질과 같은 객관적 입증이 가능한 사안에 대해서는 별 문제가 없을 것이다. 그러나 음탕함의 기준이란 무엇인가? 가령 혼외정사와 같은 구체적 사례를 그 증거로 제시한다면 이해할 수 있다. 그러나 여기 나오듯이 성적 충동의 징후도 음탕함의 범주에 속한다면 모든 것은 남성의 일방적 독단적 판단에 의해서 가늠되게 마련이다.

민화에는 반드시 체제 옹호적 요소만이 들어 있지 않다. 거기에는 민중적 전복적인 관점이 들어 있기도 하다. 칠거지악이란 비인간적 제도에 의해서 희생된 한 여성의 일생을 통해서 전통 사회의 가부장적 질서에 대한 물밑 항의를 꾀하고 있다고 보지 못할 이유는 없다. 불행했던 신부가 50년 동안 꼼짝하지 않고 있었던 것은 오뉴월에도 서릿발이 선다는 여성의 포한 때문이기도 했을 것이다. 신혼 초야에 정사를 서둘렀다 해서 소박맞는 여성의 얘기는 곳곳에 전해 오고 김동인의 미완 장편 『잡초』에도 나온다. 어쨌거나 「신부」는 전통적 구체제 아래서의 여성의 운명을 몇 줄로 집약해서 보여 준다.

> 이 세상에 태어나 마음을 가지고 있는 만물 가운데서
> 우리 여자들이 가장 비참합니다.
> 터무니없이 비싼 값으로 남편을 사야 하고
> 이어서 몸을 바쳐 임자로 모셔야 하지요.
> 이것이 더 큰 재앙입니다.
>
> —「메데이아」에서

「메데이아」를 쓴 2500년 전의 에우리피데스도 「신부」를 읽는다면 여성 비참의 가지가지에 참 별일도 다 있다고 멍멍해졌을 것이다. 열녀나 효부라는 이름으로 희생된 여성의 수효는

이루 말할 수 없을 것이고 「신부」의 양면성은 주목과 검토에 값한다.

늦바람의 사연

『질마재 신화』 다음에 나온 『떠돌이의 시』에는 질마재 시편의 속편이라고 할 만한 시편이 몇 편 수록되어 있다. 그 가운데 하나가 「당산나무 밑 여자들」이다. 시집살이란 노력(勞力)봉사에 몰려 지기를 펴지 못하다가 뒤늦게 봄을 맞아 여성이 되어 보는 질마재 여성들의 모습을 담고 있다.

> 질마재 당산 나무 밑 여자들은 처녀때도 새각씨 때도 한창 장년에도 연애는 절대로 하지 않지만 나이 한 오십쯤 되어 인제 마악 늙으려 할 때면 연애를 아조 썩 잘 한다는 이얘깁니다. 처녀때는 친정부모 하자는 대로, 시집가선 시부모가 하자는 대로, 그 다음엔 또 남편이 하자는 대로, 진일 마른일 다 해내노라고 겨를이 영 없어서 그리 된 일일런지요? 남편보단도 그네들은 응뎅이도 훨씬 더 세어서, 사십에서 오십 사이에는 남편들은 거의가 다 뇌점으로 먼저 저승에 드시고, 비로소 한가해 오금을 펴면서 그네들은 연애를 시작한다 합니다. 박푸접이네도 김서운니네도 그건 두루 다 그렇지 않느냐구요. 인제는 방을 하나 온통 맡아서

어른 노릇을 하며 동백기름도 한번 마음껏 발라 보고, 분세수도 해 보고, 김서운니네는 나이는 올해 쉬흔하나지만 이 세상에 나서 처음으로 이뻐졌는데, 이른 새벽 그네 방에서 숨어 나오는 사내를 보면 새빨간 코피를 흘리기도 하드라구요. 집 뒤 당산의 무성한 암느티나무 나이는 올해 칠백살, 그 힘이 뻐쳐서 그런다는 것이여요.

—「당산나무 밑 여자들」 전문

처녀 때는 친정부모 하자는 대로, 시집가선 시부모 하자는 대로, 그다음엔 남편 하자는 대로 휘둘려 지내는 것이 가부장적 구체제 아래 여성의 삶이었다. 그러나 여기에는 한 가지가 빠져 있다. 남편 다음으로는 아들네가 하자는 대로 하면서 살게 마련이었다. 그러다 보면 지난날 여성의 삶은 가사 노동에서의 피동적 역할 수행으로 시종하면서 정작 자신의 삶은 잃고 있었다고 할 수 있다. 그러니 자아실현 같은 것은 바라지도 못했고 그러한 근대적 이념 자체가 애초부터 생소하였다. 평균수명이 아주 낮은 터여서 남편들은 대체로 사십 대 즈음해서 폐결핵으로 세상을 뜨게 된다. 그러니 처음으로 독방을 쓰게 되고 그러다 보니 프라이버시도 생기고 자신이 억압했던 내밀한 욕망에도 눈뜨게 된다.

우리는 보통 가난문화의 특징으로 가난의 대물림, 영양 충족과 거리가 먼 빈약한 식생활, 교육 기회의 결여를 든다. 그러나 협소한 주거 공간에서의 밀집된 가족 동거도 중요한 특징이다. 이에 따라 혼자 있을 수 있는 능력이 개발될 기회가 없어진다. 그것은 자아 발달에서 중요한 장애 요소가 된다. 사람들은 물론 타인과의 인간관계 속에서 성장하고 성숙한다. 그러나 혼자 있을 수 있는 능력이야말로 독립적 개성의 기초가 된다. 정신분석과 동물행동학의 통섭을 꾀한 앤서니 스토는 혼자 있을 수 있는 능력이야말로 감정적 성숙의 중요한 징표가 된다고 말하고 있다. 질마재 여인의 경우 쉰이나 되어서야 비로소 "방을 하나 온통 맡게" 되는데 이것은 시사하는 바가 많다. 이러한 독방과 프라이버시의 획득을 통해 여성은 화장도 제대로 하고 맵시도 가꾸고 그리고 연애도 하고 연애하는 사람 특유의 "이쁨"도 누리게 된다. 위의 작품은 대체로 칠거지악의 횡포 속에서 살던 옛 여성들의 삶을 충직하게 요약하고 있다.

그러면 나이 쉰이나 되어서야 화장도 하고 얼굴도 가꾸게 되었다는 김서운니네의 연애란 어떤 것일까? 청년기의 치기 어린 낭만적 사랑은 그것이 지나가는 한때의 소나기나 회오리바람에 지나지 않는다 하더라도 자기 고양과 영혼 성장의 계기가 되어 준다. 성숙을 향해 나아가는 도정의 중요 사건이 된다. 그러나 남편 떠나 보내고 겨우 프라이버시를 획득하고 나서 미망인이 벌이는 '연애'는 충족되지 못했던 육체적 욕망의 탕진을 위한 마지막 몸부림이 될 수밖에 없다. 거기에는 성적 기갈에서 오는 투박한 관능의 포효가 있을 뿐이다. 질마재와 같은 폐쇄적인 마을에서 성적 파트너의 선택은 제한적일 수밖에 없다. 더구나 오십 대 초의 미망인에게서는 더욱 그러하다. 그러니 이른 새벽에 남몰래 코피를 흘리며 빠져나오는 남정네가 용이한 접근성이라는 우연에 의탁해서 마주친 성적 파트너요, 그러므로 그것은 처음부터 시한부의 한시적 성 교섭일 수밖에 없다. 그것은 지속적인 인간적 유대로 발전할 수도 없고 그럴 필요도 없을 것이다. 즉시적 욕망 충족이라는 상호 간의 다급한 정략적 교섭이요 생물적 상봉에 지나지 않아 보인다.

옛적에는 툭하면 엉토당토않은 이유로 특정 현상을 설명하는 일이 많았다. 마을에 연애 사건이 벌어지고 소문이 나면 풍수지리로 보아 동네에 음기가 세어서 여자들이 바람을 피운다는 둥 엉뚱한 해석이 나왔다. 쉰 살이 넘어서 바람을 피우는 여성들이 있는 것은 "집 뒤 당산의 무성한 암느티나무 나이는 올해 칠백살, 그 힘이 빼쳐서 그렇다는 것이지요."라는 것도 그러한 비합리적 인과관계 설정의 결과다. 이러한 비합리적 인과관계 설정도 그러고 보면 속신과 미신이 지배하던 옛 가난문화의 한 주요한 특징일 것이다. 특정 개인의 특징조차 비합리적 인과관계로 설명하고 있는 것이 역시 시집 『떠돌이의 시』에 수록되어 있는 질마재 시편인 「단골 암무당의 밥과 얼굴」이다.

> 질마재 마을의 단골 암무당은 두 손과 얼굴이 질마재 마을에선 제일 희고 부들부들 했는데요. 그것은 남들과는 다른 쌀로 밥

을 지어 먹고 살았기 때문이라고 했습니다. 남들은 농사지은 쌀로 그냥 밥을 짓지만 단골 암무당은 귀신이 먹다 남긴 쌀로만 다시 골라 밥을 지어 먹으니까 그렇게 된다구요.

무당은 본시 여성이요 사내 무당은 박수라 한다. 그러니까 굳이 암무당이라고 할 필요가 없겠는데 암무당이라고 한 것이 질마재 마을의 어법을 따른 것인지, 조금은 별난 말을 쓰거나 어사의 리듬을 살리기 위한 미당의 시적 고려인지는 분명치가 않다. 그러나 경상도 사투리에서 무당을 '암무' 혹은 '암무이'라고 하는 것으로 보아 질마재 쪽의 말씨를 따른 것이라고 추정할 수 있다. 암무당의 손과 얼굴이 유난히 흰 것은 귀신이 먹다 남은 쌀로 밥을 지어 먹었기 때문이라는 것은 동네 소문을 따라 적은 것이리라. 마을의 뜬소문이나 입방아 소리까지 적어 놓았으니 『질마재 신화』는 그야말로 산문시로 된 '질마재유사(遺事)'요 우리의 민족지에 속한다 할 수 있다.

여걸과 여장부

소자(小者) 이생원네 무밭은요. 질마재 마을에서도 제일로 무성하고 밑둥거리가 굵다고 소문이 났었는데요. 그건 이 소자 이생원네 집 식구들 가운데서도 이집 마누라님의 오줌 기운이 아주 센 때문이라고 모두들 말했습니다.

옛날에 신라 적 지탁로대왕(智度路大王)은 연장이 너무 커서 짝이 없다가 겨울 늙은 나무 밑에 장고(長鼓)만한 똥을 눈 색시를 만나서 같이 살았는데, 여기 이 마누라님의 오줌 속에도 장고만큼 무우밭까지 고무시키는 무슨 그런 신바람도 있었는지 모르지. 마을의 아이들이 길을 빨리 가려고 이 댁 무우밭을 밟아 질러가다가 이 댁 마누라님한테 들키는 때는 그 오줌의 힘이 얼마나 센가를 아이들도 할수없이 알게 되었습니다. — "네 이놈 게 있거라. 저놈을 사타구니에 집어넣고 더운 오줌을 대가리에다 몽땅 깔기어 놀라!" 그러면 아이들은 꿩 새끼들같이 풍기어 달아나면서 그 오줌의 힘이 얼마나 더울까를 똑똑히 알 밖에 없었습니다.

옛 가부장적 남성 중심주의 사회가 기리고 숭상한 여성은 일단 「신부」에 보이는 것 같은 일편단심 순종과 정절과 조신한 거동으로 시종하는 수동적 인물들이었다. 이들은 대개 열녀나 효부나 현모양처라는 이름으로 미담 주인공의 반열에 오르게 된다. 그러나 현실에서 이들의 목소리는 살고 있는 집의 담을 넘지 못했다. 우렁찬 목소리와 씩씩한 거동으로 마을에서 누구나 그 존재를 의식하게 되는 여성은 조신한 현모양처와는 정반대되는 여걸이요 여장부였다. 이들은 대체로 남성을 압도하는 체구나 입담이나 배짱이나 손재주의 소유자다. 웬만한 소도시나 소읍에는 욕쟁이로 소문난 술집 주모나 국밥집 여주인이 있게 마련이다. 이들은 거침없는 입담과 너스레로 손님을 끌어모으고 외상값을 어김없이 받아 내어 억척스러운 생활력을 발휘한다. 차원은 다르지만 이런 여장부나 여걸이 사회 각층에 포진하고 있어 우리 사회를 이만큼 끌어올린 것이라 해도 무방하다. 또 이런 여장부 덕택에 선전으로 남성 팀을 무안하게 만드는 여성 스포츠 팀이 가능했다고 할 수 있다.

이런 여장부가 위에 보이는 "소자 이생원네 마누라님"이다. 질마재 마을에서 가장 우량한 무를 생산하는 이는 이생원네다. 그런데 이생원네 무밭이 가장 무성하고 밑둥이 굵은 것은 이생원 마누라의 오줌 기운 때문이라 한다. 이것은 물론 마을의 소문을 옮겨 적은 것이다. 왕성한 오줌 기운에 합당하게 이 여성은 자기네 무밭을 가로질러 가는 아이들을 거침없는 입담으로 위협한다. 그리고 그 위협은 매우 효과적이다. 유머러스하고 실감이 간다.

이런 여장부는 이른바 원형적인 인물이고 그 유형은 문학에 편재한다. 그리스 신화의 아마존 부족에서부터 브레히트의 『억척어멈』에 이르기까지 그 계보는 화려하고 다채롭다. 초서의 『캔터베리 이야기』에 나오는 「바스의 여장부」도 낯익은 인물 중 하나다. 널리 알려져 있다시피 『캔터베리 이야기』는 캔터베리로 순례 길에 오른 각계 각층의 사람들이 돌아가며 하는 얘기로 구성되어 있다. 기사, 봉당 신부, 농부, 수도승, 수녀

원장, 장사꾼, 선장, 요리사, 변호사 등 여러 사람이 등장하지만 바스의 여장부는 그 가운데서도 압권이다. 성질이 매우 괄괄해서 교회에서는 감히 그보다 앞서서 헌금하러 나가는 이가 없었다는 이 여장부를 초서는 서두에서 이렇게 소개하고 있다.

> 이 여인은 일생을 요란하게 살아와서
> 성당 문전에서 맞은 남편만 해도 다섯이요
> 젊었을 때 놀던 남자들은 물론 부지기수이나
> 지금 그 이야기를 할 필요는 없다.
> 예루살렘 성지에 간 것이 세 번
> 돌아다닌 외국만도 여러 나라였다.
> (……)
> 남자들과 어울려 잘 웃고 잘 지껄여 댔다.
> 상사병의 요법도 샅샅이 알고 있었는데
> 그 사랑놀음의 여러 기술에 정통했었다.

바스의 여장부는 정식 결혼도 다섯 번이나 하고 젊은 날의 남성 편력은 이루 헤아릴 수도 없다. 그리고 사랑놀음에 도통한 여자 도사였다. 거기에 비하면 질마재 이생원네 마나님은 애기 여장부에 지나지 않는 것으로 보인다. 그러한 차이는 어디서 오는가? 그것이 환경의 차이에서 오는 것이고 환경의 차이는 곧 국력의 차이이기도 하다는 것은 분명하다. 만약 이생원 마나님이 영국에서 태어났다면 남성 편력도 더욱 다채롭고 남성을 제압하는 저력도 한층 막강했을 것이다. 역으로 바스의 여장부도 질마재 마을에서 태어났다면 사정이 역전되었을 것이다. 고작 동네 꼬마들의 간담이나 서늘하게 하고 김서운니네 정도의 늦바람 여성이 되어 성적 파트너의 코피나 흘리게 해서 동네 참새들의 입방아에나 올랐을 것이다. 가난문화에서는 이렇게 원형적인 인물도 왜소해지고 초라해지고 가엾어진다.

리얼리즘이란 말은 사용자에 따라 뜻하는 바가 다양해서 신중하게 쓰지 않으면 의미의 혼란이 생기기 쉽다. 소설과 같은 산문문학에 적용할 경우 그것은 당대 사회 현실의 객관적 묘사라는 뜻으로 수용하면 크게 틀리지 않는다. 그러면 시의 경우는 어떠한가? 짤막한 서정시를 두고 이 말을 남용하는 것은 현명한 처사는 아닐 것이다. 그러나 반영된 리얼리티의 진함과 옳음은 지적할 수 있을 것이다.

> 두루두루 살펴도
> 금강 단발령
> 고갯길도 없는 몸
> 나는 어찌 하라우.
>
> — 김소월, 「필베개조」에서

> 흰 저고리 치마가 슬픈 몸집을 가리고

흰 띠가 가는 허리를 질끈 동이다.

— 윤동주 「슬픈 족속」에서

김소월이나 윤동주가 보여 주는 여인상은 절실한 울림을 갖고 있는 명편을 구성하고 있다. 그 시적 리얼리티를 부정할 수는 없다. 그러나 삶의 특권적 순간이나 집약적 이미지를 조성했기 때문에 그 리얼리티는 배타적인 생략과 사상(捨象)의 소산이기도 하다. 거기에 비하면 「신부」의 전통적 열녀상이나 「소자 이생원네 마누라님의 오줌 기운」에 나오는 원형적 인물은 보다 삶의 현장에 밀착되어 있어 거역할 길 없는 리얼리티를 획득한다. 그러한 맥락에서 『질마재 신화』가 독자적인 시적 리얼리즘을 구현하고 있다고 말해도 좋을 것이다.

학질 떼기

가난문화의 심란한 항상적 징후의 하나는 질병이다. 뇌점이라는 방언을 가진 폐결핵은 20세기 초반 불치의 질병으로 간주되었고 많은 유위한 청장년들의 목숨을 앗아 갔다. 이용악의 제2시집 『낡은 집』에 수록된 「너는 피를 토하는 슬픈 동무였다」는 폐결핵으로 잃은 친구를 그리고 있지만 시인 자신도 결국 예순을 바라보는 나이이긴 했으나 폐결핵으로 세상을 떴다.

비타민 A 결핍으로 말미암은 각막연화증이 유아기에 생기는 경우 실명으로 이어지는 것은 자각 증상을 알지 못하기 때문이었다. 해방 당시 2만 명에 이른 시각장애인의 대부분이 영양부족 때문에 그리된 것이라는 것은 지난번에 언급한 바 있다.

그러나 절대 빈곤으로 특징지을 수 있는 우리의 어린 시절 많은 어린이들이 공통적으로 가지고 있는 잔병이 있었다. 종기와 기계총과 회충 때문에 생기는 배앓이 따위가 그것이다. 지금 초등학교 학생들이 종기를 갖게 되는 것은 없다 해도 과언이 아니다. 심한 영양부족이 드물기 때문이다. 머리에 생기는 전염성 피부염인 기계총도 마찬가지다. 용변을 보다가 꿈틀거리는 거위를 보고 가슴이 덜컹 내려앉은 유년 경험을 많은 노인들이 가지고 있다. 요즘은 회충 알을 구할 수 없어서 기생충 연구실에서 수입에 의존하고 있다는 말을 오래전에 들은 바 있다. 병이 났을 때 질마재에서는 어떻게 대처했을까?

> 내가 여름 학질에 여러 직 앓아 영 못 쓰게 되면 아버지는 나를 업어다가 산과 바다와 들녘과 마을로 통하는 외진 네 갈림길에 놓인 널찍한 바위 위에다 얹어 버려두었습니다. 빨가벗은 내 등때기에다간 복숭아 푸른 잎을 밥풀로 짓이겨 붙여 놓고, "꼼짝 말고 가만히 엎드렸어. 움직이다가 복사 잎이 떨어지는 때는 너는 영 낫지를 못하고 만다"고 하셨습니다.
>
> 누가 그 눈을 깜짝깜짝 몇천 번쯤 깜짝거릴 동안쯤 나는 그 뜨

겁고도 오슬오슬 추운 바위와 하늘 사이에 다붙어 엎드려서 우아랫니를 이어 맞부딪치며 들들들들 떨고 있었습니다. 그래, 그게 뜸할 때쯤 되어 아버지는 다시 나타나서 홑이불에 나를 둘둘 말아 업어갔습니다.

그래서 나는 다시 고스란히 성하게 산 아이가 되었습니다.

—「내가 여름 학질에 여러 적 앓아 영 못 쓰게 되면」 전문

여기 나오는 "학질(瘧疾)"은 말라리아다. 학질은 "초학"이라고도 한다. 본시 처음 걸린 학질을 초학이라 하지만 학질과 같은 뜻으로 쓰이는 경우가 많다. 대개 하루 걸러 열이 나고 증상이 나기 때문에 "하루걸이"라 하기도 한다. 한글학회에서 펴낸 『우리말큰사전』의 "도둑놈"이란 항목을 보면 그 말뜻 중 학질이란 뜻으로 경상도에서 쓰인다는 것도 나와 있다. 그러나 필자가 초등학교를 다닌 충북 증평에서 "도둑놈 걸렸다."는 말을 흔히들 하였으니 실제로는 더 많은 지방에서 쓰이는 것으로 생각된다.

『질마재 신화』에 수록된 많은 시편들이 마을에 내려오는 얘기나 소문이나 사건을 다루고 있음에 반해서 이 시편은 시인 자신의 유소년 경험을 다루고 있다. 그만큼 직접성 고유의 호소력을 가지고 있다. 여기 적혀 있는 것은 학질의 민간요법의 하나로 생각된다. 학질은 하루 걸러서 열이 나는데 그것이 반복되고 낫지 않아 영 기진했을 때 바람이 잘 통하는 너럭바위

에 발가벗겨서 엎드리게 했다는 것이다. 복숭아 잎을 등에 짓이겨 붙여 놓는 것은 일종의 주술적(呪術的) 효과를 노린 것이라 생각된다. 도교의 잔재라 여겨지는 민간속신에서 복숭아나무의 가지나 잎사귀가 주술적 목적으로 흔히 쓰였다. "나는 그 뜨겁고도 오슬오슬 추운 바위와 하늘 사이에 다붙어 엎드려서 우아랫니를 이어 맞부딪치며 들들들들 떨고 있었습니다." 매우 실감 나는 대목이다. "덜덜덜덜"이 아니라 "들들들들" 떨고 있었다는 것은 어사의 일탈적 구사가 도리어 떠는 모습을 강조하는 것으로 생각된다. 이 "들들들들"은 뒤에 나오는 "나를 둘둘 말아 업어갔습니다."의 "둘둘"로 이어져 특유의 소리 효과를 내고 있다. 예사로우면서도 시인의 능란한 언어 자원 활용 능력을 보게 된다.

이렇게 해서 성취한 학질 떼기가 과연 주술적 효과에서 연유한 것인지 또는 앓을 만큼 앓고 나서 자연 치유된 것인지는 분명치 않다. 무당의 푸닥거리 같은 유사 플라세보(placebo) 효과일지도 모른다. 사람의 몸은 치료 체계를 가지고 있기 때문에 저절로 치료된다는 것이 많이 읽힌 앤드루 웨일의 『자연 요법』의 기본 입장이다. 의학적이고 약물적인 치료가 성공적인 결과를 가져오는 경우에도 이러한 결과는 내재하는 치료 기제 작동의 사례이며 그 치료 체계는 다른 환경에서 외부 자극 없이도 작동하리라는 것이다. 그러니까 약품에 의존하기보다도 치료 체계 또는 면역 체계를 활성화하는 보조 식품 등을 통해서 질병을 예방하고 자연치료를 도모할 수 있다고 말한다. 과거의 민간 치료법이 효과를 냈다면 그것은 면역 체계의 자가 발동에 의한 자연치료의 결과일지도 모른다. 사실 20세기 중반쯤에도 가령 가래톳이 난 자리에 특정 한자를 붓글씨로 적어 놓는다든가 볼거리에 잉크를 바른다던가 하는 황당한 처방이 시골에서는 아주 흔하였다. 이러한 처방이 효과를 볼 것이라는 환자의 기대감이 몸의 면역 기능을 촉진해서 황당하게 보이는 민간요법이 효과를 보는 것이라 할 수도 있다.

1930년대엔 "금계랍"이라 불렀던 염산키네가 해열진통제로 쓰이기 시작하여 학질 환자에게도 처방되었다. 아직 금계랍이 보급되기 이전의 시기겠지만 말라리아에 걸린 어린이를 발가벗겨 바위에 혼자 엎드리게 하고 장시간 미동도 하지 못하게 엄포를 놓는 것은 섬뜩한 일이다. 그것은 고독 및 고통 감내 교육이기도 하고, 시련 끝에야 건강이 돌아온다는 것을 터득하게 하는 극기 훈련이기도 할 것이다. 그러한 긍정적 측면을 부분적으로 인정한다 할지라도 이 민간 요법은 가혹하고 또 심한 위험이 따른다. "문명과 그 불만"에 못지않게 "근대화와 그 불만"도 만만치 않게 깊고 다양하다. 그럼에도 이렇듯 완강하게 지독한 옛 관행을 접하고 보면 근대화의 축복 됨을 인정하지 않을 수 없다.

정 떼기

이 땅 위의 장소에 따라, 이 하늘 속 시간에 따라, 정들었던 여자나 남자를 떼내버리는 방법에도 여러 가지가 있겠습죠.

그런데 그것을 우리 질마재 마을에서는 뜨끈뜨끈하게 매운 말피를 그런 둘 사이에 좌악 검붉고 비리게 뿌려서 영영 정(情)떨어져 버리게 하기도 했습니다.

모시밭 골 감남뭇집 설막동(薛莫同)이네 과부 어머니는 마흔에도 눈썹에서 쌍긋한 제물향(香)이 스며날 만큼 이뻤었는데, 여러해 동안 도깝이란 별명(別名)의 사잇서방을 두고 전답(田畓) 마지기나 좋이 사들인다는 소문이 그윽하더니, 어느 저녁엔 대사립문(門)에 인줄을 늘이고 뜨끈뜨끈 맵고도 비린 검붉은 말피를 좌악 그 언저리에 두루 뿌려 놓았습니다.

그래 아닌게아니라, 밤에 등불 켜 들고 여기를 또 찾아 돌던 놈팽이는 금방에 정(情)이 새파랗게 질려서 "동네 방네 사람들 다 들어 보소…… 이부자리 속에서 정들었다고 예편네들 함부로 믿을까 무서웁네……" 한바탕 왜장치고는 아조 떨어져 나가 버렸다니 말씀입지요.

이 말피 이것은 물론 저 신라(新羅)적 김유신(金庾信)이가 천관녀(天官女) 앞에 타고 가던 제 말의 목을 잘라 뿌려 정(情) 떨어지게 했던 그 말피의 효력(效力) 그대로서, 이조(李朝)를 거쳐 일정초기(日政初期)까지 온것입니다마는 어떤갑쇼? 요새의 그 시시껄

렁한 여러 가지 이별(離別)의 방법(方法)들보단야 그래도 이게 훨신 찐하기도 하고 좋지 안을갑쇼?

—「말피」 전문

학질 떼는 민간요법이 있듯이 남녀 사이의 정을 떼는 방법이 있었다며 동네 과부가 샛서방으로 하여금 떨어져 나가게 한 자초지종이 적혀 있다. 아마도 이것은 질마재에서 소문난 혹은 살아 있는 전설이 된 실화일 것이다. 그리고 말피를 뿌려서 정 떨어지게 한 것은 어느 과부의 창의적 발상이 아니라 질마재에서 전해오는 한편 간헐적으로 실천된 관행인 것으로 보인다. "영영 정(情)떨어져 버리게 하기도 했습니다."란 두 번째 단락의 지문이 그것을 말해 주고 있다. 사잇서방 혹은 샛서방은 본래 남편 있는 여성의 성적 파트너를 뜻하는데 여기서는 단순히 '바람 피우는 상대' 정도의 뜻으로 쓰인 것으로 보인다. 과부되기 전부터의 특별한 사이란 함의를 읽어 낼 수 없는 것은 아니겠으나 너무 까다롭게 따질 필요는 없을 것이다.

이 작품에는 다른 작품에서와 달리 유달리 한자 표기가 많다. "설막동이네 과부 어머니"에서의 설막동(薛莫同)이나 천관녀(天官女)와 같은 사람 이름 때문이기도 하고 일정초기(日政初期)와 같이 한자 표기가 부득이한 경우가 있기 때문일 것이다. 지금 국사에서의 공식 용어는 "일제강점기"다. 그러나 이러한 공식 용어는 딱딱하고 생경한 느낌을 준다. 물론 오랜 시간이 지나가면 생경한 맛은 사라지고 어느덧 익숙해질 것이다. 그러나 그때는 그때고 우선은 오랫동안 써 온 "일정 때", "해방 전", "식민지 시절" 같은 말이 실감 있게 다가온다. 단순히 천관이라 하지 않고 천관녀라 한 것도 미당다운 어사 활용이다. 이 작품을 읽을 맛나게 하는 것은 "검붉고 비리게 뿌려서", "눈썹에서 쌍긋한 제물향이 스며날 만큼", "소문이 그윽하더니", "이부자리 속에서 정들었다", "요새의 그 시시껄렁한 여러 가지 이별의 방법" 등속의 어사 활용을 접하는 재미이기도 하다. 단순히 소재를 확인하는 정도로 끝낸다면 그것은 시 읽기가 아닐 것이다.

우리는 이 시편을 통해 전통 기층사회에서의 성과 재물과 헤어짐의 풍속을 접하고 마치 소설의 한 장면을 연상하게 된다. 과부는 성적 파트너와의 교섭을 통해 전답 마지기나 장만한 후에 정 떼기의 관례적 방법에 따라서 그와의 결별에 성공한다. 전통 사회에서 여성은 약자이게 마련이고 근대화되었다는 오늘에 있어서도 여성의 사회적 지위는 상대적으로 취약한 편에 속한다. 우리는 이 시편에서 양성 관계의 성립과 파탄에 이르는 하나의 방식을 접하고 민족지로서의 『질마재 신화』의 일면을 다시 확인하게 된다.

복사 빛 사건

처녀시집 『화사집』에는 「도화도화」란 시편이 수록되어 있다. 김유정에게 「봄·봄」이란 단편이 있는데 이 시편은 「복사꽃 복사꽃」이란 뜻이다. 도색영화란 말에서 엿볼 수 있듯이 도화는 에로틱한 것 혹은 성적인 것을 표상한다. 여성에게 도화살이 끼었다고 하면 남편 운이 없고 이성 문제로 복잡해지는 것을 시사하였다. 남성에게 여난(女難)이 있다는 것과 맞먹는 운수라 할 수 있다. 이 「도화도화」에는 “비로봉상의 강간 사건들/ 미친 하늘에서는/ 미친 오필리아의 노랫소리 들리고/ 원수여! 너를 찾아가는 길의/ 쬐그만 이 휴식”이란 충격적인 시행이 보인다. 단수가 아니고 복수로 되어 있는 “비로봉상의 강간 사건들”은 시속에 나온다는 것만으로도 소소하나 하나의 문학적 사건이 된다. 갑년에 이르러 시인은 고향의 간통 사건을 다루는데 이번엔 사건에 대한 마을의 집합적 반응을 모티프로 하고 있다.

> 간통사건이 질마재 마을에 생기는 일은 물론 꿈에 떡 얻어먹기같이 드물었지만 이것이 어쩌다가 주마담(走馬痰) 터지듯이 터지는 날은 먼저 하늘은 아파야만 하였습니다. 한정 없는 땡삐떼에 쏘이는 것처럼 하늘은 웨 — 하니 쏘여 몸써리가 나야만 했던 건 사실입니다.

"누구네 마누라허고 누구네 남정(男丁)네허고 붙었다네!" 소문만 나는 날은 맨먼저 동네 나팔이란 나팔은 있는 대로 다 나와서 "뚜왈랄랄 뚜왈랄랄" 막 불어자치고, 꽹과리도, 징도, 소고(小鼓)도, 북도 모조리 그대로 가만 있진 못하고 퉁기쳐 나와 법석을 떨고 남녀노소, 심지어는 강아지 닭들까지 풍겨져 나와 외치고 달리고, 하늘도 아플 밖에는 별 수가 없었습니다.

마을사람들은 아픈 하늘을 데불고 가축(家畜) 오양깐으로 가서 가축용(家畜用)의 여물을 날라 마을의 우물들에 모조리 뿌려 메꾸었습니다. 그러고는 이 한 해 동안 우물물을 어느 것도 길어 마시지 못하고, 산골에 들판에 따로따로 생수 구먹을 찾아서 갈증을 달래어 마실 물을 대어 갔습니다.

—「간통사건(姦通事件)과 우물」 전문

스위스 태생의 드니 루주망은 『서구세계에서의 사랑』에서 프랑스 문학에 관해 얘기하면서 "그 문학으로 판단하건대 간통이 서구인들의 특징적인 여가 활동의 하나로 보인다."고 적고 있다. 문학이 현실 묘사라고 해서 문학이 현실을 충실하게 그리고 있는 것은 아니다. 작가마다 눈이 다르고 지향이 다르다. 가령 1000년 후의 역사가가 수다한 20세기 추리소설을 읽고 나서 20세기에는 살인 사건이 빈발했고 대부분의 범죄자들은 뛰어난 재능의 소유자이고 범인을 잡는 경관들은 대체로 멍청한 저능아라고 서술한다면 그것은 엄청난 역사 왜곡이 될 것이다. 추리소설의 관습에 대한 몰이해에서 나온 오도적 역사 서술이 되는 셈이다. 소설이란 장르의 관습은 이성 간의 사랑을 모티프로 하는 경향이 있고 이에 따라 간통의 모티프도 빈번히 등장하는 것은 사실이다. 그렇다고 그것이 곧 사회 현실의 정확하고 균형 잡힌 반영이라고 볼 수는 없다. 루주망의 말이 영국 소설의 경우에 해당되지 않는다고 우선 18세기 영국 소설의 연구서는 말하고 있다. 그러나 문학이나 소설의 성질상 간통의 주제가 자주 등장하는 것은 사실이다. 『보바리 부인』이나 『안나 카레니나』같은 19세기의 고전소설이 대표적인 사례다. 간통으로 사회의 눈 밖에 난 안나는 종당에 철도 자살이란 참혹한 결말로 몰리고 불륜의 길에서 큰 빚을 지게 된 엠마도 음독 자살로 생을 마감한다. 단테의 『신곡』에서 형수인 프란체스카와 시동행인 파울로는 의롭지 못한 열정에 빠져 프란체스카는 결국 남편에게 살해되고 또 지옥으로 떨어지게 된다. 간통이 모티프가 된 작품은 대체로 거기 이르게 된 경위와 대체로 비극적으로 끝나는 그 결말을 보여 주는 게 보통이다.

그런데 위의 작품에서 당사자들은 소문 속에만 있고 모습을 드러내지 않는다. 사회 특히 폐쇄적인 부락 공동체가 보여 주는 반응이 모티프가 되어 있기 때문이다. 질마재의 반응은 극히 이색적이다. 당사자들을 직접 조롱하거나 견책하거나 구경감으로 삼는 일 같은 것은 보여 주지 않는다. 가족 윤리와 가정 질서 파괴자를 희생양으로 몰고 감으로써 하늘의 노여움을 풀고 마을의 부정(不淨) 정화를 시도하는 것이 아니라 그 반대로 부락 공동체가 스스로 자기 징벌을 과하는 형태를 취한다. 마을의 우물들 모두에 가축용 여물을 뿌려 메꾸어 버려 못 쓰게 하고 산과 들판에 따로 생수 구멍을 파서 식수를 조달하는 것이다. 이 자기 부과적 징벌과 막심한 불편이 의미하는 것은 무엇일까? 불미한 성적 일탈 행위가 일어날 경우 마을 사람들은 모두 거기에 연대책임을 느끼고 이에 상응하는 자기 징벌을 과하는 것이라고 할 수밖에 없다. 있을 수 있는 일탈 행위가 야기하는 마을 전체의 막심한 불편과 노역(勞役)을 통해 욕망의 조정을 꾀하는 하나의 율법적 의식(儀式)이라 할 수 있다. 소문이 나자마자 나팔, 꽹과리, 징, 북, 소고 등을 모두 들고 나와 난리 법석을 치고 거기에는 강아지나 닭까지 동원된다. 부락 공동체가 총동원하여 지극히 은밀한 일을 백일하에 공개함으로써 프라이버시의 아슬아슬한 취약성을 다시 상기시키는 것이다. 자기 징벌은 욕망에 대한 극기 훈련이기도 하다. 하늘이 아프다는 것은 성적 질서 파괴가 천도에 거슬리는 큰 죄과라는 것의 함의다. “꿈에 떡 얻어먹기같이 드물다.”는 가난문화 특유의 어법 차용이나 “뚜왈랄랄 뚜왈랄랄” 같은 의성음의 발명에서 다시 시인은 우리말의 마술사임을 보여 준다. 다시 한번 우리는 『질마재 신화』의 민족지 됨을 확인하게 된다.

질마재의 트릭스터

어느 사회에서나 신분상승의 꿈은 널리 퍼져 있다. 현재의 곤경과 굴욕과 상심을 극복하기 위한 방법으로 우선 떠오르는 것은 신분 상승이다. 전통 사회의 구질서 속에서 도모하는 신분 상승은 사농공상의 계층을 뛰어넘는 근대적 사회이동일 수는 없다. 한정된 범위 안에서의 높이뛰기가 고작일 것이다. 근대사회에서 사회이동을 가능하게 하는 것으로 가장 눈에 띄는 것은 경제활동을 통한 재산 축적, 혹은 결혼을 통한 수직적 신분 상승이다. 그러나 지리적으로 한정된 질마재에서도 소규모의 신분 상승은 가능하다. 시집에 수록된 마지막 작품인 「김유신풍(金庾信風)」은 결혼을 통한 신분 상승에 이른 "무식하고 미련한 총각" 황먹보의 희한한 성공담을 전해 준다. 째지게 가난한 늙은 과부의 외아들 황먹보는 재주라곤 없는데 "음양(陰陽)은 어찌 알았는지" 옆집의 장자 딸을 보고 상사병에 걸리게 된다. 그리고 속임수를 써서 마침내 부잣집 사위가 된다. 황먹보가 쓴 속임수는 『삼국유사』에 나오는 김유신이 밤하늘에 불붙인 제웅을 매단 종이 연을 날려 올리며 "고약한 별이 내려왔다 다시 올라간다."고 소리치게 해서 국민의 불안을 없앴다는 얘기를 본떠서 옆집 장자로 하여금 딸을 내놓게 하는 것이다.

그리고 해가 졌는데, 연석은 또 오매를 부를 줄 알았더니 이번에는 아무 소리 없이 후다다딱 우라랫두리 입은 걸 몽땅 벗어 내팽개쳐 버리더니 와르르르 그 개어 논 뻘흙 옆으로 다가가서 왼 몸뚱이를 두 눈주먹만 내놓고는 까맣게 까맣게 흙탕으로 번지르르 칠하고 나서는 아까 그 피모시 줄 끝에 매하고 방울하고 같이 매단 종이등(燈)에 부싯돌로 불을 덩그랗게 붙여 밝히곤, 그것들을 모두 두 손에 감아쥐고 뒷집 장자(長者)네 집 대문(大門)간 큰 감나무 위로 뽀르르르 다람쥐새끼같이 기어 올라갔다.

—「김유신풍(金庾信風)」 부분

그리고 하늘의 사자(使者)를 자처하며 장자에게 앞으로 크게 될 황먹보를 사위로 삼을 것이며 그걸 어기면 큰 벌이 있을 것이라고 소리쳐서 소원을 성취하게 된다. 아마도 이것은 시인이 꾸민 얘기일 것이다. 그러기에 “우리 두 눈으론 똑똑히 보지 못해서 뭐라 장담할 수는 없다.”고 토를 달아 놓은 것이리라. 시골에는 부자가 망하는 경위를 전하는 민화가 많다. 가령 하인들이 떡이 먹고 싶으면 어두컴컴해지기 시작할 무렵 몇몇이 흰옷 차림으로 지붕에 올라가 춤을 춘다. 이를 본 주인이 “히야, 또 김서방들이 장난을 치는구나. 고사를 지내도록 해라.”라고 해서 집안에서 푸짐하게 떡을 해서 고사를 지내게 된다. 하인들은 그 덕에 고사떡을 실컷 먹게 된다. 이렇게 여러 차례 당하고 보면 마침내 부잣집은 내리막길을 가게 된다. 여기서 김서방은 도깨비란 뜻인데 이런 거짓말 같은 사실이 통하는 세상이었으니 황먹보도 허황된 인물은 아닌 셈이다.

황먹보 같은 미련한 무식꾼이 어떻게 장자를 속여 먹는 것인가? 그는 인류학에서 말하는 트릭스터(trickster)로서 그러한 역할을 수행해 낸다. 그리고 바보 온달에서 보듯이 사람이란 거죽과 속이 다를 수 있고 미련한 무식꾼이기 때문에 또 헛똑똑이가 하지 못하는 일을 해내는 것이다. 어떤 의미에서 황먹보는 트릭스터이자 동시에 마을의 영웅이기도 하다. 영국인들이 그려 낸 영웅상은 쉽게 감정 표출을 하지 않으며 정중하고 정직하고 솔직하다고 한다. 그것은 영국인들이 이상형으로 생각하는 신사에 가깝다. 여기에 비하면 고대 그리스인들의 영웅상은 한결 영리하며 속임수도 마다 않는 트릭스터이며 적을 물리치기 위해서 기꺼이 책략을 사용한다. 감정 표출을 업신여기지도 않는다. 오디세우스는 용감하지만 동시에 책략가이기도 하다. 시인은 황먹보에 대해서 말을 아낀다. 무식하고 미련하고 게으르고 재주 없는 화상으로 그려 보인다. 그러나 그는 큰 꾀를 부려서 어머니를 시켜 모든 도구를 수집해 오게 하고 마침내는 하느님의 사자목소리를 내기에 이른다. 가난문화의 부정적 징후를 두루 갖추고 있는 질마재 마을에 아주 어울리는 트릭스터를 김유신의 일화에서 번안(飜案)해 냈다는 점에 시인 특유의 솜씨가 돋보인다. 황먹보가 자기 어미에게 부탁을 하는 사투리 말씨가 일품이다.

고향 탈출과 해방의 이미지

어떤 문화에서나 놀이나 잔치는 삶의 긴장으로부터 잠정적으로 해방되는 계기를 마련하면서 나날의 삶을 위한 재충전의 기회가 되어 준다. 소박 단순하고 간소한 놀이나 잔치에서 복잡하고 풍요로운 그것에 이르기까지 그 기능은 대체로 엇비슷하다. 『질마재 신화』에는 이렇다 할 놀이나 잔치의 세목이 보이지 않는다. 흔하디흔한 민속놀이나 하다못해 화투놀이도 보이지 않는다. 마을의 공동체적 요소가 비교적 소략하게 그려져 있음이 드러난다. 그런 가운데 시골에 흔히 있는 연싸움을 다룬 「지연승부(紙鳶勝負)」는 단연 이색적이고 개성적이다.

작품은 연싸움을 다루고 있으나 승부의 실제 양상을 다루고 있는 것은 아니다. 승부 놀이에서는 누구나 이기기를 바라고 또 이기는 편과 자기 동일시를 꾀하는 것이 보통이다. 그러나 이 작품에서 사정은 그렇지 않다.

> "싸움에는 이겨야 멋이라"는 말은 있습지요만 "져야 멋이라"는 말은 없사옵니다. 그런데, 지는 게 한결 더 멋이 되는 일이 음력(陰曆) 정월 대보름날이면 이 마을에선 하늘에 만들어져 그게 1년 내내 커어다란 한 뻰보기가 됩니다.
>
> 승부(勝負)는 끈질겨야 하는 거니까 산해(山海)의 끈질긴 것 가운데서도 가장 끈질긴 깊은 바다 속의 민어 배 속의 부레를 끄내

풀을 끓이고, 또 승부엔 날카로운 서슬의 날이 잘 서있어야 하는 거니까 칼날보다 더 날카로운 새금파리들을 모아 찧어 서릿발 같이 자자란 날들을 수없이 만들고, 승부는 또 햇빛에 비쳐 보아 곱기도 해야 하는 것이니까 고은 빛갈 중에서도 얌전하게 고은 치자(梔子)의 노랑 물도 옹기솥에 끓이고, 그래서는 그 승부의 연(鳶)실에 우선 몇 번이고 거듭 번갈아서 먹여야 합죠.

그렇지만 선수(選手)들의 연(鳶) 자새의 그 긴 연실들 끝에 매달은 연들을 마을에서 제일 높은 산(山) 봉우리 우에 날리고, 막상 승부를 겨루어 서로 걸고 재주를 다하다가, 한쪽 연이 그 연실이 끊겨 나간다 하드래도, 패자(敗者)는 '졌다'는 탄식(歎息) 속에 놓이는 게 아니라 그 반대로 해방(解放)된 자유(自由)의 끝없는 항행(航行) 속에 비로소 들어섭니다. 산봉우리 우에서 버둥거리던 연이 그 끊긴 연(鳶)실 끝을 단 채 하늘 멀리 까물거리며 사라져 가는데, 그 마음을 실어 보내면서 "그 어디까지라도 한번 가 보자"던 저 신라(新羅) 때부터의 한결 같은 유원감(悠遠感)에 젖는 것입니다.

그래서 그들은 마을의 생활에 실패해 한정없는 나그네 길을 떠나는 마당에도 보따리의 먼지 탈탈 털고 일어서서는 끊겨 풀려 나가는 연(鳶)같이 가뜬히 가며, 보내는 사람들의 인사말도 "팔자야 네놈 팔자가 상팔자로구나" 이쯤 되는 겁니다.

—「지연승부(紙鳶勝負)」 전문

이 산문을 시로 만들고 있는 것은 말할 것도 없이 독자적인 어법이다. 대범하게 말해서 문체라 할 수 있다. “지는 게 한결 더 멋이 되는 일이 음력 정월 대보름날이면 이 마을에선 하늘에 만들어져”라는 말은 시인이 처음으로 써 보는 것이다. 시 읽기도 결국은 놀라움의 발견이다. 여기서 놀랍다는 감개를 경험하지 못하면 시 읽기가 아니라 단순한 산문 읽기가 돼 버리고 만다. 그다음에 이어지는 공들인 연실 만들기도 시인의 독자적인 어법으로 생기와 실감을 취득한다. “칼날보다 날카로운 새금파리”는 요즘 젊은이들이 경험해 보지 못한 지난날의 체험, 특히 유년 체험의 세목이 담겨 있는 대목이다. “얌전하게 고운 치자의 노랑 물도 옹기솥에 끓이고”도 선인들의 염색 과정의 한 단계를 보여 준다. 치자꽃은 본시 피어날 때엔 하얀색이지만 나중에는 노랗게 변색하는데 그때 옹기에 끓여서 물감을 낸다.

연싸움은 연을 날리면서 서로의 연실을 얼러가지고 상대방의 연실을 제 실로 끊어 버리도록 하는 놀이다. 그러니까 연실이 튼튼해야 이기고 또 연의 조작에 능란해야 한다. 연 날리기에는 연 날리는 사람의 심리적 간구가 담겨져 있다. 바람을 활용해서 높이 띄워 올린 연을 보며 날리는 사람은 자기의 힘을 감지한다. 자연을 활용한 조작(操作) 능력을 통해서 자기 힘을 느끼게 되지만 그것은 경험에 의해서 도야된 기술이기도 하다. 한편 연 날리는 사람은 하늘 높이 날아오르는 연과 자신을 동일시하면서 자유와 해방감을 만끽한다. 그러므로 연은 일상 생활의 단조함으로부터의 해방과 거기서 말미암은 자유의 이미지이기도 하다. 연싸움에서 패배한 연은 실을 끊기고 끊긴 연 실을 단 채 하늘 멀리 까물거리며 사라진다. 보통 연싸움에서 진 쪽은 열패감을 느끼게 마련이지만 질마재 사람들은 "어디까지라도 한번 가 보자."는 유원감에 젖는다고 시인은 말한다. 신분의 고정성으로 사회 이동이 불가능하고 또 직업의 종류가 한정되어 있어 지리적 이동도 희귀했던 재래식 음력의 세계에서 하늘 높이 도망가는 연은 그대로 고향 탈출과 자유해방의 기호가 된다. 따라서 개화 이후 마을의 생활에서 실패해 나그넷길을 떠나는 사람도 가뜬히 실 끊긴 연처럼 떠나며 고향 잔류자들도 떠나는 사람을 일변 부러워한다.

놀이거리가 많지 않았던 시절 연 띄우기는 특히 어린이들에게 커다란 낙의 하나였다. 그러기에 20세기 시 가운데에는 연을 소재로 한 작품이 꽤 보인다. 김소월의 『진달래꽃』에는 사행시가 보인다.

> 오후의 네길거리 해가 들었다,
> 시정(市井)의 첫겨울의 적막함이어,
> 우둑히 문어구에 혼자 섰으면,
> 흰눈의 잎사귀, 지연(紙鳶)이 뜬다.

— 「지연(紙鳶)」 전문

첫겨울 오후에 뜨는 종이 연을 보며 적막감을 느끼는 감개를 적었다. 흰눈의 잎사귀라는 이미지가 소월로서는 대담한 발상이다. 여기서 연은 적막한 오후 구도의 한 소도구 구실을 하며 그 이상의 기능을 하는 것은 아니다. 소월의 서정이 보여 주는 다양성을 우리는 다시 확인한다. 서정시의 본령에 충실했던 김영랑은 연을 다룬 두 편의 시를 보여 주고 있다.

바람 일어 끊어지든 날
엄마 아빠 부르고 울다
히끗히끗한 실낫이 서러워
아침 저녁 나무밑에 울다

—「연 1」 부분에서

좀평나무 높은 가지 끝에 얼킨 다아 해진 흰 실낫을 남은 몰라도
보름 전에 산을 넘어 멀리 가버린 내 연의 한 알 남긴 설음의 첫씨
태어난 뒤 처음 높이 띄운 보람 맛본 보람
안 끊어졌드면 그럴수 없지
찬바람 쐬며 콧물 흘리며 그 겨울내 그 실낫 치다보러 다녔으리
내 인생이란 그때버텀 벌서 시든상 싶어
철든 어른을 뽐내다가도 그 실낫 같은 병(病)의 실마리

마음 어느 한구석에 도사리고 있어 얼신거리면
아이고! 모르지
불다 자는 바람 타다 꺼진 불동
아! 인생도 겨레도 다아 멀어지든구나

—「연 2」 전문

「연 1」은 1939년에 발표된 작품이요, 「연 2」는 해방 후인 1949년에 발표된 작품이다. 두 작품이 모두 연을 날리다가 연실이 끊어져 연은 도망가고 나뭇가지에 걸려 있는 연실을 보며 낙망의 설움을 맛보았던 경험을 다루고 있다. 나뭇가지에 걸려 있는 희끗희끗한 연실을 보고 울었다는 「연 1」은 아주 어릴 적의 경험 현장으로 독자를 안내한다. 그 임장성(臨場性)이 두드러진다. 「연 2」도 동일한 모티프를 다루고 있으나 성숙한 시의 화자가 유년 경험 속의 끊어진 연실에서 좌절된 삶의 예고를 보고 나아가서는 좌절된 민족의 명운을 보고 있다는 점에서 크게 다르다. "아! 인생도 겨레도 다아 멀어지든구나"의 영탄적 회고조는 이 시편의 제작 연대와 관련시켜 생각해 볼 때 그 의미가 분명해진다. 남북의 분리가 현실화된 시점에서 끊어진 연실은 시인에게 개인사와 민족사의 예고로 감지되고 있음이 분명하다.

이러한 김영랑의 「연」 시편과 비교해 볼 때 「지연승부」의 시적 특성이 분명하게 드러난다. 영랑에게 실망과 낙망의 계기가 되는 것이 미당 시편에서는 도리어 해방감의 계기가 된다.

실이 끊겨 하늘 멀리로 도망가는 연에 자기 자신을 상상적으로 의탁해 본다고 해서 신상에 변동이 생기는 것도 고향 탈출의 첫걸음이 떼어지는 것도 아니다. 그러나 설령 꿈이 이루어지지 않았다 하더라도 꿈꾸었다는 자체가 의미 있는 경험이듯이 도망친 연에 대한 자기 동일화는 해방적 기능을 갖는 것이다. 「지연승부」는 젊은 시절 "애비를 잊어버려/ 에미를 잊어버려/ 형제와 친척과 동무를 잊어버려/ 마지막 네 계집을 잊어버려/ 아라스카로 가라 아니 아라비아로 가라/ 아니 아메리카로 가라/ 아니 아프리카로 가라/ 아니 침몰하라, 침몰하라, 침몰하라."고 적은 시인이기에 설득력 있게 쓸 수 있었던 시편이다. 연날리기나 연싸움의 놀이 기능이 국민 대다수가 항공편 여행을 즐길 수 있는 시대에 쇠퇴해 가는 것은 당연한 일일지도 모른다.

긍지와 타자의 인정

체코의 카렐 차페크는 여러 장르에서 개성적인 업적을 남긴 문인이다. 본시 노예를 뜻하는 말인 로봇을 인조인간의 뜻으로 써서 그것을 전 세계로 퍼지게 한 장본인도 그였다. 그에게 왜 시는 쓰지 않느냐는 질문을 하자 그는 "나 자신을 드러내기 싫어서요."라고 대답했다고 한다. 직정적으로 감정이나 상념을 토로하는 서정시가 시인의 내면을 드러내는 것은 사실이나 반드시 그런 것만도 아니다. 시의 화자를 시인 자신과 동일시하는 것은 가령 현대시의 경우에 불찰인 경우가 많다. 극적 인물을 내세운 극적 독백 같은 작품도 허다하기 때문이다. 그러나 서정시란 장르가 전통적으로 시인의 내면적 경험을 직접적으로 토로하는 경향을 보여 준 것은 사실이요, 그러한 한에서 카렐 차페크의 응답은 일리 있는 것이다. 하지만 엄밀히 따지면 작가도 소설 속에서 자신을 드러내게 된다. 경험 많은 독자들은 많은 작중인물 가운데서 작가 자신의 모습을 쉽게 찾아내게 마련이다. 그래서 프랑스의 아나톨 프랑스는 소설을 변형된 자서전이라고 말하기도 했다. 정도의 차이가 있기는 하지만 대체로 옳은 말이다. 『질마재 신화』는 처음 글머리에서 얘기했듯이 '질마재 유사(遺事)'이다. 그러나 거기에는 시인이 전달자나 관찰자나 논평자로서 대상을 파악하는 것이 아니라 직접 주인공으로 등장하는 시편도 있다. 그리고 이 계통의 작품이 가장 매력 있는 작품이 되어 있는 것으로 필자는 생각된다. 시인 형성기의 정신사를 엿볼 수 있기 때문이다.

> 그 애가 샘에서 물동이에 물을 길어 머리 위에 이고 오는 것을 나는 항용 모시밭 사잇길에 서서 지켜보고 있었는데요. 동이 갓의 물방울이 그 애의 이마에 들어 그 애 눈썹을 적시고 있을 때는 그 애는 나를 거들떠보지도 않고 그냥 지나갔지만, 그 동이의 물을 한 방울도 안 엎지르고 조심해 걸어와서 내 앞을 지날 때는 그

애는 내게 눈을 보내 나와 눈을 맞추고 빙그레 소리 없이 웃었습니다. 아마 그 애는 그 물동이의 물을 한 방울도 안 엎지르고 걸을 수 있을 때만 나하고 눈을 맞추기로 작정했던 것이겠지요.

—「그 애가 물동이의 물을 한 방울도 안 엎지르고 걸어왔을 때」 전문

사람은 누구나 자기 나름의 재주나 기량을 가지고 있고 또 그러한 재주나 기량에 대해 긍지를 갖는다. 긍지가 필요해서 재주를 개발하게 된다고 말해도 틀린 말은 아니다. 어른은 어른대로 아이는 아이대로 개발하고 기른 재주는 또 그의 장기가 된다. 가령 옛 시골에서는 나무를 잘 타는 아이, 헤엄을 잘 치는 아이, 제기를 잘 차는 아이, 뜀박질을 잘하는 아이, 노래를 잘하는 아이, 휘파람소리를 잘 내는 아이, 팔씨름을 잘하는 아이, 재주넘기를 잘하는 아이, 모래무지를 잘 잡은 아이로 호가 난 인물이 반드시 있었다. 그중 여러 가지 재주를 가지고 있으면 단연 아이들 사이에서는 골목대장이 되게 마련이었다. 이러한 어릴 적 재주는 나중 그의 생업으로 연결되는 경우도 있었다. 이렇듯 어린이의 놀이에는 생존을 위한 투쟁의 예행연습이 되는 국면도 있다. 위에서 물동이로 샘물을 길어 나르는 여자아이는 동이의 물을 한 방울도 흘리지 않고 걸어가는 재주를 가꾸고 있다. 그리하여 거기에서 어떤 성취감과 함께 긍지를 느낀다. 자기가 가꾸어 온 재주를 성공적으로 발휘하면 긍지를 느끼면서 모시밭 사잇길에 서 있는 소년에게 눈길을 보내며 웃음을

짓는다. 웃음에는 여러 가지 의미가 담겨져 있어 웃음을 단선적으로 정의할 수는 없다. 베르그송처럼 기계적인 반복에서 웃음의 핵심을 보는 이도 있지만 부조화의 인지는 대체로 웃음을 자아낸다. 그러나 "자기가 우월하다고 생각하기 때문에 웃음이 나온다."는 보들레르의 말처럼 모든 웃음에 공통적인 것은 그것이 승리의 노래라는 것이다. 만족하고 행복한 사람이 늘 웃음을 띠고 있는 것은 만족과 행복이 곧 승리이기 때문이다.

사람에게는 긍지와 또 긍지와 관련된 타자의 인정(認定)이 필요하다. 질마재 같은 가난문화의 마을에서도 사정은 같다. 그런 맥락에서 절대 빈곤에서 나온 「눈들 영감의 마른 명태」에 보이는 눈들 영감의 재주도 그에게는 긍지의 근거가 되고 타자 인정의 계기가 된다. 어쨌건 물동이의 물을 한 방울도 흘리지 않고 걸어가는 아이는 모시밭 사잇길에서 그 재주를 인지하고 웃음을 교환하는 소년과 인정(認定)을 넘어선 사랑에 이를 가능성이 높다. 그런 맥락에서 그 물동이 아이의 장기는 교태(嬌態)의 한 형식이라 볼 수 있다. 평범한 생활 세목에서 삶의 기본적인 이모저모를 찾아내어 적시하는 시인에게 탄복하게 된다. 이렇게 가꾸어진 재주와 기량은 장성한 뒤 개인적인 삶의 영위에서 중요한 자산이 된다. 그리고 그 연장선상에서 크고 작은 업적을 낳게 된다.

외할머니네 집 뒤안에는 장판지 두 장만큼한 먹오딧빛 툇마루가 깔려 있습니다. 이 툇마루는 외할머니의 손때와 그네 딸들의 손때도 꽤나 많이는 묻어 있을 것입니다마는, 그러나 그것은 하도나 많이 문질러서 인제는 이미 때가 아니라, 한 개의 거울로 번질번질 닦이어져 어린 내 얼굴을 들이비칩니다.

그래, 나는 어머니한테 꾸지람을 되게 들어 따로 어디 갈 곳이 없이 된 날은, 이 외할머니네 때거울 툇마루를 찾아와, 외할머니가 장독대 옆 뽕나무에서 따다 주는 오디 열매를 약으로 먹어 숨을 바로 합니다. 외할머니의 얼굴과 내 얼굴이 나란히 비치어 있는 이 툇마루에까지는 어머니도 그네 꾸지람을 가지고 올 수 없기 때문입니다.

—「외할머니의 뒤안 툇마루」 부분에서

여기 나오는 외할머니도 어릴 적에는 물동이의 물을 한 방울도 안 엎지르고 걸어가는 재주를 길렀을 것이다. 시집을 간 뒤 그녀는 시집살이에 복무하면서 무수한 살림살이 기량을 익히고 길렀을 것이다. 걸레질을 정성껏 깔끔하게 하는 것도 그중 하나였을 테고 그러는 사이 집 뒤안의 툇마루를 윤이 나도록 반들반들 닦아 놓았고 그것은 자식에게도 전수되어 그 툇마루는 '때거울'이 되었다. 그것은 외할머니의 평생 업적의 하나가 되었고 나중 외손자가 궁지에 빠졌을 때 위안을 구하는 도망처가 된다. 외할머니의 공덕이 외손자에게 내려진 것이다. 우리는 외할머니의 업적이나 공덕이 너무나 하찮은 것에 적막해지기도 한다. 그러나 하찮아 보이는 그 어떤 것도 아무것도 없는 것보다는 낫다. 사람은 태어나 고생하다가 세상살이를 끝내면서 어떤 흔적을 남기고 간다. 외할머니는 때거울이 된 툇마루에 그 흔적을 남겼다. 사람의 일생은 대체로 우리를 슬프게 한다. 삶의 막강한 잠재 가능성이 꾸준히 축소되고 소진되는 과정이 그 대체적 궤적으로 드러나는 게 보통이기 때문이다.

시초에의 향념(向念)

나보고 명절날 신으라고 아버지가 사다 주신 내 신발을 나는 먼 바다로 흘러내리는 개울물에서 장난하고 놀다가 그만 떠내려 보내 버리고 말았습니다. 아마 내 이 신발은 벌써 변산(邊山) 콧등 밑의 개 안을 벗어나서 이 세상의 온갖 바닷가를 내 대신 굽이치며 놀아다니고 있을 것입니다.

아버지는 이어서 그것 대신의 신발을 또 한 켤레 사다가 신겨주시긴 했습니다만, 그러나 이것은 어디까지나 대용품일 뿐, 그 대용품을 신고 명절은 맞이해야 했었습니다.

그래, 내가 스스로 내 신발을 사 신게 된 뒤에도 예순이 다 된 지금까지 나는 아직 대용품으로 신발을 사 신는 습관을 고치지 못한 그대로 있습니다.

—「신발」 전문

사람은 누구나 고향을 그리워한다. 세상에 나와서 유년기를 보낸 고향을 그리는 것은 어인 까닭인가? 그것은 최초의 세계 상봉이 안겨 준 놀라움이나 경이나 신기함과 연관될 것일 터이다. 붉게 타는 저녁놀, 손에 잡힐 듯 선연하나 이내 사라지고 마는 황홀한 무지개, 봄철 보리밭의 종달새 소리, 잠을 깨며 듣게 되는 아침 까치 소리, 여름밤 은하수와 겨울철 함박눈과 같은 청각과 시각적 경험은 어린이에게는 하나의 커다란 사건이 된다. 되풀이 경험하는 사이 그 최초의 놀라움은 평범한 일상사로 귀속되면서 퇴색하고 말지만 그 기억은 꾸준히 흔적을 남긴다. 최초로 본 꽃상여, 최초의 기차 여행, 최초의 곡마단 구경과 최초의 바다 구경, 최초로 본 선풍기와 최초로 본 영화 등은 기억 속에서 반딧불처럼 요상한 환등을 달고 있다. 이러한 정신사적 자연사 박물관의 소재지이기 때문에 우리는 고향을 그리는 것이 아닌가?

개울가에서 장난치다 떠내려 보낸 첫 신발 이후 대용품만으로 만족해야 했던 경험을 다룬 「신발」은 시초와 최초에 대한 인간의 향념을 노래한 성찰 시편이다. 잃어버린 첫 신발에 대한 애착이 그 후에 신게 된 신발을 모두 대용품으로 간주하게 한다. 최초와 시초가 진정성의 영역이고 그 이후의 것은 경험이건 물건이건 한갓 모조 대용품이란 생각은 세상에 편재해 있다. 잃어버린 낙원과 개체적 실낙원인 유년 시대가 진정성의 영역이고 그 이후는 한갓 타락과 모조의 영역이란 생각의 근저에 있는 것은 시초와 최초에 대한 지칠 줄 모르는 향념(向念)이다. 그 향념을 소박하나 진정성의 언어로 토로하고 있다. 모두 다 한가락 하는 『질마재 신화』시편 가운데서 개인적으로 가장 끌리는 작품이다.

다시 강조하지만 『질마재 신화』시편은 모두 산문시다. 그래서 더욱 낱낱의 시편이 모두 발명이라고 할 수밖에 없는 어사의 조직을 가지고 있다. 가령 우리는 「외할머니의 뒤안 툇마루」에서 시인이 '때거울'이란 새말을 마련해 낸 것을 보게 된다. 그것은 모국어 어휘에 대한 시인의 기여의 하나다. 물론 구식 한옥 마루가 사라지면서 '때거울'이란 말이 현대 어휘로 등재될 가능성은 희박해 보인다. 그럼에도 언어의 독창적 구사가 어떤 것인가를 보여 주는 이러한 조그만 사례는 시인들에게 영감을 주는 바가 많을 것이다. 한편 「신발」에는 "아마 내 이 신발은 — 이 세상이 온갖 바닷가를 내 대신 굽이치며 놀아다니고 있을 것입니다."란 대목이 보인다. "놀아다니고 있다."도 시인의 발명이다. "돌아다니다."는 말이 있다. 그런데 "내 대신 굽이치며" 유람하듯이 돌아다니니까 "놀아다니다."라고 한 것이다. 이러한 말의 묘미를 음미하는 것이 시 읽기의 즐거움이지만 대체로 소홀히 하고 있는 국면이다.

「지연승부」에는 "그 마음을 실어 보내면서 '어디까지라도 한번 가 보자'던 전 신라(新羅) 때부터의 한결 같은 유원감에 젖는 것입니다."란 대목이 보인다. 일지사에서 나온 1975년 초판본에 그리 되어있고, 2015년에 은행나무에서 나온 다섯 권짜리 『미당 서정주 전집 시』에도 그리 되어 있다. 여기서 "전 신라"는 아무래도 '저 신라'의 오기(誤記)가 아닌가 생각한다. '전(前) 신라'로 시인이 썼을 것 같지는 않다. 그 앞에 '던'이 있어 교정 보는 사이 '전'이 된 것으로 생각된다. 한편 이 시집에서 여성 3인칭으로 '그네'를 쓰고 있는 것도 주목된다. '그 여자'라 하던 것을 김동리는 '그녀'로 황순원은 '그네'로 쓰기 시작했다. 많은 젊은이들이 김동리의 '그녀'를 추종해서 한동안 대세로 굳어지는 것 같은 추세였다. 그러나 미당이 '그네'를 쓰고 있는 것은 재미있다. '그녀'의 어감도 그렇지만 한자의 흔적이 그대로 남아 있어 한결 토착화된 형태의 '그네'를 쓴 것이 아닌가 생각한다.

작은 것이 아름답다

1판 1쇄 찍음 2019년 6월 5일
1판 1쇄 펴냄 2019년 6월 10일

지은이 유종호
발행인 박근섭, 박상준
편집인 양희정
펴낸곳 (주)민음사

출판등록 1966. 5. 19. 제16-490호
주소 서울특별시 강남구 도산대로1길 62(신사동)
강남출판문화센터 5층 (우편번호 06027)
대표전화 02-515-2000 | 팩시밀리 02-515-2007
홈페이지 www.minumsa.com

ISBN 978-89-374-3696-3 (03800)